OS VERANISTAS

Emma Straub

OS VERANISTAS

Tradução de
ANGELA PESSÔA

Rocco

Título original
THE VACATIONERS

Copyright © 2014 *by* Emma Straub

Nenhuma parte desta obra pode ser reproduzida ou transmitida por qualquer forma ou meio eletrônico ou mecânico, inclusive fotocópia, gravação ou sistema de armazenagem e recuperação de informação, sem a permissão escrita do editor.

Este livro é uma obra de ficção. Nomes, personagens, lugares e incidentes são produto da imaginação da autora ou foram usados de forma fictícia. Qualquer semelhança com pessoas reais, vivas ou não, empresas comerciais, acontecimentos ou localidades é mera coincidência.

A autora faz agradecimentos pela autorização para citar a letra da canção de "Desert Island" *by* Stephin Merritt.
Reproduzida com autorização de Stephin Merritt.

Direitos para a língua portuguesa reservados
com exclusividade para o Brasil à
EDITORA ROCCO LTDA.
Av. Presidente Wilson, 231 – 8º andar
20030-021 – Rio de Janeiro – RJ
Tel.: (21) 3525-2000 – Fax: (21) 3525-2001
rocco@rocco.com.br
www.rocco.com.br

Printed in Brazil/Impresso no Brasil

preparação de originais
VILMA HOMERO

CIP-Brasil. Catalogação na fonte.
Sindicato Nacional dos Editores de Livros, RJ.

S891v Straub, Emma
Os veranistas/Emma Straub; tradução de Angela Pessôa.
– 1ª ed. – Rio de Janeiro: Rocco, 2016.

Tradução de: The vacationers.
ISBN 978-85-325-3034-9 (brochura)
ISBN 978-85-8122-655-2 (e-book)

1. Romance norte-americano. I. Pessôa, Angela. II. Título.

16-33527

CDD–813
CDU–821.111(73)-3

*Para River,
com uma vida inteira de
férias em família pela frente*

É menos uma questão de viajar que de escapar; quem de nós não possui alguma dor a atenuar ou algum jugo a abandonar?

– GEORGE SAND, *Inverno em Maiorca*

Serei a ilha deserta
onde você pode ser livre
Serei o falcão
que você pode capturar e comer

– THE MAGNETIC FIELDS, "Ilha Deserta"

Primeiro dia

A partida sempre chegava como uma surpresa, não importava quanto tempo fazia que as datas vinham se aproximando no calendário. Jim havia feito as malas na noite anterior, mas agora, momentos antes da partida agendada, sentia-se inquieto. Estava levando livros suficientes? Ele andava de um lado para o outro diante da estante em seu escritório, extraindo romances pela lombada e tornando a colocá-los no lugar. Estava levando seus tênis de corrida? Estava levando creme de barbear? Em outro lugar da casa, Jim ouvia a mulher e a filha em idênticos acessos de pânico de última hora, subindo e descendo às pressas as escadas, com um derradeiro item esquecido em uma pilha perto da porta.

Jim teria retirado das malas certas coisas se possível: o último ano de sua vida e os cinco anteriores, que o haviam subjugado; o jeito como Franny o olhava do outro lado da mesa de jantar à noite; o fato de sentir-se diante de uma nova oportunidade pela primeira vez em três décadas e o quanto desejava permanecer ali; o vazio à espera no outro lado do voo de retorno, os dias monótonos que teria de preencher *ad infinitum*. Jim sentou-se em sua escrivaninha e teve esperanças de que alguém lhe dissesse que necessitavam dele em outro lugar.

Sylvia aguardava diante de casa, contemplando a rua 75 em direção ao Central Park. Seus pais eram do tipo que acreditavam que um táxi sempre surgiria no momento exato, especialmente nos finais de semana do verão, quando o trânsito na cidade era mais leve. Sylvia achava isso bobagem. A única coisa pior do que passar duas de suas últimas seis semanas em férias com seus pais, antes de partir para a faculdade, seria perder o voo e ter que passar uma dessas noites finais dormindo sentada em um saguão de aeroporto, tendo como único conforto a almofada manchada do assento. Ela mesma conseguiria o táxi.

Não que desejasse passar o verão inteiro em Manhattan, que havia se transformado em um fim de mundo moldado em concreto. Em teoria, a ideia de Maiorca era atraente: era uma ilha, o que prometia poucas ondas e brisas agradáveis, e ela poderia praticar seu espanhol, o que havia feito bastante no colegial. Ninguém – literalmente ninguém – em sua turma de graduação estava fazendo nada durante todo o verão, além de se revezar organizando festas quando os pais iam para Wainscott, Woodstock, ou outro local com casas de madeira que pareciam envelhecidas de propósito. Sylvia já havia olhado para a cara deles o suficiente nos últimos dezoito anos e mal podia esperar para se mandar. Claro que havia quatro outros alunos de sua turma que iriam para a Brown, mas ela nunca mais teria que tornar a falar com eles se não quisesse e era esse o plano. Fazer novos amigos. Construir uma nova vida. Estar finalmente em um lugar onde o nome Sylvia Post surgiria sem os fantasmas da garota que havia sido aos dezesseis, aos doze, aos cinco anos, onde ela estaria separada dos pais e do irmão, e poderia simplesmente existir, como um astronauta flutuando no espaço, livre da gravidade. Pensando bem, Sylvia gostaria que passassem o verão inteiro no exterior. Dessa forma, ainda teria que suportar o mês de agosto em casa, quando as festas certamente atingiriam o auge da choradeira e do desespero. Sylvia não pretendia chorar.

Um táxi com a luz acesa dobrou a esquina e avançou devagar em sua direção, abrindo caminho sobre os buracos. Sylvia estendeu o braço e digitou o número do telefone de casa com a outra mão. Este começou a tocar e ainda tocava quando o táxi parou. Seus pais estavam lá dentro, fazendo sabia Deus o quê. Sylvia abriu a porta do táxi e se debruçou sobre o banco de trás.

– Só um minuto – disse. – Desculpe. Meus pais já estão saindo. – Ela fez uma pausa. – Eles são terríveis. – Essa nem sempre tinha sido a verdade, mas agora era e Sylvia não sentia vergonha em dizer.

O motorista do táxi balançou a cabeça e acionou o taxímetro, claramente satisfeito em permanecer ali o dia inteiro se necessário. O táxi estaria bloqueando o trânsito, mas não havia trânsito nenhum a bloquear. Sylvia era a única pessoa na cidade que parecia estar com pressa. Ela apertou *redial* e dessa vez seu pai atendeu após o primeiro toque.

– Vamos – disse ela, sem esperar que ele falasse. – O carro está aqui.

– Sua mãe está atrasada – comentou Jim. – Vamos sair em cinco minutos.

Sylvia desligou o telefone e arrastou-se até o outro lado do assento traseiro do táxi.

– Eles estão vindo – anunciou.

Sylvia recostou-se e fechou os olhos, sentindo parte do cabelo prender em um pedaço de fita adesiva que restaurava o assento. Parecia-lhe uma possibilidade real que apenas um de seus pais saísse de casa, simples assim, tudo resolvido como em uma novela ruim, sem soluções satisfatórias.

O taxímetro continuava a funcionar. Sylvia e o motorista do táxi sentaram-se em silêncio por dez minutos inteiros. Quando Franny e Jim por fim saíram alvoroçados de casa, todos os carros agora parados atrás do táxi buzinavam e agiam como uma procissão, acusatória e triunfante. Franny deslizou para dentro, ao lado da filha, e Jim sentou-se na frente, com os joelhos das calças cáqui pressionando o painel. Sylvia não se sentiu feliz nem infeliz por ter ambos os pais no carro, mas experimentou um momento de alívio, mesmo sem admitir em voz alta.

– *On y va!* – exclamou Franny, fechando a porta atrás de si.

– Isso é francês – disse Sylvia. – Nós vamos para a Espanha.

– *Andale!* – Franny, que já estava suando, abanava as axilas com os passaportes. Vestia seu traje de viagem, cuidadosamente aprimorado no decorrer de viagens de avião e trem por todos os cantos do mundo: calça *legging* preta, túnica preta de algodão que chegava aos joelhos e um fino lenço de pescoço para mantê-la aquecida no avião. Quando Sylvia questionou a mãe certa vez sobre suas roupas turísticas imutáveis, ela retrucou: – Pelo menos, não viajo com um estoque de uísque, como Joan Didion.

Quando as pessoas perguntavam que tipo de escritora era sua mãe, Sylvia em geral respondia que ela se parecia com Joan Didion, com apetite, ou com Ruth Reichl, mas com um problema de comportamento. Ela não dizia isso à mãe.

O táxi partiu.

– Não, não, não – disse Franny, avançando em direção à divisória de acrílico. – Vire à esquerda aqui, depois à esquerda novamente na Central Park West. Queremos ir para o aeroporto, não para Nova Jersey. Obrigada. – Ela tornou a afundar no assento. – Certas pessoas... – disse baixinho e parou por aí. Ninguém disse nada durante o resto da viagem, a não ser para responder em qual companhia aérea eles voariam para Madri.

Sylvia sempre gostava de ir de carro até o aeroporto, pois isso significava percorrer uma parte completamente diferente da cidade, tão afastada do canto que conhecia quanto o Havaí do restante dos Estados Unidos. Havia casas isoladas, cercas de tela de arame, terrenos baldios e crianças andando de bicicleta na rua. Parecia o tipo de lugar ao qual as pessoas iam de carro, o que empolgava Sylvia até não poder mais. Ter um carro parecia coisa de cinema. Seus pais tiveram carro quando ela era pequena, mas ele foi ficando cada vez mais decrépito e caro na garagem até que, por fim, o venderam quando ela era jovem demais para avaliar o luxo que representava. Agora, sempre que conversavam com alguém que possuía carro em Manhattan, Franny e Jim reagiam com horror silencioso, como se houvessem se exposto aos devaneios de algum doente mental em um coquetel.

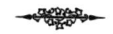

———

Jim fez sua caminhada ao redor do Terminal 7. Ele andava ou corria durante uma hora todas as manhãs e não via por que aquele dia deveria ser exceção. Era um hábito que ele e o filho tinham em comum, a necessidade de movimentar o corpo, de se sentirem fortes. Franny e Sylvia ficavam bastante satisfeitas em resvalar para o limbo da indolência, em ossificar no sofá com um livro ou a maldita televisão ligada. Jim podia ouvir seus músculos começando a atrofiar, no entanto, como que por milagre, elas ainda conseguiam andar e o faziam quando devidamente motivadas. O percurso habitual de Jim conduzia-o ao Central

Park, até o reservatório, depois até a outra ponta e de volta ao lado leste do parque, contornando o ancoradouro a caminho de casa. O terminal não tinha esse cenário, nem animais e plantas selvagens, salvo por alguns pássaros confusos que haviam entrado ali e agora se achavam presos para todo o sempre no JFK, gorjeando entre si sobre aviões e seu sofrimento. Jim conservava os cotovelos erguidos e o ritmo acelerado. Sempre se surpreendia ante a lentidão com que as pessoas se deslocavam em aeroportos – era como ser mantido prisioneiro em um shopping, repleto de bundas grandes e crianças enlouquecidas. Havia algumas controladas, o que Jim de fato apreciou, embora em conversa concordasse com Franny que tal situação era degradante. Na prática, os pais puxavam com força os filhos para longe do caminho de Jim e ele prosseguiu com sua caminhada, passando pela Hudson News e o *sports bar*, percorrendo todo o caminho até o Au Bon Pain e voltando. As esteiras rolantes achavam-se lotadas de bagagem, então Jim pôs-se a caminhar ao lado delas, com as longas pernas quase derrotando a esteira motorizada.

Jim havia ido à Espanha em três ocasiões: em 1970, quando se formou no ensino médio e passou o verão vagabundeando pela Europa com seu melhor amigo; em 1977, quando ele e Franny eram recém-casados, mal podiam arcar com a viagem e não comeram nada além dos melhores sanduíches de presunto do mundo; e depois, em 1992, quando Bobby estava com oito anos e eles tinham que dormir cedo todas as noites, o que significava que não tiveram um jantar decente em uma semana, a não ser pelo que pediam ao serviço de quarto, que era comida espanhola tão autêntica quanto uma *hamburguesa*. Quem saberia como estava a Espanha a essa altura, com a situação econômica quase tão delicada quanto a da Grécia. Jim passou pelo portão que lhes haviam designado e viu Franny e Sylvia profundamente entretidas em seus livros, sentadas lado a lado, mas sem se falar, tão à vontade em silêncio como só membros de uma mesma família se sentiriam. Apesar das muitas razões em contrário, ele e Franny concordavam que era bom que eles estivessem fazendo essa viagem. No outono, Sylvia estaria em Providence, fumando cigarros de cravo com rapazes do seu curso de cinema francês, tão longe dos pais como se vivesse em outra galáxia. Seu irmão mais velho, Bobby, agora afundado até a cintura no pantanoso setor imobiliário da Flórida, também havia feito isso. A princípio, as separações pareciam impossíveis, como amputar um membro, mas então, com a partida dele, Jim caminhava e corria, e agora mal conseguia lembrar como era ter Bobby sob seu teto. Tinha esperanças de nunca se sentir assim com relação a Sylvia, mas achava que era o que aconteceria, e mais cedo do que gostaria de admitir. O temor maior era de que, quando Sylvia partisse e o mundo inteiro começasse a se desmantelar, tijolo por tijolo, o tempo que haviam passado juntos parecesse uma ilusão, a vida confortavelmente imperfeita de outra pessoa.

Estariam todos juntos em Maiorca: ele e Franny, Sylvia, Bobby e Carmen, a namorada que era uma mala, e o melhor amigo de Franny, Charles, com seu namorado, Lawrence. Marido. Os dois estavam casados agora, Jim por vezes esquecia. Eles haviam alugado juntos, de Gemma Alguma-Coisa, uma inglesa que Franny conhecia, velha amiga de Charles, uma casa a trinta minutos de Palma. O lugar parecia limpo nas fotografias que Gemma enviara por e-mail, escassamente mobiliado, mas com bom gosto: paredes brancas, aglomerados estranhos de pedra sobre a lareira, sofás baixos em couro. A mulher pertencia ao mundo da arte, como Charles, e sentia-se à vontade quanto a ter desconhecidos em casa, de um jeito nitidamente europeu, o que facilitou muito a transação. Tudo que Jim e Fran tiveram que fazer foi enviar um cheque e ficou tudo acertado: a casa, o jardim, a piscina e um professor particular local para Sylvia. Charles declarou que Gemma estaria igualmente propensa a ceder a casa em troca de nada, mas era melhor assim, e um milhão de vezes mais simples do que havia sido preparar Sylvia para o acampamento de verão nos anos anteriores.

Duas semanas eram tempo suficiente, um período bom e consistente. Já fazia um mês desde o último dia de Jim na *Gallant*, e os dias haviam se passado devagar, pingando como melaço, aderindo a qualquer superfície concebível, relutantes em entregar os pontos. Duas semanas longe fariam com que Jim sentisse ter realizado uma mudança e escolhido essa vida, nova e livre, como tantas pessoas na sua idade. Ele continuava magro aos sessenta, com o cabelo louro-claro em grande parte intacto, ainda que um pouco ralo. Embora sempre tenha sido ralo, como Franny por vezes dizia quando o pegava afagando os fios no espelho. Conseguia correr os mesmos quilômetros que corria aos quarenta, e dava nó em gravata-borboleta em menos de um minuto. Em suma, ele achava que estava em muito boa forma. Duas semanas eram exatamente do que precisava.

Jim passou outra vez pelo portão e deixou-se cair no assento ao lado de Franny, o que a fez deslocar-se sobre o traseiro, girando ligeiramente os quadris, de forma que suas pernas cruzadas apontassem para Sylvia. Franny estava lendo *Dom Quixote* para o clube de leitura, um grupo de mulheres que desprezava, e produzia breves ruídos de desaprovação ao ler, talvez antevendo a discussão medíocre que se seguiria.

– Você realmente nunca leu isso? – perguntou Jim.

– Quando estava na faculdade. Quem se lembra? – Franny virou a página.

– É engraçado, acho – disse Sylvia. Seus pais giraram para olhar para ela. – Lemos esse livro no outono. É engraçado e tocante. Tipo *Esperando Godot*.

– Mm-hmm – fez Franny, tornando a olhar para o livro.

Jim fez contato visual com Sylvia por cima da cabeça de Franny e revirou os olhos. O embarque ocorreria em breve e então eles estariam suspensos no ar. Ter uma filha cuja companhia Jim de fato apreciava era uma de suas realizações favoritas. As chances eram contrárias em todas as questões de planejamento familiar. Não era possível optar por menino ou menina; não era possível escolher um filho que favoreceria um progenitor em detrimento do outro. Só se podia aceitar o que acontecia naturalmente, e Sylvia havia feito exatamente isso dez anos depois de seu irmão. Bobby gostava de usar a palavra *acidente*, mas Jim e Franny preferiam a palavra *surpresa*, como uma festa de aniversário repleta de bolas de gás. Eles ficaram surpresos, era bem verdade. A mulher no portão pegou o microfone e anunciou o pré-embarque.

Franny fechou o livro e começou de imediato a recolher seus pertences – gostava de estar entre os primeiros a bordo, como se fosse precisar acotovelar alguém por causa de lugar. Era uma questão de princípio, dizia Fran. Queria chegar a seu destino o mais rápido possível, não como todos os outros lerdos que pareciam igualmente satisfeitos em ficar para sempre no aeroporto, comprando garrafas de água caras e revistas que no final largariam no bolso do assento do avião.

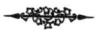

Jim e Franny sentaram-se lado a lado em poltronas reclináveis que ficavam quase horizontais, com Franny na janela e Jim no corredor. Franny viajava o suficiente para acumular o tipo de milhas de passageiro frequente que faria mulheres de menor envergadura chorarem de inveja mas, independentemente disso, teria pago com prazer por assentos maiores. Sylvia achava-se trinta fileiras atrás deles, na classe econômica. Adolescentes e crianças mais novas não precisavam sentar na classe executiva, quanto mais na primeira – era a filosofia de Franny. O espaço adicional destinava-se às pessoas capazes de apreciá-lo, de fato apreciá-lo, o que era o seu caso. Os ossos de Sylvia ainda eram maleáveis – ela poderia facilmente se contorcer e encontrar um jeito confortável de pegar no sono. E Franny não pensava duas vezes no assunto.

O avião encontrava-se em algum lugar sobre o oceano e o pôr do sol impressionante já havia concluído seu espetáculo em rosa e laranja. O mundo estava às escuras, e Jim contemplou a amplidão do vazio sobre o ombro de Franny. Ela tomava comprimidos para dormir a fim de acordar sentindo-se descansada e para ter alguma vantagem sobre o inevitável *jet lag*. Havia engolido o Ambien mais cedo do que de costume, logo após a decolagem, e agora dormia profundamente, roncando de boca aberta em direção à janela, a máscara de dormir de seda acolchoada firmemente presa à cabeça por um elástico.

Jim desafivelou o cinto de segurança e levantou-se para esticar as pernas. Caminhou até a parte posterior da cabine da primeira classe e puxou a cortina para examinar o resto do avião. Sylvia sentou-se tão distante que ele não conseguiu enxergá-la de onde estava, então avançou mais e mais, até ver a filha. A dela era a única luz acesa nas últimas fileiras da aeronave, e Jim pegou-se passando por cima dos pés com meias dos passageiros adormecidos ao abrir caminho até a filha.

– Ei – disse, colocando a mão no assento anterior ao de Sylvia. Ela estava usando fones de ouvido e balançava a cabeça ao ritmo da música, produzindo sombra nas páginas abertas de sua agenda. Estava escrevendo e não havia visto Jim se aproximar.

Jim tocou-a no ombro. Assustada, ela ergueu os olhos e puxou o fio branco, retirando os fones. A música irreconhecível pôs-se a fluir baixinho de seu colo. Sylvia apertou um botão invisível e a música parou. Fechou a agenda e cruzou os punhos por cima, bloqueando ainda mais a visão de seus pensamentos mais íntimos por parte do pai.

– Ei – ela falou. – O que foi?

– Nada de mais – respondeu Jim, agachando-se de forma desconfortável, as costas apoiadas no assento do outro lado do corredor. Sylvia não gostava de ver o corpo do pai em posições inusitadas. Não gostava sequer de pensar que o pai possuía um corpo. Não pela primeira vez nos últimos meses, Sylvia desejou que seu maravilhoso pai, a quem tanto amava, estivesse em um pulmão artificial e só se locomovesse quando outra pessoa fosse generosa o suficiente para empurrá-lo.

– Mamãe está dormindo?
– Claro.
– Nós já chegamos?

Jim sorriu.

– Mais algumas horas. Não é assim tão ruim. Talvez você deva tentar dormir um pouco.

– Certo – disse Sylvia. – Você também.

Jim tornou a afagá-la, os dedos compridos e fortes envolvendo o ombro de Sylvia, o que a fez retrair-se. Ele girou para voltar a seu assento, mas Sylvia chamou-o à guisa de pedido de desculpas, embora não soubesse bem pelo que estava se desculpando.

– Vai ser bom, pai. Vamos nos divertir.

Jim concordou com um movimento de cabeça e deu início à lenta trajetória de volta a seu lugar.

Quando teve certeza de que ele havia ido, Sylvia abriu novamente a agenda e retornou à lista que havia elaborado: Coisas para Fazer Antes da Faculdade. Até o momento, havia apenas quatro entradas: 1. Comprar lençóis extralongos. 2. Geladeira? 3. Pegar um bronzeado. (Artificial?) (Ah, me matar primeiro.) (Não, matar meus pais.) 4. Perder a virgindade. Sylvia sublinhou o último item da lista, em seguida desenhou alguns rabiscos na margem. Aquilo abrangia basicamente tudo.

Segundo dia

A maior parte dos outros passageiros no pequeno avião de Madri a Maiorca consistia de espanhóis e britânicos vestidos com elegância, grisalhos, com óculos sem aro, dirigindo-se a suas casas de veraneio, juntamente com um grande grupo de alemães barulhentos, que parecia pensar que estava de partida para as férias de primavera. No outro lado do corredor, perto de Franny e Jim, dois homens vestidos com pesadas jaquetas de couro preto não paravam de girar para gritar obscenidades ao amigo na fileira de trás, igualmente paramentado com jaqueta de couro. As jaquetas achavam-se cobertas de emblemas com as iniciais de várias associações, que Franny deduziu que tinham a ver com motociclismo – um com o desenho de uma chave inglesa, outro com o logotipo da Triumph, vários com fotos de Elvis. Franny estreitou os olhos em direção aos homens, tentando evocar um olhar que dizia É Muito Cedo para a Voz de Vocês Estar Alta Desse Jeito. O mais barulhento dos três sentava-se perto da janela, um ruivo com cara de lua e aparência de maratonista em seu vigésimo quinto quilômetro.

– Ei, Terry – ele estendeu o braço sobre o encosto do assento para bater na cabeça do amigo que cochilava. – Dormir é coisa de bebê!

– É, bem, e você entende tudo disso, não é? – O amigo adormecido afastou o rosto da mão, revelando as bochechas amassadas. Virou-se na direção de Franny e lançou-lhe um olhar enraivecido. – Bom dia – cumprimentou. – Espero que vocês estejam gostando do entretenimento de bordo.

– Vocês são uma gangue de motoqueiros de verdade? – perguntou Jim, debruçando-se sobre o corredor. Os editores mais jovens da *Gallant* estavam sempre publicando artigos que os apresentavam testando máquinas velozes e caras, mas Jim nunca testara nenhuma.

– Pode-se dizer que sim – disse o dorminhoco.

– Eu sempre quis ter uma motocicleta. Nunca aconteceu.

– Nunca é tarde demais. – Em seguida, o dorminhoco devolveu o rosto à mão e pôs-se a roncar.

Franny revirou os olhos com ar agressivo, porém mais ninguém prestava atenção.

A viagem foi rápida e eles desembarcaram na ensolarada Palma em menos de uma hora. Franny colocou seus óculos escuros e bamboleou da pista à esteira de bagagem como uma estrela de cinema tranquila a despeito do corpo volumoso de meia-idade. As linhas aéreas comerciais eram tão glamourosas quanto os ônibus da Greyhound, mas ela podia fazer de conta. Franny havia voado duas vezes no Concorde em uma viagem de ida e volta a Paris e lamentava a perda da velocidade supersônica e da comida de avião primorosamente servida. Todos em Palma pareciam falar alemão e, por um momento, Franny preocupou-se se haviam desembarcado no lugar errado, como se houvesse dormido no metrô e perdido sua parada. Fazia uma perfeita manhã mediterrânea, luminosa e quente, com uma pitada de azeite de oliva no ar. Franny sentiu-se satisfeita com a escolha do local: Maiorca era menos clichê que o sul da França e menos inundada de americanos que a Toscana. Evidentemente, o contorno da costa achava-se repleto de construções e a cidade apresentava sua cota de restaurantes horríveis, infestados de turistas, mas eles evitariam tudo isso. As ilhas de acesso mais difícil separavam naturalmente o joio do trigo, o que era a verdadeira filosofia por trás de locais como Nantucket, onde as crianças cresciam sentindo-se merecedoras de praias particulares e com direito a usar calças espalhafatosas. Mas Franny desejava certa distância desse absurdo elitista – queria agradar a todos, inclusive as crianças, o que significava ter uma cidade suficientemente grande por perto, onde seria possível assistir a filmes dublados em espanhol se eles quisessem escapar por algumas horas. Jim havia crescido em Connecticut, e portanto estava acostumado a se isolar com sua família horrorosa, mas os demais eram nova-iorquinos, o que significava que uma rota de fuga seria necessária para sua sanidade.

A casa que eles haviam alugado ficava a vinte minutos de carro de Palma propriamente dita, no alto de uma colina, segundo Gemma, o que fez Franny gemer, avessa que era aos exercícios cardiovasculares exigidos pela localização. Mas quem precisava ir a pé a algum lugar quando eles dispunham de tantos quartos e de uma piscina que ficava a poucos minutos do oceano? A ideia era permanecerem juntos, todos agradavelmente aprisionados, com jogos de cartas, vinho e todos os acompanhamentos de verões gratificantes ao alcance da mão. As coisas haviam mudado nos últimos meses, mas Franny ainda desejava que passar um tempo com a família não representasse um castigo, não como seria com seus pais ou os de Jim. Ela acreditava que a maior realização de sua vida era ter gerado dois filhos que pareciam gostar um do outro mesmo quando não havia ninguém olhando, ainda que, com dez anos de diferença, Sylvia e Bobby tivessem tido infâncias muito separadas. Talvez essa fosse a chave para todos os bons relacionamentos, ter oceanos de tempo de separação. Talvez isso já nem mesmo fosse verdade – as crianças viam-se apenas nos feriados e nas visitas pouco frequentes de Bobby. Franny esperava que sim.

Jim providenciou o carro alugado enquanto Franny e Sylvia aguardavam as malas. Mesmo nas férias, Franny não via sentido em ser menos do que eficiente – por que todos deveriam esperar para fazer tudo juntos? De qualquer forma, seria Jim quem teria que dirigir, pois os carros de aluguel europeus tinham câmbio manual e Franny raras vezes havia dirigido carros com esse sistema desde seu curso de formação de motoristas na escola secundária em 1971. Além disso, não havia motivo para que passassem mais tempo do que o necessário no aeroporto. Franny queria dar uma boa olhada na casa, fazer compras de supermercado, escolher quartos para todos, encontrar um lugar onde pudesse escrever, descobrir em que armário ficavam as toalhas extras. Queria comprar xampu, papel higiênico e queijo. As férias não se iniciariam oficialmente até que ela tomasse um banho e comesse algumas azeitonas.

– Mãe – disse Sylvia, apontando para uma mala preta do tamanho de um caixão pequeno. – Aquela é sua?

– Não – respondeu Franny, vendo uma bolsa ainda maior deslizar pela esteira de bagagem. – Aquela.

– Não sei por que você trouxe tanta coisa – falou Sylvia. – São só duas semanas.

– São presentes para você e seu irmão – retrucou Franny, beliscando o bíceps delgado de Sylvia. – Tudo o que eu trouxe foi um auxílio extra. As mães não precisam de mais nada, precisam?

Sylvia fez os lábios tremerem como os de um cavalo e foi buscar a bolsa da mãe.

– Ah, aqueles caras – anunciou e apontou com o queixo os Motociclistas Escandalosos. – Adorei os caras.

– São crianças grandes – comentou Franny, suspirando alto, a boca aberta. – Eles deviam ter ido para Ibiza.

– Não, mãe, eles são os Sticky Spokes Rock 'n' Roll Squad,* viu?

Terry Dorminhoco havia girado para pegar a bagagem, uma mala laranja de rodinhas ligeiramente incompatível, expondo não só a divisão do traseiro pálido, mas também a parte posterior da jaqueta de couro, que exibia em letras maiúsculas gigantescas exatamente o que Sylvia dissera.

– Que nome horrível! – falou Franny. – Aposto que eles vão passar a semana inteira bêbados se matando em estradinhas minúsculas.

Sylvia havia perdido interesse e correu até sua própria bolsa, que a essa altura deslizava sobre a borda da esteira de modo suave.

Fazia anos que os Posts não tiravam férias, não desse jeito. Houve os aluguéis de verão em Sag Harbor, *menos badalado*, como Franny gostava de dizer até já não ser verdade, e depois a permanência de um mês em Santa Barbara quando Sylvia estava com cinco anos e Bobby quinze, duas viagens inteiramente diferentes ocorrendo ao mesmo tempo, um pesadelo na hora das refeições. Era muito difícil viajarem todos juntos, Franny havia decidido. Ela levou Bobby sozinho para Miami quando ele tinha dezesseis anos e permitiu-lhe tardes sem mãe em South Beach,

---

* Esquadrão Rock 'n' Roll dos Raios Pegajosos. (N. da T.)

viagem que ele mais tarde alegaria ter sido a inspiração para cursar a Universidade de Miami, privilégio duvidoso na opinião de sua mãe, que então desejou tê-lo levado em uma viagem a Cambridge em vez disso. Jim, Franny e Sylvia passaram certa vez um fim de semana em Austin, Texas, sem nada fazer além de comer churrasco e esperar os morcegos saírem de debaixo da ponte. E claro que Franny estava sempre viajando sozinha, cobrindo as tendências culinárias do sul da Califórnia para uma revista, um festival de *chili* no Novo México para outra, ou experimentando pratos de ponta a ponta da França, um *croissant* folhado após o outro. Na maior parte dos dias do ano, Jim e Sylvia ficavam em casa e preparavam juntos refeições elaboradas com base em sobras na geladeira, ou pediam comida em um dos restaurantes da avenida Columbus, fingindo brigar pelo controle remoto. Os próprios pais de Franny, os Golds da Eastern Parkway, 41, Brooklyn, Nova York, não a haviam levado uma vez sequer para fora do país e ela achava que era seu dever proporcionar novas experiências aos filhos. A língua de Sylvia amaciaria, seu espanhol passaria do espanhol porto-riquenho de Nova York ao verdadeiro espanhol espanhol; e algum dia, dali a uns trinta ou quarenta anos, quando ela estivesse em Madri ou Barcelona e o idioma lhe voltasse como um primeiro amante, Franny sabia que Sylvia lhe agradeceria por essa viagem, mesmo que ela já tivesse morrido.

A casa ficava no sopé da serra de Tramuntana, no outro lado da cidade de Puigpunyent, na estrada sinuosa que mais à frente dava em Valldemossa. Ninguém conseguia pronunciar Puigpunyent (o funcionário da locadora de automóveis havia dito *Putch-pun-ien*, ou coisa do tipo, irrepetível para pessoas de fala inglesa), portanto, quando Sylvia insistiu em chamar a cidade de Pigpen,* Jim e Franny não a corrigiram e o apelido colou. O espanhol de Maiorca era diferente do espanhol propriamente dito, que era diferente do catalão. O plano de Franny era ignorar as diferenças e seguir em frente – que no geral era como sobrevivia em países estrangeiros. A menos que alguém estivesse na França, a maioria das pessoas adorava ouvir estrangeiros tentarem e não conseguirem formar as palavras certas. Franny e Sylvia olhavam por janelas opostas, Franny na frente e Sylvia atrás, enquanto Jim dirigia. A casa ficava a apenas vinte e cinco minutos do aeroporto, segundo Gemma, mas isso só parecia ser verdade para quem soubesse para onde estava indo. Gemma era um dos seres humanos de quem Franny menos gostava no planeta, por inúmeros motivos: 1. Ela era a segunda melhor amiga de Charles. 2. Era alta, magra e loura, três pontos involuntários. 3. Havia sido enviada a um internato nos arredores de Paris e falava um francês perfeito, o que Franny considerava um profundo exibicionismo, como dar um salto triplo no ringue de patinação do Rockefeller Center.

Ao subir a serra, Jim virou várias vezes em ruas erradas que pareciam estreitas demais para serem vias de mão dupla e não apenas a entrada bem pavimentada da garagem de alguém, mas ninguém se importou muito, pois isso lhes proporcionou uma melhor introdução à ilha. Maiorca era um bolo em camadas – as oliveiras retorcidas e palmeiras espinhosas, as montanhas verde-acinzentadas, as paredes de pedra calcária ao longo de ambos os

---

* Chiqueiro. (N. da T.)

lados da estrada, o céu azul-claro no alto. Embora o dia estivesse quente, o calor úmido da cidade de Nova York havia desaparecido, substituído pela luz solar não filtrada e pela brisa que prometia que ninguém sentiria calor por muito tempo. Maiorca era o verão perfeito, quente o suficiente para nadar, mas não tão quente que as roupas grudassem nas costas.

Franny riu quando eles pararam no acesso à garagem revestido em cascalho, por Gemma ter desvalorizado a casa de forma tão drástica – outro motivo para desprezá-la: a modéstia. Ao longe, havia montanhas perfeitas, com árvores antigas guarnecendo as encostas como enfeites de Natal, e a casa em si parecia um verdadeiro presente: com dois andares e duas vezes maior do que a de Nova York, era uma sólida construção de pedra pintada em rosa-claro. Brilhava à luz do sol do meio da manhã, as venezianas pretas nas janelas abertas parecendo cílios em um rosto bonito. Um bom terço da frente do imóvel achava-se recoberto de trepadeiras de um verde vivo, que se espalhavam de ponta a ponta, ameaçando entrar pelas janelas e engolir a casa inteira. Pinheiros altos e estreitos demarcavam os limites da propriedade, o topo pontiagudo ferindo o céu, limpo e imenso. Era uma casa de desenho de criança, um quadrado grande com telhado anguloso por cima, colorido por algum crayon em tom antigo de terracota, o que fazia o conjunto inteiro irradiar. Franny bateu palmas.

Os fundos da casa eram ainda melhores – a piscina, que na única fotografia do quintal parecia apenas aproveitável, era na realidade divina, um amplo retângulo azul fincado na encosta. Um grupo de espreguiçadeiras de madeira jazia em uma das extremidades, como se os Posts houvessem adentrado uma conversa já em andamento. Sylvia corria atrás da mãe, agarrando-lhe as laterais da túnica como se fossem as rédeas de um cavalo. Da beira da piscina, dava para ver outras casas encravadas na encosta da montanha, pequenas e perfeitamente esculpidas como peças de Monopoly, as fachadas reluzentes destacando-se no cobertor de árvores verdes cambiantes e rochas escarpadas. O mar encontrava-se em algum lugar do outro lado das montanhas, mais dez minutos a oeste, e Sylvia inspirou o ar fresco, inalando partículas de sal. Era provável que houvesse uma universidade em Maiorca – no mínimo com piscina e academia de tênis. Talvez ela simplesmente permanecesse ali, deixando que seus pais voltassem para casa sozinhos e fizessem o que precisava ser feito. Se ela estivesse do outro lado do mundo, que diferença faria? Pela primeira vez na vida, Sylvia invejou a distância de seu irmão. Era mais difícil lamentar algo que a pessoa não estava acostumada a ver diariamente.

Jim deixou as malas no carro e localizou a porta da frente, que era imensa, pesada e estava destrancada. Seus olhos levaram um momento para se adaptar à relativa escuridão. O hall de entrada da casa estava vazio a não ser por um console do lado esquerdo, um espelho grande pendurado na parede e um pote de cerâmica do tamanho de uma criança pequena à direita.

– Olá? – gritou Jim, ainda que a casa devesse estar vazia e ele não esperasse resposta. À sua frente, um estreito corredor conduzia direto a uma porta que dava para o jardim e ele viu um pedaço da piscina, com as montanhas ao fundo. O aposento cheirava a flores e terra, com um traço de produto de limpeza. Bobby gostaria disso quando chegasse – desde criança, quando Jim e Franny o arrastavam em suas viagens a Maine, Nova Orleans ou qualquer outra parte, para se hospedarem em casas de veraneio caindo aos pedaços, com garfos que não combinavam, Bobby demonstrava sua aversão pela falta de limpeza. Detestava mobília antiga e roupas ultrapassadas, qualquer coisa com uma vida prévia. Jim achava que era por isso que Bobby gostava tanto dos imóveis na Flórida – tudo era sempre novo em folha. Mesmo os gigantescos blocos de edifícios em Palm Beach eram destripados a cada poucos anos, o interior substituído por peças mais brilhantes. A Flórida adequava-se a Bobby de forma que nunca havia ocorrido com Nova York, mas ele tampouco se importaria com isso. Pelo menos, não por duas semanas.

Jim atravessou a arcada à sua esquerda e entrou na sala de estar. Como nas fotos, era elegantemente pouco mobiliada, apenas com dois sofás baixos, um bonito tapete e pinturas nas paredes em locais onde o sol não batia diretamente. Gemma era negociante de arte, galerista ou algo assim. A vaga percepção de Jim era de que ela possuía tanto dinheiro que uma descrição de funções rígida seria supérflua. A sala de estar conduzia a uma sala de jantar com uma longa mesa de fazenda em madeira e dois bancos de aparência rústica, e esta por sua vez conduzia a uma cozinha grande. A janela acima da pia dava vista para a piscina e Jim parou ali. Sylvia e Franny estavam deitadas em espreguiçadeiras contíguas. Franny havia retirado o xale dos ombros e o colocado sobre o rosto. As mangas da túnica estavam arregaçadas e as pernas, abertas e estendidas para os lados – ela estava tomando banho de sol, ainda que vestisse a maioria de suas roupas. Jim exalou de satisfação – Franny já estava se divertindo.

Dizer que Franny havia andado tensa no mês anterior seria demasiado delicado, demasiado recatado. Ela administrara o lar dos Posts com cu de ferro. Embora a viagem tivesse sido meticulosamente planejada em fevereiro, meses antes de o emprego de Jim na revista haver deslizado sob seus pés, o *timing* foi tal que era possível contar com o fato de que Fran ficaria com o rosto vermelho de tanto gritar pelo menos uma vez por dia. O fecho da mala estava quebrado, o voo de Bobby e Carmen (reservado por conta dos pontos de milhagem dos Posts) estava custando centenas de dólares em taxas, porque eles tiveram a necessidade de adiar o voo em um dia. Jim estava sempre no caminho e sem razão. Franny era especialista em mostrar ao público seu lado bom; e, assim que Charles chegasse, seriam só carícias e agrados, mas quando ela e Jim ficavam sozinhos, Franny podia ser um demônio. Jim sentiu-se grato pelo fato de, ao menos por enquanto, os chifres de Franny terem aparentemente tornado a desaparecer dentro do crânio.

O final da cozinha lançou Jim em um estreito corredor oposto à entrada. Do outro lado do vestíbulo, havia um pequeno banheiro apenas com vaso sanitário e chuveiro, uma lavanderia, um escritório e um único quarto com banheiro anexo, o que os americanos chamavam de suíte da sogra, um local para esconder a pessoa que todos queriam ver o mínimo possível. Normalmente, Jim teria reivindicado o escritório para si, ou no mínimo brigado muito com Franny por ele, mas então se deu conta de que nada teria a fazer ali – não havia prazos se aproximando, artigos a editar, matérias a escrever, pesquisas a fazer, livros a ler com qualquer finalidade que não fossem seu próprio prazer e aperfeiçoamento. Jim necessitava de uma escrivaninha tanto quanto um peixe necessitava de uma bicicleta, era isso que o adesivo em seu para-choque traseiro teria anunciado. A *Gallant* seguiria adiante sem ele, informando ao homem americano inteligente quais livros comprar, que sabonete usar e quais as diferenças entre o uísque escocês e o irlandês. Jim tentou desvencilhar-se de seu desconforto com isso, mas a sensação se prolongou enquanto ele se encaminhava ao quarto de dormir.

O aposento era aconchegante, com um edredom cobrindo a cama de casal, uma cômoda grande, uma escrivaninha diante da janela, que dava para o lado mais afastado da casa. De forma pouco generosa, Jim pensou que poderiam colocar Bobby e Carmen naquele cômodo e não no andar de cima, onde deveria ficar o restante dos quartos, mas não, claro que eles concederiam a Charles e Lawrence a maior privacidade. Havia uma chave antiquada por dentro na fechadura da porta do quarto, o que deixou Jim satisfeito. Se iam ficar todos juntos na casa, pelo menos poderiam trancar as portas. Jim fantasiou por curto tempo sobre a possibilidade de se trancar ali dentro e se fingir de morto pelo resto do dia, um Walter Mitty preguiçoso.

Sylvia e Franny bateram à porta justo quando Jim a estava fechando.

– A piscina é *incrível* – disse Sylvia, embora não tivesse experimentado. – Que horas são? – Ela exibia o olhar desvairado de quem não dormia fazia vinte e quatro horas, com semicírculos arroxeados sob os dois olhos. Ter dezoito anos era como ser feito de borracha e cocaína. Sylvia poderia ter passado mais três dias acordada, fácil.

– Você quer escolher os quartos? – perguntou Jim, sabendo que Franny desejaria o deles. – Acho que Charles e Lawrence...
– começou Jim, mas Franny já se encontrava no meio da escada.

Como seria de se prever, tanto Jim quanto Sylvia adormeceram assim que receberam uma cama para isso. Franny retirou sua bagagem do porta-malas do carro e a arrastou até o hall de entrada. Gemma havia deixado um pequeno dossiê a respeito da casa, da piscina e das cidades vizinhas em uma pasta vermelha sobre a bancada da cozinha. Franny folheou-o rapidamente. Havia alguns restaurantes ao pé da montanha – com aperitivos, sanduíches e pizza – e uma mercearia e um hortifrúti. Palma, a maior cidade da ilha, que eles haviam acabado de circundar no trajeto desde o aeroporto, tinha tudo de que poderiam precisar – lojas de departamentos para roupas de banho esquecidas e coisas do tipo, sapatos Camper fabricados em Maiorca. Gemma achava-se completamente abastecida de toalhas de praia, protetor solar, boias e óculos de natação. Havia lençóis limpos nas camas e mais no armário de roupa branca. Alguém apareceria no final de semana seguinte para fazer a manutenção da piscina e do jardim. Eles não precisariam mover um dedo. Franny fechou a pasta e bateu com os nós dos dedos na bancada de pedra.

    Não era justo as mulheres terem que fazer absolutamente tudo. Franny sabia que Gemma fora casada algumas vezes, duas com um italiano que trabalhava com finanças globais, uma com um herdeiro de uma empresa saudita de petróleo, mas era impossível que algum homem tivesse datilografado uma lista de instruções e informações úteis sobre a casa, a menos, claro, que fosse pago para isso. Esse era o tipo de toque atencioso do qual só as mulheres eram intrinsecamente capazes, não importava o que dissesse qualquer terapeuta charlatão na tevê. Franny ouviu ruídos no andar de cima – as vias nasais de Jim nunca haviam se dado bem com voos transatlânticos – e balançou a cabeça. Fez um pouco de respiração iogue – do tipo que Jim achava que parecia com a de um russo suado em uma casa de banhos, como se ele estivesse em posição de julgar – e tentou em vão esvaziar a mente.

Só porque mais ninguém havia dormido no avião e o resto da família parecia perfeitamente satisfeito em resvalar para uma programação vampiresca por pura preguiça, não significava que Franny também precisasse fazer o mesmo. Ela retirou seus óculos escuros da bolsa e partiu para o mundo, deixando a família adormecida e desprotegida dos males locais, quaisquer que fossem. Franny fechou a pesada porta da frente atrás de si e pôs-se a descer a encosta em direção ao mercado local, conforme indicado pelas cuidadosas instruções de Gemma. Afinal de contas, alguém precisava comprar comida para o jantar, e a chegada do professor de espanhol de Sylvia estava programada para as três e meia, depois da igreja, imaginou Franny, visto que se encontravam em um país católico. De um jeito ou de outro, ela não se importava, desde que ele chegasse mais ou menos na hora e não piorasse o espanhol de Sylvia. Crianças precisavam se manter ocupadas, tivessem elas crescido em Manhattan, Maiorca ou, Deus as abençoasse, no continente.

Eles iriam a um supermercado maior mais tarde, talvez no dia seguinte, mas, por ora, tudo de que precisavam era de alguns itens para preparar o jantar. Franny era a mãe, o que significava que todo o planejamento recaía sobre ela, mesmo que alguém mais estivesse acordado. Não importava que Jim não tivesse mais emprego – alguns aposentados dedicavam-se à culinária como *hobby*, e transformavam a cozinha em Cordons Bleus em miniatura, enchendo gavetas com maçaricos para cremes *brûlées* e peças descartadas de máquinas de sorvete, mas Franny não conseguia imaginar isso. Grande parte dos aposentados havia optado por deixar o emprego após décadas de serviço e de transtornos repetitivos provocados por estresse, mas não era o que havia acontecido com Jim. O que havia acontecido com Jim. Franny chutou uma pedra solta. Eles sempre gostaram de tirar férias, os Posts, e essas pareciam tão boas quanto qualquer outra, rematadas por dias de praia e paisagens lindas de morrer. Franny desejou ter alguma coisa para quebrar. Curvou-se, pegou um graveto e lançou-o por sobre o penhasco.

A estrada para a cidadezinha – na realidade, apenas um cruzamento com alguns restaurantes e lojas de ambos os lados – era estreita, como eles haviam reparado ao subir a serra de carro. Mas ao percorrer a estrada a pé, Franny teve a sensação de que era ainda menor. Mal havia espaço para que um grupo de bicicletas passasse por ela correndo, muito menos um carro ou, Deus a livrasse, dois, seguindo em direções opostas, mas foi o que ocorreu. Ela se manteve no lado esquerdo da pista, desejando ter pensado em colocar na mala algum tipo de roupa refletora, mesmo ainda no meio do dia, e quem quer que passasse dirigindo fosse capaz de enxergá-la com bastante clareza. Franny não era uma mulher alta, mas não era tão baixa quanto a mãe e a irmã. Gostava de classificar a si mesma como um tamanho médio, embora as médias tivessem mudado ao longo do tempo, claro, e o 42 de Marilyn Monroe correspondesse mais ou menos ao atual 36 e assim por diante. Sim, era verdade que Franny havia engordado na última década, mas era isso o que acontecia, a menos que a pessoa fosse altamente psicótica e Franny tinha outras coisas em que pensar. Ela conhecia muitas mulheres que haviam optado por priorizar a eterna juventude do corpo e todas eram criaturas infelizes, os tríceps firmes incapazes de esconder sua insatisfação com o estômago vazio e a vida incompleta. Franny gostava de comer e de alimentar pessoas, e não sentia vergonha que seu corpo demonstrasse tais inclinações. Havia comparecido a uma reunião dos Comedores Compulsivos Anônimos aos quarenta e poucos anos, em uma sala abafada no porão de uma igreja e o grau com que se reconheceu nos outros homens e mulheres sentados em cadeiras dobráveis afugentou-a dali para sempre. Aquilo podia ser um problema, mas era um problema seu, muito obrigada. Algumas pessoas fumavam crack nos becos. Franny comia chocolate. Na escala dos fatos, parecia inteiramente razoável.

A mercearia era uma quitanda de fazenda modificada, com três paredes e duas curtas fileiras de prateleiras abertas, com comida enlatada e outras mercadorias. Um punhado de gente chegava ou saía, alguns de bicicleta, outros estacionando o carro no meio-fio inexistente. Franny enxugou o suor do rosto e começou a retirar artigos das pequenas prateleiras. Havia um refrigerador em um canto, com queijo de leite de ovelha embrulhado em papel e linguiça seca pendurada em vigas no outro lado do recinto. Uma mulher de avental pesava os produtos e cobrava dos clientes. Se Franny pudesse ter escolhido outra vida, longe da cidade de Nova York, teria escolhido essa: viver rodeada de azeitonas, limões e luz solar, com praias limpas nas proximidades. Ela imaginava que as praias de Maiorca fossem limpas, ao contrário da Coney Island imunda de sua juventude. Franny comprou algumas anchovas, uma caixa de massa seca, duas linguiças grossas e queijo. Comprou um saquinho de amêndoas e três laranjas. Era o bastante por enquanto. Já podia sentir o queijo salgado derretendo na massa, o sabor forte das anchovas. Decerto havia azeite em casa – ela não havia conferido. Mas não parecia o tipo de coisa que Gemma ignoraria. Gemma provavelmente prensava o próprio azeite, oriundo das árvores de sua propriedade.

– *Buenos días* – Franny cumprimentou à mulher de avental. Para ser bastante honesta, Franny estava um pouco decepcionada pelo fato de as mulheres no mercado usarem roupas perfeitamente normais, com telefones celulares visíveis no bolso, exatamente como as mulheres em Nova York. Isso acontecia até mesmo em Bombaim, uma mulher de sári puxar do bolso um celular e começar a falar. Quando Franny era jovem, todos os locais aos quais ia pareciam ser de outro planeta, um glorioso país das maravilhas do outro lado do espelho. Agora, o resto do mundo parecia tão exótico quanto um *shopping center* no condado de Westchester.

– *Buenas tardes* – disse a mulher em resposta, pesando e empacotando os artigos de Franny com rapidez. – *Dieciséis*. Dezesseis.

– Dezesseis? – Franny enfiou a mão na bolsa e pôs-se a tatear à procura da carteira.

Todas as amigas de Franny que tinham filhos ficaram empolgadas pelo fato de Sylvia estar finalmente indo para a faculdade. *Vai ser como tirar férias* – disseram elas –, *tirar férias de ser mãe em tempo integral.* O que queriam dizer era, *Você já não é nova, e nem seus filhos.* Algumas de suas amigas tinham filhos que ainda não estavam sequer no ensino médio, e sua vida girava em torno de aulas de piano e de balé, como a de Franny tantos anos atrás. Ou como deveria ter ocorrido se ela tivesse trabalhado menos. Todas se queixavam de não ter tempo livre, de nunca fazer sexo com o marido, mas na realidade estavam se gabando. *Minha vida está completamente preenchida*, era o que estavam anunciando. *Tenho tanta coisa para fazer. Aproveite a menopausa.* Embora fosse verdade que em certo sentido Franny teria sua vida de volta, não seria a vida de uma garota de vinte anos, com todas as noitadas e ressacas. Seria a vida de uma pessoa mais velha. Franny encontrava-se a seis anos do desconto para a terceira idade nas salas de cinema. A seis anos de olhar para Jim na cozinha e querer lhe enterrar um picador de gelo entre os olhos.

– *Gracias* – disse Franny quando a mulher estendeu o troco.

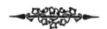

Sylvia desmaiou de imediato no quarto menor, que parecia ter sido construído para uma freira: uma cama pouco mais larga que seu corpo esbelto de adolescente, paredes brancas, lençóis brancos, piso pintado de branco. A única coisa no quarto que nada tinha a ver com freiras era a pintura de uma mulher nua em repouso. Parecia um dos quadros de Charles, aos quais estava acostumada. Ele adorava pintar aqueles triângulos macios de pelos pubianos, muitas vezes os da mãe na juventude. Era aquilo o que era. Outras pessoas podiam se dar ao luxo de nunca ter visto a mãe nua, mas não Sylvia. Ela espreguiçou-se, os dedos pontiagudos dos pés pendendo da borda da cama. A casa cheirava de forma estranha, a pedra molhada e sapos, e Sylvia levou vários minutos para lembrar de onde estava.

– *Me llamo Sylvia Post* – disse. – *Dónde está el baño?*

Sylvia rolou para ficar de lado e puxou os joelhos em direção ao peito. A única janela do quarto estava aberta e por ela entrava uma brisa agradável. Sylvia tinha poucas opiniões sobre a Espanha: não era como a França, que a fazia pensar em baguetes e bicicletas, nem como a Itália, que a fazia lembrar de gôndolas e pizza. Picasso era espanhol, mas parecia francês e soava como italiano. Havia um filme de Woody Allen que se passava na Espanha mas, na realidade, Sylvia não o havia visto. Toureiros enfrentando touros? Isso era Espanha, ou não? Ela poderia ter igualmente acordado em um quarto ensolarado em algum lugar na ilha de Peoria, Illinois. O banheiro ficava no corredor e parecia não ter sofrido reformas desde 1973. Os azulejos na parede acima da banheira e atrás da pia eram da cor de sopa de ervilha, um grupo alimentar que Sylvia pretendia alegremente evitar pelo resto da vida. Não havia chuveiro propriamente dito, apenas um bocal portátil em uma haste longa prateada que se originava nas torneiras de água fria e quente. Sylvia girou a quente e aguardou um minuto, deixando a água correr sobre a mão para sentir quando esquentasse. Esperou mais alguns minutos e como o calor não veio, girou a outra torneira, despiu-se e entrou na banheira. Precisou se inclinar para que o jato de água lhe alcançasse a cabeça e molhasse apenas uma parte do corpo de cada vez. Havia um sabonete na saboneteira, mas Sylvia não conseguiu descobrir como ensaboar o corpo com uma das mãos e se enxaguar com água gelada com a outra.

Todas as toalhas no banheiro pareciam ter sido feitas para gente pequena – gente do tamanho da Polegarzinha, pessoas ainda mais baixas do que sua mãe. Sylvia tentou envolver a parte superior e inferior do corpo com duas esplêndidas toalhas de rosto. Penteou o cabelo com os dedos e olhou-se no espelho. Ela sabia que não era feia, não era deformada, mas também sabia que havia um grande abismo entre ela e as garotas muito bonitas da escola. Seu rosto era um pouco comprido e os cabelos pendiam sem força até os ombros, nem curtos nem longos, nem louros nem castanhos, mas em algum ponto no meio. Era esse o problema de Sylvia: ser mediana. Sylvia não imaginava como se descrever a outra pessoa, a um estranho: ela era mediana, com olhos azuis que não eram nem particularmente grandes nem bem delineados. Nada que levasse alguém a escrever um poema. Sylvia pensava um bocado nisso: muitos dos melhores poemas do mundo haviam sido escritos antes que o autor fosse de fato adulto – Keats, Rimbaud, Plath – e ainda assim eles haviam reunido tanta beleza e sofrimento de vida, o suficiente para sustentar sua lembrança durante séculos. Sylvia pôs a língua para fora e abriu com cuidado a porta do banheiro com a mão que segurava a toalha que lhe envolvia a cintura.

– *Perdón!*

Havia um garoto vinculado à voz. Sylvia fechou os olhos na esperança de estar alucinando, mas quando tornou a abri-los, ele continuava presente. Talvez *garoto* não fosse a palavra certa – havia um rapaz diante dela, talvez da idade de Bobby, talvez mais moço, mas certamente mais velho do que ela.

– Ah, meu Deus – exclamou Sylvia. Ela não queria reparar que o completo estranho que a encarava enquanto ela se cobria com duas toalhas diminutas era bonito, com cabelos escuros ondulados, como alguém na capa de um romance, mas não pôde evitar. – Ah, meu Deus – tornou a dizer e contornou-o às pressas, com os menores passos possíveis, de forma a que suas pernas não se afastassem mais do que cinco centímetros uma da outra. Quando estava em segurança do outro lado da porta do quarto, Sylvia deixou as toalhas caírem no chão a fim de poder usar ambas as mãos para cobrir o rosto e gritar sem produzir ruído absolutamente nenhum.

– Um *médico*, isso é maravilhoso – disse Franny. Ela o estava bajulando, sentia-se bajulando, mas era algo além de seu controle.

Não havia meios de interromper o flerte uma vez que estivesse em movimento; seria mais fácil parar um trem em alta velocidade. Havia um maiorquino de vinte anos em sua sala de jantar e ela desejava cobri-lo com azeite local e entrar num corpo a corpo até o anoitecer.

– Provavelmente sim – ele respondeu. O nome do rapaz era Joan e pronunciava-se Joe-*ahhhn*; ele seria o professor de espanhol de Sylvia nas duas semanas seguintes e permaneceria por uma hora, todos os dias de semana, durante a estada deles. Os pais de Joan moravam na vizinhança e eram amigos de Gemma. (Ela mencionou algum clube de jardinagem em comum – Franny havia parado de ler o e-mail. Algum curso sobre plantas suculentas, possivelmente.) Ele já havia lecionado e cobrava apenas vinte dólares por hora, o que era absurdamente barato, mesmo antes que Franny tomasse conhecimento de sua aparência, mas agora aquilo lhe parecia um crime contra a beleza. O rapaz cursava o segundo ano na Universidade de Barcelona e havia voltado para casa para passar o verão com os pais. Provavelmente também jantava com eles! Bobby nunca havia voltado para casa para passar um verão inteiro. Até onde Franny sabia, ele nunca havia sequer considerado essa possibilidade. Assim que ele partiu para Miami, Nova York não era seu lar mais do que o Aeroporto de LaGuardia. Franny sentiu as faces começarem a ruborizar e, quando ergueu os olhos, ficou satisfeita ao ver Sylvia à espreita no corredor.

– Ah, que bom, aqui está minha filha. Sylvia, venha conhecer Joan. Joe – *ahhhn!* – Franny gesticulou para que ela se aproximasse. Sylvia balançou a cabeça e continuou nas sombras. – Sylvia, o que está acontecendo com você? – Franny percebeu seus sentimentos agradáveis e ternos por Joan começarem a se deslocar para o constrangimento diante do comportamento infantil da filha.

Sylvia arrastou-se até a sala de jantar, movendo-se como se seus pés descalços fossem feitos de cola. Cola por haver, em um passado muito recente, sido vista quase completamente nua.

– Este é Joan, ele vai ser seu professor de espanhol – apresentou Franny, gesticulando na direção do homem, cuja mão Sylvia foi obrigada a apertar.

– Oi – cumprimentou Sylvia. O aperto de mão de Joan foi um tanto fraco, o que permitiu que Sylvia continuasse a respirar. Ela teria morrido se o aperto de mão fosse tão bom quanto o cabelo dele.

– Muito prazer em conhecer você – disse Joan em resposta. Não houve nenhuma piscadela, nenhuma confirmação do encontro na porta do banheiro. Sylvia deslizou para a cadeira contígua à da mãe sem tirar os olhos dele, caso ele fizesse algum gesto que indicasse ter visto partes indevidas de seu corpo.

Franny havia dormido com um espanhol certa vez, quando estava na Barnard. Ele estava de visita por um ano e morava no dormitório da rua 116, na calçada oposta à de Franny. Seu nome era Pedro – ou seria Paulo? – e ele não era um amante experiente mas, por outro lado, ela também ainda não era. Como a maioria das coisas, o sexo melhorava com a idade, até que a pessoa atingisse certo patamar, e então era como o café da manhã, pouco sujeito a mudanças, a menos que faltasse leite e fosse necessário improvisar. Tudo o que Franny conseguia lembrar era o modo como ele murmurava em espanhol, idioma que ela não falava, e o som daqueles erres que brotavam de sua língua macia, persistente. Franny esperara algumas cartas de amor em espanhol quando ele voltara para casa, mas quando ele deixou Nova York, eles já não se viam mais e, portanto, ela não recebeu nenhuma. De qualquer forma, Pedro-Paulo não era nem de longe tão bonito quanto Joan. O rapaz sentado à mesa em sua sala de jantar tinha compleição de atleta e queria ser médico; tinha um queixo forte, com o menor dos indícios de uma fenda no meio. Não havia chegado da igreja – chegara de um jogo de tênis com o pai. Os dois jogavam no clube que ficava a cerca de quinze minutos de distância, quadra de origem do mais famoso filho de Maiorca, Nando Filani, que já havia vencido duas grandes competições nessa temporada. A essa altura, tudo o que Franny conseguia fazer era visualizar Joan em uma camiseta encharcada de suor, com os músculos dos braços flexionados enquanto corria para uma jogada. Se Sylvia fosse um tipo diferente de garota, Franny teria se preocupado em deixá-la sozinha com Joan por tantas horas nas duas semanas seguintes. Mas sendo as coisas o que eram, ela não se preocupou.

– Mãe?

– Desculpe, querida. Você disse alguma coisa?

– Vamos começar amanhã às onze. Tudo bem?

– *Perfecto!* – Franny bateu palmas duas vezes. – Acho que vai ser muito divertido.

Todos se levantaram para conduzir Joan até a porta, e Franny agarrou Sylvia pela mão quando ele entrou no carro e executou uma manobra em três tempos para tornar a descer a encosta.

– Ele não é lindo?

Sylvia deu de ombros.

– Acho que sim. Não sei. Realmente não notei. – Ela girou nos calcanhares, subiu correndo as escadas até o quarto e fechou a porta com uma batida forte. Como já desconfiava, Franny não tinha com o que se preocupar. Foi só depois que Joan havia ido para casa e Sylvia para o andar de cima que Franny percebeu que a diferença de idade entre ela e o professor era tão grande quanto a diferença entre Jim e aquela garota, o que a fez engolir em seco de maneira audível, como se pudesse engolfar a sensação de náusea como mero enjoo de viagem.

Todos concordaram que jantar cedo seria melhor. Enquanto fervia água para o macarrão, Franny colocou algumas azeitonas em uma tigela rasa, com uma segunda vasilha pequena para os caroços. Fatiou a linguiça seca e comeu alguns pedaços antes de voltar sua atenção para as alcaparras e o queijo. A linguiça era um pouco picante, com partículas de gordura que derretiam na língua. Franny adorava cozinhar no verão, pela facilidade de ter quase todos os ingredientes em temperatura ambiente. Ela abriu o pote de alcaparras e entornou mais ou menos uma dúzia em uma tigela grande, na qual ralou parte do queijo. Isso era tudo de que precisavam – azeite e amido, gordura e sal. No dia seguinte comeriam vegetais, mas naquela noite estavam verdadeiramente em férias e comeriam apenas por prazer. Ela devia ter tentado encontrar sorvete para a sobremesa, mas faria isso no dia seguinte, quando estivessem todos lá. Charles sempre adorava comprar os sabores locais atraentes: *dulce de leche*, castanha-do-brasil, tamarindo. Ela abriu e fechou os armários da cozinha, à procura do escorredor de macarrão, e encontrou-o na terceira tentativa. A água ainda não havia fervido, então Franny continuou a abrir e fechar portas de armário, só para ver o que mais tinha à mão: um fatiador, panelas grandes o suficiente para preparar lagostas, acessórios dispersos de uma batedeira esquecida em um canto empoeirado. O último armário que ela abriu tinha duas gavetas repletas de artigos de despensa. Havia uma caixa extra de massa seca e azeite. Franny tateou o armário, vendo o que mais poderia acrescentar ao jantar, o que mais achava-se escondido. Encontrou um pote de Nutella na fileira de trás, ao lado de um pote de pasta de amendoim recoberto de crostas. Franny olhou pela janela acima da pia: Jim e Sylvia continuavam a nadar, já cultivando o rubor saudável que adquiriam no verão, independentemente de clima ou local. Essa era simplesmente a característica de certas pessoas, como se fossem capazes de participar de um triatlo e completá-lo sem qualquer treinamento. Embora fosse chegada aos livros e passasse a maior parte do ano pálida, abstendo-se da prática de esportes organizados de todo e qualquer gênero, Sylvia era filha de seu pai, competitiva e feita para o esforço físico, quer gostasse disso ou não.

 Franny apanhou o pote de Nutella na gaveta e retirou a tampa. Não estava nem na metade – mal daria para que os três passassem o creme na torrada de manhã se conseguissem comprar pão. Estava quase impressionada com Gemma por preservar prazeres tão básicos, mas provavelmente o pote havia sido comprado por algum outro hóspede, ou para o paladar imaturo de alguma criança pequena. Franny enfiou o indicador na ampla abertura do pote e arrastou-o pelas bordas, até que uma larga onda da substância cremosa se formasse entre as articulações de seus dedos. Enfiou tudo na boca e puxou o dedo devagar, com um gemido baixo. Franny recolocou a tampa no pote e, só para garantir, escondeu-o em um armário diferente, onde ninguém iria procurar.

O sol poente havia se deslocado sobre a montanha, e agora Jim e Sylvia nadavam na sombra, percorrendo a piscina de um lado a outro. Da última edição da *Gallant*: "Por que dar voltas na piscina vai fazer você viver até os cem", escrito por um romancista com nado de peito fraco e um pneu na região da cintura, artigo que Jim encomendou por achar que Franny gostaria. (A *Gallant* estava sempre à procura de novos olhos femininos.) Os dedos de Jim começaram a enrugar, mas ele não se importou. Do fundo da piscina, ele via montanhas, árvores e a fachada traseira de sua casinha rosa. Um avião passou no alto e tanto Sylvia quanto Jim sentiram-se gratos por não se encontrarem entre os passageiros, por não estarem de partida tão cedo. Uma boa piscina fazia isso – fazia o resto do mundo parecer inacreditavelmente insignificante, tão distante quanto a superfície da lua.

– Nada mau, hein?

Sylvia nadou até a borda mais afastada da piscina, alçou o corpo e se apoiou nos cotovelos.

– Dá para o gasto. – Ela limpou a água dos olhos. – A que horas Bobby e a fulaninha chegam? E Charles?

– De manhã, como nós. Eles vão chegar cedo.

Se estivessem em Nova York, em lados opostos da rua 75, eles não teriam conseguido ouvir um ao outro: os automóveis, as pessoas, os aviões, as bicicletas, o ruído da vida cotidiana na cidade. De qualquer forma, eles não vinham se falando como de costume, não nos últimos tempos. Agora se encontravam a seis metros de distância e ouviam-se perfeitamente. Se gritassem, as vozes teriam ido de encontro às árvores que revestiam a montanha e ecoado no vale abaixo, em Pigpen propriamente dita, e quem sabe percorressem todo o trajeto até o mar.

– Eu queria que ele viesse sozinho – comentou Sylvia.
– Quem, Bobby? Ou Charles? – Jim nadou devagar até o lado da piscina em que estava Sylvia.
– Os dois.
– Pensei que você gostasse de Lawrence – falou Jim. Ele estendeu os braços e agarrou a borda ao lado de Sylvia. Ela se soltou e pôs-se a boiar de costas.
– Eu gosto, eu gosto, é que... Prefiro quando ele está sozinho, sabe? Quando Lawrence está por perto, Charles tem que dar atenção a ele, como se ele fosse um cachorrinho. Não é como você e a mamãe, que são só duas pessoas casadas, sabe? Eles estão sempre ajeitando a roupa um do outro e lendo por cima do ombro um do outro. É nojento. – Sylvia estremeceu, o cabelo molhado lançando gotículas de água na piscina. – Numa determinada idade, as pessoas deviam desistir da ideia de se apaixonar. É nojento – ela tornou a dizer.
– Isso não é verdade – retrucou Jim. Ele queria falar mais, dizer a filha que ela estava enganada, mas não conseguiu encontrar as palavras.

Franny abriu a porta dos fundos e colocou a cabeça para fora.
– Jantar! Nada de roupa de banho na mesa.

Jim havia encontrado uma pilha de toalhas de praia na lavanderia e Sylvia apossou-se de uma depois de sair da piscina. Seu pai continuou a boiar, as mãos na borda de concreto.
– Mas você vai ficar feliz em ver Bobby, não vai? – perguntou Jim, erguendo os olhos na direção de Sylvia. Ele queria que as crianças continuassem a se entender, embora soubesse que isso era inútil. Ser pai de adultos não era o mesmo que lidar com crianças, quando o bando alegre tendia simplesmente a acreditar nos pais. Sylvia sabia o que havia acontecido, pois morava na

mesma casa que os dois e era impossível esconder dela a situação. Teria sido difícil esconder de uma criança, mas as orelhas dos adolescentes pareciam ventosas, absorvendo tudo ao redor. Bobby não sabia de nada. Jim quase desejava que ele ficasse em casa, permanecesse longe, longe da implosão de sua família nuclear.

Sylvia havia enrolado uma toalha gigantesca ao redor do corpo e outra ao redor da cabeça.

– Com certeza – respondeu. – Acho que sim. – Ela esperou que Jim saísse da piscina para entrar, mas não disse mais nada, desafiando-o a concluir o próprio pensamento.

O quarto principal ficava em cima do escritório e contava com um banheiro exclusivo. Havia um armário à esquerda da cama e uma penteadeira à direita. Jim havia desfeito as malas em exatos cinco minutos e estava sentado na beirada da cama, vendo Franny levar da mala ao armário braçadas de túnicas e vestidos arejados e leves. Ela ia e voltava, ia e voltava.

– Quanta roupa você trouxe? – Jim retirou os óculos e guardou-os, fechados, no bolso da camisa. – Estou exausto.

Franny pôs-se a falar como se não o tivesse ouvido.

– Bem, Bobby e Carmen e Charles e Lawrence vão chegar mais ou menos ao mesmo tempo, então podíamos ir até lá para encontrá-los ou eles podem vir todos juntos, o que você acha?

– Não faz mais sentido eles virem juntos para nos poupar a viagem? – Jim sabia que não era essa a resposta que ela queria. Ergueu-se e estalou os dedos.

Franny passou por ele, carregando outra braçada.

– Acho que sim, mas se eu for buscar todo mundo, talvez um carro possa ir até o mercado enquanto o outro vem direto para cá – disse ela. – O professor de Sylvia vai chegar às onze, então por que vocês dois não ficam em casa? Vou buscar Bobby e Carmen, já que Charles vai alugar um carro e aí talvez a gente troque de carro para que Bobby, Carmen e Lawrence venham para casa enquanto Charles e eu compramos comida. Na verdade, faz mais sentido. Por que não fazemos isso?

Não fazia o menor sentido, não para Jim, mas ele não discutiria com ela. Era esse o problema de incluir Charles e Lawrence: Franny faria qualquer coisa para modificar os planos a fim de passar vinte e quatro horas por dia com Charles, pelo máximo de dias possível. Não importava que agora Charles fosse casado, ou que o restante da família estivesse presente e as férias tivessem ostensivamente a ver com passar algum tempo com Sylvia. O plano também havia sido aproveitar a viagem para comemorar o trigésimo quinto aniversário de casamento dos dois, mas essa ideia, de que a viagem seria de certa forma uma comemoração do casamento deles, agora parecia uma piada de mau gosto. Assim que Charles chegasse, Franny começaria a rir como fazia aos vinte e quatro anos e, no que lhe dizia respeito, o restante deles poderia começar a atear fogo uns nos outros. Era isso o que grandes amigos faziam: estragavam as pessoas para todos os demais. Claro que Franny teria dito que Jim já havia estragado tudo.

Jim encaminhou-se ao banheiro e retirou sua escova de dentes do *nécessaire*. A água da torneira tinha gosto de metal velho, mas ainda assim foi bom escovar os dentes e lavar o rosto. Jim levou intencionalmente mais tempo do que o habitual, em parte por não saber ao certo como transcorreria a noite. Da forma que aquela noite transcorresse, assim transcorreriam as férias. Se

Franny tivesse abrandado no avião, na linda casa ou ao desfazer as malas, seria um bom sinal. Quando ele voltou ao quarto, Franny estava sentada na cama com *Dom Quixote* no colo. Jim puxou a colcha fina e fez menção de deslizar para dentro dela, mas Franny estendeu uma das mãos, sem rodeios.

– Prefiro que você durma no quarto de Bobby. Por esta noite – disse ela. – Obviamente, não quando eles chegarem.

– Entendi – respondeu Jim sem se mexer.

– Sylvia dorme como um urso hibernando e não vai ouvir – falou Franny, abrindo o livro.

– Tudo bem – concordou Jim. – Mas vamos ter que lidar com isso amanhã, você sabe. – Ele pegou o romance que estava lendo sobre a mesinha de cabeceira e encaminhou-se para a porta.

– É, vamos ter que lidar com isso, não vamos? – perguntou Franny. – Adoro quando você faz tudo parecer opção minha. – Ela abriu o livro e dirigiu sua atenção para algum lugar distante, bem distante.

Jim fechou a porta atrás de si e esperou até que seus olhos se adaptassem à escuridão.

Terceiro dia

Quando Lawrence se enfiou no banheiro masculino, Charles recostou-se na parede do terminal, puxou a mala de rodinhas para que ficasse encostada em seus pés e fechou os olhos. Eles saíram de casa em Provincetown às três da tarde anterior a fim de chegar ao Boston Logan para o voo noturno, mas voar na classe econômica tinha sido mais cansativo do que ele recordava. Lawrence era o mais parcimonioso – se Charles tivesse viajado sozinho, teria saltado no mínimo para a classe executiva. Tinha cinquenta e cinco anos. Para que estava guardando dinheiro, se não para os voos transatlânticos? Lawrence teria repreendido Charles se fosse capaz de ouvir seus pensamentos. Essa era uma conversa que eles tinham regularmente. Só porque um bebê ainda não havia aparecido não significava que não apareceria, e então ele não se sentiria culpado por aqueles milhares de dólares esbanjados, flutuando em algum lugar sobre o oceano? Maçãs orgânicas/escola particular/aulas de tênis não valiam a pena? Valiam, Charles sempre iria concordar, mesmo que ultimamente tenha passado a acreditar que seus sonhos compartilhados de terem uma família se dissipariam em breve, altura em que poderiam retomar sua vida alegremente egocêntrica. Quase todos os outros casais que eles haviam conhecido na agência de adoção já tinham seu bebê – um, quando não dois – e Charles achava que devia haver algo escrito em tinta invisível na carta dos dois para as mães biológicas. *Estou em conflito,* talvez, ou *Não sei, nós parecemos bons pais para você?*

O terminal cheirava a desinfetante e perfume forte, combinação que sempre rendia a Charles de imediato uma dor de cabeça. Ele deslocou o corpo para a direita, de forma a ficar de frente para a sucessão de passageiros no desembarque. Os espanhóis tinham rosto melhor do que os turistas – maçãs do rosto melhores, lábios melhores, cabelos melhores. Quando mais moço, Charles pintava com base no natural, mas agora apenas batia fotos com sua câmera digital e pintava a partir das imagens. Ele adorava essa liberdade, poder levar no bolso o rosto de alguém.

– Ei – disse Lawrence, enxugando as mãos molhadas nas calças.

– Bem-vindo de volta – disse Charles, apoiando a cabeça no ombro de Lawrence. – Estou cansado.

– Sei que está. Mas, ei, pelo menos você não está usando roupa de brincar de tamanho adulto – falou, gesticulando na direção de uma mulher que saía da ponte de embarque no portão do lado oposto ao banheiro. Ela era miúda, provavelmente com não mais do que um metro e meio, e usava calça rosa de moletom felpudo combinando com o casaco, ambos justos o bastante para exibir o traseiro redondo e a estrutura, fora isso, compacta. – Aquilo não foi proibido há uns dez anos? – A mulher saiu da fila e virou-se, aguardando alguém. Um homem alto de cabelos castanhos encaracolados surgiu e acenou para a mulher de rosa à espera.

Charles girou de forma a ficar de frente para a parede.

– Ah, merda – disse. – É a namorada de Bobby.

– Não a que está vestindo moletom – falou Lawrence, girando o corpo para que ficassem ambos voltados para a parede.

– Não podemos ficar os dois virados para a parede – retrucou Charles. – Merda.

– Charles?

Charles e Lawrence giraram, ambos de braços abertos.

– Oiiiiii – cumprimentaram em uníssono. Bobby e a namorada reduziram a distância que os separava e agora se encontravam a pouco mais de um metro.

– Olá, bonitão – Charles puxou Bobby para um abraço. Deram-se tapinhas afetuosos nas costas e quando se desvencilhou do abraço, Bobby conservou o braço ao redor dos ombros de Charles, como se estivessem posando para uma foto de time.

– Como foi a viagem? Oi, Lawrence. – Bobby abriu um amplo sorriso. Tinha o bronzeado fácil da pessoa que passa a maior parte dos dias ao ar livre, embora não fosse o caso. Na realidade, Lawrence considerava Bobby bronzeado demais, visto que visitar imóveis em Miami não proporcionaria tanta luz solar, a menos que ele dirigisse um conversível, o que parecia improvável. Talvez Bobby passasse todos os finais de semana na praia, com o rosto, os braços e o peito besuntados de loção de bronzear, como um fisiculturista de 1975. O que também parecia improvável. Lawrence não sabia bem como reconciliar-se com o fato de o bronzeado moreno-dourado de Bobby ser quase certamente falso. As regras eram diferentes na Flórida.

– Ótima. E a de vocês? – perguntou Charles. Ninguém havia falado com a namorada de Bobby, tampouco houve qualquer tentativa de apresentá-la. Charles sabia que eles haviam se encontrado uma ou duas vezes em algum jantar de Natal ou em alguma das generosas festas de aniversário de casamento de Franny e Jim – quem sabe no trigésimo, cinco anos atrás? Charles tinha a vaga lembrança de ter visto a mulher ao lado do agente literário de Franny, evitando com persistência a conversa ao realizar uma investigação bastante minuciosa do teto. A namorada era pelo menos dez anos mais velha do que Bobby, o que tornava o moletom tão absurdo. Ela era quase da idade de Lawrence, jovem apenas quando vista a partir do outro lado dos sessenta. Franny tinha muito a dizer sobre o assunto, mas só depois de meia garrafa de vinho. Até lá, permaneceria friamente imparcial. Fazia anos que os dois estavam juntos, indo e voltando, mas nenhum dos Posts parecia se importar com uma coisa ou outra, pelo menos era uma companhia educada, daquele tipo que consegue ignorar a flatulência do cão mais amável. Charles mal podia acreditar que não lembrava o nome dela. Ela era natural de Miami, filha de pais cubanos. Seria Carrie? Não era Mary. Miranda?

– Carmen estava tão agitada que não dormimos nada – comentou Bobby, finalmente olhando por cima do ombro para encontrá-la. – Você lembra de Charles e Lawrence, certo?

– Olá – ela cumprimentou, estendendo a mão. Lawrence apertou-a primeiro, em seguida Charles. Carmen tinha a pegada firme, um aperto de mão que surpreendeu a ambos. A pele azeitonada sem rugas escondia a idade e o rabo de cavalo estava amassado do avião, um esguicho de baleia descentralizado. Lawrence achava-a parecida com uma das Spice Girls após uma década longe dos holofotes, ligeiramente desgastada.

– É claro – disse Charles. – Como poderíamos esquecer?

Franny aguardava na área de retirada de bagagens, esfregando as mãos. Quando Bobby e Carmen surgiram, pôs-se a dar gritos e saltos desajeitados com seus mocassins, um dos quais saiu do pé e deslizou alguns centímetros no chão liso e polido. Ela voltou às pressas, calçou o sapato e correu pelo recinto, devagar como se pisasse sobre melaço. Bobby inclinou-se para deixar-se envolver pelos braços da mãe.

– Ah, sim, sim, sim – ela falou, esfregando as costas do filho.

Franny sentia-se péssima por não contar a Bobby o que acontecia em relação a Jim, mas esse não era o tipo de coisa que alguém explicasse por telefone. Agora que o tinha bem próximo, achou que seria muito mais fácil se a informação pudesse ser transmitida por telepatia, como nos programas de ficção científica da televisão, simplesmente *zzzzzpppp* de um cérebro para o outro. – Ah, sim.

– Oi, mãe – disse Bobby, piscando para Carmen por sobre o ombro da mãe. – Pode me soltar, sério, vou passar semanas aqui.

– Ah, tudo bem – Franny recuou com ar relutante. – Oi, Carmen – cumprimentou dando-lhe um rápido beijo no rosto. – O voo foi bom?

– Ótimo – Carmen sorriu. – Assistimos a filmes. – Ela transferiu o peso de uma perna para outra, alongando a panturrilha.

– Excelente – comentou Franny. – Vocês por acaso encontraram Charles? Ele deve estar por aqui, em algum lugar. – Ela olhou para além de Carmen, na direção do corredor pelo qual eles haviam chegado. Com efeito, Charles e Lawrence puxavam as malas atrás de si, rindo. Os olhos de Franny encheram-se de lágrimas, como se ela tivesse achado que ele não chegaria de fato. Ela adiantou-se para que Bobby e Carmen não a vissem começar a chorar. Charles por fim a viu e pôs-se a andar mais rápido, erguendo-a como um namorado que esteve longe por longo tempo após uma guerra.

O arranjo de Franny cumpriu-se sem obstáculos: Bobby, Carmen e Lawrence embarcaram no carro alugado por Charles; Charles embarcou no carro de Franny, e lá se foram eles. Carmen sabia dirigir com câmbio manual, portanto conduzia o primeiro carro, ao passo que Charles dirigia o segundo. Lawrence sentia-se cansado demais para reclamar e se Charles havia se animado o bastante para ir às compras, melhor para todos, não? Charles acenou hesitantemente da janela do lado do passageiro quando o carro se afastou, deixando Lawrence preso a dois desconhecidos com quem não sentia a menor vontade de passar as férias.

– É muito bom vê-lo, Lawrence – disse Bobby. – Não o vejo desde que vocês se casaram. Quando foi isso, há um ano? Dois anos? Sei que foi no verão. – Carmen fez o carro dar um solavanco para a frente e mesclar-se ao tráfego do aeroporto.

– Vai completar três anos no mês que vem – respondeu Lawrence, fechando os olhos e fazendo um rápido agradecimento a uma imagem divina que os espanhóis haviam colocado do lado direito da estrada. – Você sabe o que dizem sobre o tempo.

– O quê? – perguntou Bobby, baixando o quebra-luz retrátil para dar uma olhada no espelho. Por um momento, ele captou o olhar de Lawrence e sorriu. Bobby era mais carinhoso do que a irmã; na realidade, era mais carinhoso do que todo o resto da família. Pelo que Lawrence podia perceber, Bobby não era nada ríspido, qualidade difícil de encontrar em pessoas que haviam crescido em Manhattan. Lawrence sentiu seus ombros relaxarem um pouco.

– Ah, você sabe. O tempo voa. – Lawrence cruzou os braços e olhou pela janela. Sua própria família nunca havia tirado férias junto, não desde que ele era criança. Mesmo então, Lawrence achava que eles não haviam feito mais do que uma ou duas viagens a algum *camping* enfumaçado, onde todos haviam dormido na mesma barraca úmida e mofada. Parecia loucura imaginar que alguém enchesse de parentes uma casa (ou barraca) e ainda assim esperasse passar férias agradáveis. Ele e Charles já haviam discutido isso: depois de Maiorca, iriam a algum lugar por alguns dias, só os dois, onde estariam misericordiosamente livres da tagarelice e da bagagem emocional dos outros. Lawrence estava pensando em Hudson, ou talvez Woodstock, mas Charles achava o norte do estado de Nova York muito infestado de insetos. Eles poderiam esperar até que o tempo mudasse e voar para Palm Springs. Tudo o que Lawrence desejava era conversar sobre quem tinha tido bebê, quem continuava esperando, sobre papel de parede para o quarto da criança, sobre nomes e carrinhos de bebê e onde poderiam comprar um bom leite materno de lésbica.

– Isso é verdade – disse Carmen. Ela puxou a bolsa para o colo e retirou um saco plástico grande repleto de maquiagem, tudo em miniatura, como se fosse feito para bonecas. – Amostras – disse ela por sobre o ombro à guisa de explicação. – Assim, cabe tudo o que preciso. Cem gramas ou até menos. – Ela desenroscou uma tampa do tamanho de uma unha de bebê e espremeu uma gota de creme sobre a almofada do dedo indicador. Lawrence a viu esfregar vigorosamente o creme no rosto e no pescoço com uma das mãos enquanto dirigia com a outra e apertou o cinto de segurança. A família dos outros era tão misteriosa quanto uma espécie alienígena, cheia de códigos secretos e histórias compartilhadas. Lawrence viu Carmen repetir o processo mais algumas vezes com poções distintas. O carro guinou para o lado quando ela fez uma curva rápida demais e Bobby gritou, não sem senso de humor.

– Ela é péssima motorista – falou e preparou-se para a retaliação de Carmen.

A delicadeza de Bobby não importava, realmente não, não mais do que o autoritarismo de Franny, a reserva de Jim ou a precocidade de Sylvia. O problema era Charles tê-lo abandonado antes mesmo de deixarem o aeroporto. Quanto duas semanas conseguiriam neutralizar isso?

– Estou um pouco cansado – anunciou Lawrence. – Acho que vou fechar os olhos se vocês não se importam.

– Claro – disse Bobby. – Pode apagar.

Lawrence fechou os olhos. Havia começado a suar e o ar-condicionado do carro pareceu-lhe inadequado para a tarefa que tinha pela frente. Lawrence perguntou-se se Bobby e Carmen conversariam à moda dos casais, sobre nada de importante, mas os dois permaneceram em silêncio.

A mercearia em Palma era divina. Franny e Charles agarravam-se na cabeceira de cada corredor. As embalagens eram sublimes, mesmo nas sardinhas enlatadas e tubos de extrato de tomate. Estar em um país estrangeiro transformava em arte a menor das diferenças. Charles certa vez havia pintado Franny com base em uma foto de um supermercado em Tóquio, seu rosto largo beatífico. Era uma das coisas que eles mais gostavam de fazer juntos.

– Olha – chamou Charles, erguendo uma caixa de pudim.

– Olha – disse Franny, segurando um pacote de batatas fritas sabor *jamón*.

O corredor dos frios era magnífico: patê de presunto, bacon, *chorizo*, mortadela, *sobrassada*, salame, ibérico, cachorro-quente, pizza de presunto, salsicha, carne-seca. Eles encheram o carrinho com potes de manteiga de amendoim e geleia, papel higiênico, suco – *zumo* – alface, laranja, queijo manchego e pão de fôrma fatiado.

– Que horas são? – perguntou Charles quando estavam na fila para pagamento. – Parece que são três horas da manhã.

– Pobrezinho – Franny colocou os braços ao redor de seus ombros. Quando se conheceram, tanto Franny quanto Charles eram jovens e meio que bonitos, com estilo suficiente para contornar o restante. Franny apertava a cintura com um bom e forte cinto e o contorno do couro cabeludo de Charles apenas começava a se fazer anunciar. Eles poderiam viver até os cem anos e Franny ainda continuaria a vê-lo dessa forma – como um James Dean mais baixo, com sobrancelhas interessantes e lábios curvos, tão lindo quanto possível. Não importava que agora Charles fosse completamente calvo, como se fosse uma coroa de louros composta por uma pelagem bem curta e rala, agarrada ao crânio. Para Franny, ele seria sempre aquele que mais amava, o rapaz mais bonito que ela nunca poderia ter, a não ser de todas as maneiras que já o tinha, para sempre.

– Como vão as coisas? Com Jim, quero dizer.

– Ah, você sabe – começou Franny, mas não soube como terminar a frase. – Ruins. Ruins, ruins, ruins. Não consigo olhar para ele sem sentir vontade de cortar-lhe fora o pênis.

– Mas Sylvia parece estar encarando tudo muito bem – falou Charles, balançando a cabeça em direção à caixa. Ele falava ainda menos espanhol do que Franny, o que não queria dizer muita coisa.

– Mas você nem mesmo viu Sylvia ainda – comentou Franny, confusa.

– Facebook.

– Você está no Facebook?

Charles revirou os olhos.

– *Sí*. E por que você não? Ah, amoreco, você está perdendo. Mas sim, Sylvia e eu conversamos no Facebook o tempo todo. Acho que ela provavelmente faz isso na mesa da sala, sentada na sua frente. – Ele baixou a voz. – Ela me conta todos os segredos dela.

Franny largou o ombro de Charles e impeliu o corpo de encontro ao dele, ameaçando uma pilha de barras de chocolate na retaguarda.

– Ela não faz isso – disse Franny, enciumada tanto pelo fato de Charles saber coisas a respeito de sua filha que ela desconhecia quanto por Sylvia ter descoberto um jeito de se comunicar com Charles que ela sequer sabia que existia. – Sylvia não tem segredos. É isso o que é maravilhoso nela. Ela é a primeira adolescente do planeta a ser simplesmente feliz.

– É claro que sim – concordou Charles, baixando a cabeça. Grande parte do fato de ser um bom amigo era saber quando ficar de boca fechada. – E, no final das contas, essa é a parte boa. Independentemente do que aconteça com Jim, você sempre vai ter Syl e Bobby. Filhos são para sempre, mesmo que o amor não seja, certo?

– Vou amar *você* para sempre – declarou Franny, retirando o cartão de crédito da carteira. – As crianças também, acho.

Bobby bateu à porta da frente, embora a casa fosse tão sua quanto de qualquer outra pessoa. Como ninguém atendeu, tentou a maçaneta e descobriu que a porta estava destrancada. Virou-se para Carmen e Lawrence às suas costas e ambos balançaram a cabeça buscando aprovação. Ele abriu a porta.

– Olá? – A casa estava completamente silenciosa, exceto pelos sons das árvores agitando-se com a brisa e um eventual carro na estrada. – Olá? – Bobby tornou a dizer, dando passos hesitantes pelo vestíbulo.

Houve uma pancada no andar de cima e em seguida o rangido de uma porta ao ser aberta devagar. Sylvia surgiu no alto da escada, apoiada nos joelhos e nas mãos.

– Estou com *jet lag* – disse ela.

– Venha nos ajudar com as malas! – chamou Bobby, quase aos gritos.

– Sim, senhor, já vou fazer isso – retrucou Sylvia antes de girar e engatinhar de volta ao quarto. A porta se fechou com uma batida.

Joan queria ter noção dos conhecimentos de Sylvia e chegou exibindo um livro de exercícios como os que Sylvia não via desde a quinta série, com fotos de vacas, vassouras e outros objetos a serem identificados. *Como Mariella diz à amiga que TALVEZ apareça para o jantar? Como diz que IRÁ ao jantar?* Sylvia preencheu obedientemente algumas páginas antes que Joan, que lia por sobre seu ombro, a interrompesse. Ele sentava-se próximo o suficiente para que Sylvia sentisse o perfume de sua colônia. Era obviamente desagradável quando os caras na escola usavam colônia, mas Joan fazia aquilo parecer sofisticado, como um James Bond maiorquino. Sylvia imaginou o armário do banheiro de Joan, as prateleiras lotadas de produtos de beleza masculinos. Só o cabelo sem dúvida necessitava de meia dúzia de cremes para mover-se da maneira como fazia. Sylvia pôs-se a respirar o mais superficialmente possível enquanto Joan conferia seu trabalho. Ele clicava a caneta de encontro à mesa, *aberta, fechada, aberta, fechada.*

– Sylvia – anunciou ele –, seu espanhol escrito é bom. – Joan prolongou seu nome por quatro sílabas, como se fosse feito de mel. *Sy-il-vi-a.*

– Tudo bem – disse ela, querendo que ele repetisse seu nome.

Joan recuou a cadeira alguns centímetros.

– Devíamos passar nosso tempo só conversando, sabe, só com conversação. – Ele vestia uma camisa polo desabotoada no pescoço. Lá fora, alguém riu e Sylvia girou para olhar para trás pela janela da sala. Bobby e a namorada estavam na piscina, ela trepada nos ombros dele, como uma briga de galo de uma única equipe. Carmen era velha, tinha mais de quarenta. Bobby era uma década inteira mais velho do que Sylvia, portanto já parecia velho, e o fato de Carmen ser mais de dez anos mais velha do que *ele* fazia com que parecesse estar tentando lhe sugar o sangue. Fazia seis ou sete anos que eles haviam se conhecido na academia em que Carmen era *personal trainer*. Bobby malhava lá e a levou para casa. Sylvia achava a história toda muito brega, tão brega quanto a própria Carmen, que usava delineador todos os dias e o tipo de tênis que supostamente melhoraria o traseiro, embora ela fosse *personal trainer*, tivesse um traseiro perfeito e, enfim, devesse saber que aquilo não valia a pena.

– É estranho tirar férias com a família inteira – disse Sylvia em espanhol. – *Muito estranho.*

– *Fale sobre eles* – pediu Joan. Ele girou a cadeira de forma a também olhar pela janela. – *Aquele é seu irmão?*

– *Foi o que me disseram* – respondeu Sylvia.

Eles ouviram passos no corredor e tanto Joan quanto Sylvia viraram-se para olhar. Lawrence havia vestido traje de banho e segurava um copo de água suado. Caminhou até a porta que dava para o jardim e viu Carmen e Bobby revezarem-se ao tocar com as mãos a parte rasa depois de uma volta na piscina.

– Talvez eu só tire uma soneca – disse Lawrence, virando-se e voltando.

– *E quem é esse?* – perguntou Joan.

– *O marido do melhor amigo da minha mãe. Eles são gays. Acho que ele não queria vir.* – Sylvia interrompeu-se. Queria que Joan risse, mas só pela relutância de Lawrence. Isso era importante.

– *E agora ele está preso aqui com vocês por quanto tempo?* – indagou Joan, fazendo a pergunta certa.

– *Duas semanas* – respondeu Sylvia, sorrindo com tanta intensidade que teve que se inclinar para a frente e fingir que tomava um gole de seu copo de água vazio. Tudo bem se não interagisse com mais ninguém nas duas semanas inteiras, pensou Sylvia. Joan parecia um excelente candidato para o sexo. Na verdade, se o sexo fizesse um cartaz para apregoar suas virtudes, teria colocado o rosto de Joan nele. Sylvia deixou que seus lábios se demorassem ao redor da borda de vidro. Não era isso o que deveria fazer, chamar atenção para sua boca? Ela deu uma rápida lambida no vidro, concluiu que se sentia como um camelo no zoológico e baixou o copo, esperando que ele não tivesse percebido nada.

Estava quente demais para caminhar no meio do dia, então Jim esperou que o sol baixasse. Vestiu seu traje de corrida (short de lycra, agasalho), seu tênis e saiu, com um aceno rápido para Sylvia, que estava enroscada em um dos sofás da sala com um livro a sete centímetros do rosto. Achava-se em *Villette*, destrinchando as Brontës. Já havia lido tudo de Jane Austen naquele ano – Austen era boa, mas quando alguém dizia que gostava de *Orgulho e preconceito*, todos esperavam que a pessoa só tivesse a ver com alegria e véus de casamento e Sylvia preferia os pântanos chuvosos. As Brontës não temiam deixar alguém morrer de tuberculose, o que Sylvia respeitava.

– Volto logo – disse ele.

Sylvia resmungou uma resposta.

– Diga a sua mãe que saí para dar uma caminhada.

– Onde mais você teria ido? – perguntou Sylvia, ainda sem tirar os olhos do livro.

Jim subiu a encosta. Maiorca era mais empoeirada do que ele esperava, menos verde e acidentada do que a Toscana e a Provença, mais rochosa e ensolarada, como a Grécia. Devia haver uma espécie de platô algumas centenas de metros estrada acima, do qual era possível ver o mar, e Jim gostava da ideia de ter uma paisagem.

Os finais de semana eram razoavelmente fáceis – ele não estaria no escritório de qualquer forma, portanto, encarregar-se das incumbências normais era bom, natural. Ele assistiria a um filme com Sylvia, se ela permitisse, discutiria sobre em que restaurante pedir o jantar, daria algumas voltas ao redor do parque. Os dias de semana eram o desafio – as manhãs de segunda-feira em particular. Estar em Maiorca tornaria tudo mais fácil. Ele ainda acordava às sete, saltava da cama e entrava no chuveiro. Jim não era indolente nem vagabundo, não como os jovens que moravam com os pais até os trinta e passavam o tempo jogando *videogames*. Jim gostava de trabalhar. O fim de semana não havia sido ruim, mas hoje seria pior, ainda que não tão ruim como quando eles estavam em casa, onde seu peito se apertava no instante em que o despertador disparava e seu corpo entrava em pânico devido à ausência de impulso para frente.

Nos últimos quarenta anos, Jim havia passado todos os dias no trabalho, seguindo em frente, tentando ser o mais inteligente possível, tentando ser o melhor possível, tentando abrir tantas portas quanto possível. E agora, assim de repente, as portas haviam se fechado e ele não tinha nada para fazer além de ficar sentado em casa, à espera de que o telefone tocasse. O que não aconteceria. A diretoria havia deixado isso claro: não era uma ameaça, era uma promessa. Jim estava profissionalmente liquidado. Enquanto quisesse que eles permanecessem de boca fechada, ele ficaria em casa e se dedicaria à observação dos pássaros. Isso foi apresentado como cortesia. A bocarra escancarada do outro lado do silêncio era que todas as revistas de Nova York e todos os *sites* com coluna de fofocas ficariam encantados em listar minuciosamente os detalhes picantes. Jim não teria acatado a ameaça se não a reconhecesse como verdadeira. O novo editor da *Gallant* seria um homem perspicaz de trinta e cinco anos – mesmo que não houvesse ocorrido nenhuma tragédia, a estabilidade de Jim tinha data de validade. Ninguém queria conselhos do próprio pai.

A estrada era íngreme, e mesmo que o calor mais intenso do dia já tivesse passado, Jim não havia coberto a cabeça e o sol lhe batia forte na nuca. Se a casa surgisse três meses mais tarde, Franny não a teria alugado. Se Sylvia não tivesse se formado, se as férias não tivessem sido organizadas como um presente para ela, Franny teria cancelado. Jim não sabia se devia sentir-se grato pelo fato de as engrenagens já estarem em movimento, ou se sentia preso, como se tivesse sido capturado em uma armadilha. Em casa, sempre havia cômodos tranquilos, locais onde se esconder. Em outros tempos, quando havia duas crianças, uma babá e avós que chegavam de visita, a casa tinha o tamanho certo, mas agora era grande demais. Os três não apenas possuíam seu próprio quarto, mas vários outros cômodos: Jim tinha seu escritório e uma sala de lazer que Franny evitava, Sylvia tinha seu quarto e o de Bobby, que ela havia transformado em área de confinamento para a juventude local descontente, e Franny ficava com todo o restante: a cozinha, o jardim, o quarto, seu escritório. Eles não precisavam se ver caso não quisessem, poderiam passar dias percorrendo seus próprios circuitos, como os manequins acima da entrada do zoológico no Central Park.

A comissão de diretores da *Gallant* havia sido unânime em sua decisão. Foi o que mais surpreendeu Jim – ele esperava reprovação, sim, mas não o mais absoluto sarcasmo. A garota – ele detestava lembrar a emoção que sentia só de ouvir seu nome, Madison, um nome que normalmente teria ridicularizado – tinha vinte e três anos, a idade de Franny quando eles se casaram milhares de anos atrás. Vinte e três significava que ela era adulta, havia saído da faculdade e estava pronta para ingressar na força de trabalho. Assistente editorial. Franny havia salientado o fato de Madison ser apenas cinco anos mais velha do que Sylvia, mas vinte e três era a idade de uma adulta, uma mulher totalmente desenvolvida. Capaz de tomar as próprias decisões, ainda que ruins. Quando os diretores mencionaram Madison, usaram a palavra *garota* e, uma vez, *criança*, à qual o advogado de Jim objetou, com toda razão. Mas não se tratava de um tribunal e tal linguagem não teve o menor peso. Estavam todos sentados ao redor da mesa da sala de reuniões, como haviam feito tantas vezes para discutir questões tediosas. Todos os dez integrantes da diretoria haviam comparecido, o que era raro, e no instante em que eles entraram, Jim soube que as coisas não correriam a seu favor. Nenhuma das três mulheres da diretoria olhou Jim nos olhos.

Jim fez uma curva. Havia um longo muro de pedra poucos metros adiante, no lado da estrada que dava para o oceano. As montanhas pareciam ter mudado de cor com a altitude e agora se tingiam de azul. Ele limpou as pedras e sentou-se, lançando as pernas por sobre o muro de forma a que ficassem penduradas a poucos centímetros do chão do outro lado. Diante dele, ovelhas pastavam e perambulavam de cabeça baixa e à vontade. Levavam sinos ao redor do pescoço, que emitiam um retinir agradável quando elas fungavam a grama. Ele não sabia o quanto Franny havia contado a Charles sobre a situação na revista. As crianças não sabiam de muita coisa – Bobby não sabia de *nada* – e ele desejava que assim fosse. De acordo com seu pedido de demissão, ele havia deixado o cargo de editor para perseguir outras paixões, passar mais tempo com a família e viajar mais. Embora fosse claro que era exatamente isso o que Jim estava fazendo, as razões indicadas eram completamente falsas. Se pudesse, Jim teria voltado direto de Maiorca para o trabalho, ido trabalhar direto todos os dias até cair morto em sua mesa, horrorizando o pessoal jovem, todos tentando ser muito adultos com seus prendedores de gravata elegantes e sapatos lustrosos. O sol não se poria por mais algumas horas, entretanto havia mergulhado atrás das montanhas e o azul estava mais escuro agora, como se um pincel de aquarela roçasse as árvores, as rochas e a encosta. Jim poderia ter ido mais longe, mas a estrada era íngreme e, mais do que o exercício, ele só queria alguns minutos afastado. Sentou-se e pôs-se a observar as ovelhas até que elas pararam de se mover, olhando para longe, uma para a outra ou para a grama sob o corpo, como se houvessem combinado de antemão esse momento de silêncio. Era a espécie de situação passível de ser comentada com a pessoa sentada a seu lado, uma parte do dia muito pequena e sem importância, mas ainda assim digna de atenção. Se fosse um tipo diferente de homem, ele talvez fizesse um poema. Em vez disso, Jim tornou a lançar as pernas por sobre o muro e começou a descer a encosta. Atrás dele, os sinos das ovelhas começaram outra vez a retinir, sem pressa. No final, foi Franny quem decidiu tudo. Queria tirar aquelas duas semanas, disse ela. Aquelas duas semanas para tomar sua decisão, com todos juntos como uma verdadeira família. Jim já havia começado mentalmente a assinalar as coisas como a última vez – a última vez que faria isso com a filha, a última vez que faria aquilo em casa. O que havia levado trinta e cinco anos para ser construído, levaria apenas duas semanas para desmoronar. Jim não podia apagar o que havia feito. Havia se desculpado, com Franny e com a revista, e agora cabia a eles decidir qual seria o castigo. Ele esperava apenas que sua mulher fosse menos dura do que o tribunal inflexível constituído pelos membros da diretoria, embora Franny (Jim sabia, ele sabia) tivesse direito a sentir mais raiva do que todos.

⁂

Não importava que a maior parte do grupo tivesse chegado naquela manhã e que teria que fazer força para se manter acordado durante a sobremesa. Franny havia cozinhado e todos se sentariam juntos à mesa. Ela havia comprado peixe no mercado, limões, cuscuz israelense, frutas para uma torta e vinho suficiente para fazer tudo flutuar. Suas mãos cheiravam a alecrim e alho, o que era melhor do que sabão. Ela havia descoberto o alecrim crescendo no quintal, um arbusto grande, bem cuidado, ao lado da porta da cozinha. Carmen estava no chuveiro e Bobby trocando o traje de banho, mas os demais já se encontravam vestidos e na sala de jantar. Franny gostava desse momento mais do que de todos os outros: ficar sozinha na cozinha, com quase tudo pronto, ouvindo os convidados reunidos conversarem alegremente, sabendo que logo seriam alimentados. Charles não tirava férias com eles desde que Bobby era bebê, não por mais do que um fim de semana, e o pulso de Franny acelerou de alegria ao som da voz dele junto à de Sylvia. Eles eram amigos. Como isso havia acontecido? Parecia impossível que Sylvia já tivesse dezoito anos e que partiria em tão pouco tempo. *Partiria*. Era essa a palavra que ela gostava de usar. Não *iria embora*, que implicava um retorno, mas *partiria*, que implicava um avião a jato. Franny nunca teria sido tão cruel com a própria mãe, que insistiu em jantares semanais durante seu primeiro ano na Barnard, como se Brooklyn e Manhattan tivessem alguma coisa a ver um com o outro, como se ela não houvesse se mudado para outro hemisfério. Se ela e Jim realmente se separassem, a situação de Sylvia seria ainda pior. Quando voltasse para casa de visita, com quem ficaria? Com a mãe, em uma casa que de outro modo estaria vazia? Ou com o pai, em um apartamento de solteiro, lustroso e melancólico, com toda a mobília nova? Franny contemplou o vazio, as mãos ainda no saca-rolhas.

– Posso ajudar em alguma coisa? – Carmen surgiu atrás do ombro direito de Franny, assustando-a.

– Não, não, está tudo pronto – respondeu Franny. – Bem, você pode levar isso para a mesa. – Ela largou a garrafa de vinho e estendeu a Carmen uma tigela. – Não, espere – disse e entregou-lhe uma diferente. Franny sempre queria levar o prato mais impressionante, independentemente de todos saberem que ela havia preparado tudo o que se encontrava sobre a mesa.

O cabelo escuro de Carmen estava molhado e seus cachos caíam pesados sobre os ombros. Era essa a aparência do cabelo de Franny antes dos brasileiros o alisarem com *lasers*, ou o que quer que tivessem feito no salão. Foi o primeiro tratamento de beleza que ela reconheceu como verdadeiramente transformador após ter descoberto o clareamento do buço na adolescência.

– Obrigada por nos receber aqui – disse Carmen. Ela havia passado maquiagem, o que Franny considerou de mau gosto. Afinal de contas, era só a família e eles iam apenas jantar. Ela teria que lavar aquilo tudo dali a poucas horas. Maquiar-se para aquele povo e àquela hora cheirava a profunda insegurança, para a qual Franny tinha pouca paciência, tanto como anfitriã quanto como mãe do namorado de Carmen e no interesse dele. De qualquer forma, claro que Franny não confiava em alguém que tinha como meio de vida modelar os *altoids* de outras pessoas. Não,

Altoids eram as balas de menta. Deltoides. Ainda assim, era gentil da parte dela fazer um esforço.

— Tudo bem — disse Franny. — Ficamos muito satisfeitos por vocês conseguirem se juntar a nós. E como vão as coisas na academia?

— Vão bem! É movimentado. Muito bom. — Carmen assentiu várias vezes com a cabeça.

— Bem, vamos? — perguntou Franny, gesticulando em direção à sala de jantar. Ela esperou que Carmen lhe passasse a frente para revirar os olhos. A vida seria muito mais fácil, Franny muitas vezes pensava, se as pessoas tivessem permissão para escolher os parceiros românticos dos filhos. Não havia nada de errado fisicamente com Carmen, exceto pela falta de produção de óvulos em seus ovários de quarenta anos, mas isso nem era o pior. Ela era terrivelmente chata, e esse problema não poderia ser resolvido com fertilização *in vitro*. Ainda assim, havia aparecido e se oferecido para ajudar, o que era mais do que Franny poderia dizer de seus dois filhos.

Quarto Dia

O quarto de Bobby e Carmen ficava entre o quarto de Sylvia e o banheiro e dava vista para a piscina, o que significava que qualquer ruído mais alto do que um sussurro tinha o potencial de ser ouvido por todos na casa inteira. Bobby estava acordado, mas ainda não havia se movido, sequer mexido os dedos dos pés – Carmen continuava a roncar baixinho a seu lado e ele não queria perturbá-la.

No apartamento deles em Miami, Carmen estava de pé antes do amanhecer. Seus clientes gostavam de malhar antes de ir para o escritório, portanto, ela começava a ver gente das cinco e meia da manhã até as dez, direto. Depois havia um intervalo até o povo da hora do almoço, o que a ocupava das onze até as duas da tarde. Ela atendia até oito clientes por dia, às vezes mais. Todos na Total Body Power sabiam que Carmen obtinha resultados e que fazia com que as pessoas se exercitassem mais do que os outros treinadores. Fazia mais de dez anos que ela acompanhava alguns de seus clientes, desde a época em que havia acabado de sair da escola de cinesiologia e trabalhava na ACM. Bobby havia entrado para a academia à procura de ajuda com os dorsais e o trapézio, e era essa a história. Claro que isso aconteceu quando Bobby tinha dinheiro para gastar com um *personal trainer* duas vezes por semana.

Sua mãe estava acordada – Bobby ouvia panelas batendo ao serem colocadas e retiradas do fogão, o som de panquecas sendo distribuídas ou de ovos sendo quebrados. Talvez as duas coisas. Franny gostava de se mostrar para o grupo, de separar as claras das gemas com uma única mão, de aquecer a calda no fogão. A moeda preferida de sua mãe era a comida. Quando Sylvia era pequena e Bobby ainda estava em casa, Franny servia panquecas em formato de animais, o que deixava os dois emocionados, mesmo que Bobby sempre tivesse a impressão de que era seu dever, como filho mais velho, fingir que não se importava.

Carmen resmungou e virou de lado, carregando consigo o lençol.

– Bom dia – falou Bobby, usando sua melhor voz de locutor. Carmen bateu no peito dele sem abrir os olhos. – Já é tarde.

– Que horas são? – perguntou ela, ainda de olhos fechados.

– Já passa das oito.

– Jesus! – Carmen ergueu o corpo para trás até se sentar com as costas apoiadas na cabeceira de ferro forjado. Estava vestindo pijama: um short desbotado que precedia seu relacionamento com Bobby, que agora já passava dos seis anos, e um *baby doll* rosa-claro que se ajustava ao seu tórax e aos seios pequenos, os mamilos escuros à mostra. Se alguém perguntasse aos Posts, todos eles diriam exatamente que tipo de corpo Bobby achava atraente: o da ginasta adolescente sarada, mulheres que pareciam não conseguir ovular nem que ganhassem um milhão de dólares. Ele não se importava. Bobby adorava a intensidade com que Carmen trabalhava seu corpo. As coxas eram seus cartões de visita; os bíceps, sua propaganda. Ela parecia forte e séria, o que era verdade. Bobby respeitava o fato de ela sempre saber o que queria, de si mesma e dos clientes. Se ela lhe dissesse para deitar no chão e fazer vinte flexões, ele faria. Carmen tinha uma forte percepção do corpo humano e do que as pessoas eram capazes de fazer quando encorajadas. Era uma das características que Bobby mais gostava nela.

— Quando você vai conversar com eles sobre o dinheiro? Bobby vinha adiando uma conversa séria com seus pais há meses — sempre que sua mãe ligava, ele desligava o telefone o mais rápido possível, ou então desviava a conversa e perguntava a Franny o que ela andava fazendo, o que a fazia falar por pelo menos vinte minutos, um intervalo de tempo respeitável. Ele detestava pedir dinheiro, e ainda mais que isso, detestava o motivo pelo qual necessitava dele. No começo, precisava apenas de uma atividade paralela, alguma coisa que levantasse sua conta bancária até que o mercado imobiliário reaquecesse. Ele não havia planejado permanecer na academia por mais do que alguns meses. Quando o melhor vendedor na Total Body Power abordou Bobby sobre a venda de suplementos em pó, aquilo lhe pareceu um cenário sem perdas. Essas haviam sido suas palavras exatas: "sem perdas". Até então, Bobby havia perdido cada centavo que havia economizado, mais cerca de milhões de centavos que, para início de conversa, nunca tinha tido.

— Logo. Só preciso descobrir o momento certo. Você não conhece os dois — disse Bobby. — Tem que ser no momento certo. — Ele tornou a reclinar-se de encontro à parede.

— Tudo bem. Só se lembre que você disse que ia fazer isso, então tem realmente que abrir a boca, certo? — Ela saiu da cama e se espreguiçou. — Acho que a gente devia ir à praia, não acha? Ou você precisa pensar sobre isso também?

— Já vou, já vou — retrucou Bobby, embora a ideia de continuar na cama, sozinho, de repente lhe parecesse deliciosa. Lançou as pernas para o lado e tocou o chão frio de pedra com os dedos dos pés. Charles e Lawrence estavam na cozinha agora —

ele ouviu a voz deles, e então a risada de sua mãe. Ele passaria muito tempo sentado sem fazer nada, ouvindo todos contarem as mesmas histórias várias vezes, Sylvia rindo por qualquer motivo no meio de tudo. Bobby sabia que a ideia convencional era a de que Sylvia havia sido a filha acidental, que havia nascido muito tarde, mas não conseguia deixar de sentir que era o contrário, que ele havia nascido muito cedo, antes que seus pais se organizassem. Bobby precisou descobrir muita coisa sozinho, não que eles algum dia chegassem a reconhecer isso. Os Posts eram mestres em se iludir, todos eles. – É, vamos.

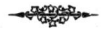

Gemma havia prometido Wi-Fi (senha: MAIORCA!), mas não mencionou detalhes – a rede era mais lenta do que acesso discado e só funcionava quando o laptop ou o telefone em questão eram mantidos sobre a pia da cozinha. Lawrence não havia tecnicamente tirado férias, mas como trabalhava em casa, que diferença fazia? A Espanha era a mesma coisa que Nova York, que era a mesma coisa que Provincetown, sem contar os fusos horários. Charles gostava de tirar sarro de Lawrence dizendo que ele tinha o menos glamouroso dos empregos no campo mais glamouroso – ele fazia contabilidade para o cinema, controlando o orçamento, os salários e as deduções. O aluguel dos *trailers*, as luzes e os *wraps* de *hummus* e broto de feijão sem glúten. Ele estava trabalhando em um filme que estava sendo rodado em Toronto, uma comédia natalina com lobisomens, chamada *Santa Claws*.* Grande parte do dinheiro saía em peles falsas e flocos de sabão para serem usados como neve.

---

* *Claws:* garras. Trocadilho com a expressão Santa Claus (Papai Noel). (N. da T.)

— Opa, desculpe, Lawrence — disse Franny, golpeando-lhe o quadril com o traseiro quando se abaixou para checar uma quiche no forno. — Contato direto!

— Não, não, me desculpe você, estou bem no caminho — ele agitou a mão livre em sinal de frustração. — Só preciso enviar essa planilha e então encerro. — Lawrence ergueu o computador em direção ao teto e balançou-o um pouco de um lado para o outro, até ouvir o *uuush* que significava que o e-mail havia sido enviado. Outro ruído indicou que mais alguns e-mails haviam entrado, mas ele nem mesmo os examinou antes de tornar a aproximar o laptop do peito e fechá-lo. — Todo seu.

Eles eram apenas três — Sylvia continuava na cama, Bobby e a namorada haviam ido à praia, ambos inteiramente vestidos com tecidos *high-tech* como se estivessem prestes a disputar um triatlo e Jim dava voltas na piscina, visível das janelas da cozinha. Charles sentava-se na cabeceira da mesa, segurando com elegância uma xícara de café nas mãos, como se esperasse que a rainha da Espanha entrasse porta adentro. Lawrence adorava várias coisas em seu marido: a aparência dos pelos, brancos e grisalhos, que lhe cobriam o rosto e a cabeça, todos mais ou menos do mesmo comprimento e igualmente eriçados; a expressão de seu rosto quando olhava para algo que desejava reter, algo que desejava pintar. Mas Lawrence não gostava de se sentir invisível sempre que Franny Post estava no aposento.

— Querido, você lembra daquela mulher que era casada com George, qual era o nome dela, Mary alguma coisa? — perguntou Franny, tocando com o dedo a superfície esponjosa de sua quiche, que permaneceria na bancada o dia inteiro para que todos roubassem uma fatia fina quando sentissem vontade. Franny era excelente em preparar uma imensa quantidade do tipo de comida na qual ninguém reparava – as broas compactas e escuras que continuavam tão boas às quatro da tarde quanto no café da manhã; frutas cortadas em uma tigela grande na prateleira central da geladeira. Ela gostava da casa repleta de comidinhas, pois achava que estômagos satisfeitos geravam hóspedes satisfeitos.

– A Mary rica? A que mancava? – Charles não tirou os olhos de Franny quando Lawrence contornou a mesa para se sentar na cadeira ao lado dele. Lawrence tornou a abrir o computador para ver seus e-mails, na expectativa de que os lobisomens absurdos o deixassem em paz por algumas horas. Havia um monte de porcaria – propaganda da loja em Chelsea onde gostava de comprar os lençóis dos dois; da J.Crew: uma série de charges políticas enviada por sua mãe; a Biblioteca Pública de Nova York; MoveOn.org. Lawrence apressou-se a deletar tudo. Então, no topo, viu um e-mail de sua assistente social na agência de adoção. De repente, Lawrence ficou sem fôlego. Charles e Franny continuavam a conversar, mas ele já não os ouvia. Leu o e-mail uma vez e depois outra. As palavras confundiam-se na tela. *Sei que vocês estão de férias, mas surgiu um menino. Por favor, telefonem assim que puderem.* Lawrence tentou sintonizar de novo na conversa, para libertar seu marido o mais rapidamente possível. Não interessava o custo de um telefonema para Nova York, nem que horas eram. Eles iam telefonar.

– A Mary rica! Você devia ver como ela está agora. O rosto parece a superfície de uma bola de gás. Ele tinha ângulos, mas agora está tudo – a essa altura, Franny emitiu um ruído de sucção – *liso*. E eles não estão mais casados. Acho que ela usou todo o dinheiro do divórcio para encontrar alguém que passasse um aspirador de pó na cara dela. – Franny desligou o forno, satisfeita.

– Certas pessoas – falou Charles, balançando a cabeça e rindo, embora Lawrence soubesse que tanto Franny quanto Charles haviam introduzido agulhas na testa para acabar com as rugas. Tinham ido ao mesmo dermatologista. A vaidade só era problema quando dizia respeito a outras pessoas. Lawrence perguntou-se qual seria o limite: facas, talvez, ou anestesia geral.

– Querido – chamou Lawrence, erguendo-se –, posso falar com você por um segundo?

Antes que Charles pudesse responder, Jim entrou apressado pela porta dos fundos, o cabelo emplastado na lateral da cabeça como um boneco Ken. Curvou-se, com a toalha ao redor dos ombros molhados.

– Como está a água? – perguntou Charles. Franny cruzou os braços e recostou-se na geladeira.

– Boa – respondeu Jim e balançou a cabeça para o lado, limpando o ouvido entupido.

– Como vai a vida na *Gallant*? – perguntou Lawrence por hábito, querendo ser educado, mas, na realidade, tentando apenas sair dali o mais rápido possível; no entanto, assim que as sílabas lhe saíram da boca, ele lembrou. Lawrence sentiu Charles agarrar seu joelho e dar-lhe um aperto, forte demais para ser uma cantada. – Quer dizer, como é ficar em casa? – Lawrence sentiu seu rosto começar a ruborizar. Tudo o que sabia era que Jim havia sido "dispensado"; Charles não havia desejado se estender.

– Bem – respondeu Jim, endireitando o corpo novamente. Olhou na direção de Franny, que não havia se movido nem sorrido. – É uma mudança, com certeza. – Ele apertou os olhos para um ponto no teto e Lawrence seguiu seu olhar, sem encontrar nada além de uma minúscula rachadura na tinta branca. – Acho que vou tomar uma chuveirada.

Lawrence, Charles e Franny continuaram exatamente onde estavam, como atores em uma peça um instante antes de as luzes se acenderem, até ouvirem o clique da porta do banheiro ao ser fechada. Charles levantou da cadeira e cruzou o aposento antes que Lawrence conseguisse voltar a falar. Lawrence viu seu marido tomar Franny nos braços. Os braços dela envolveram as costas de Charles, e ela enlaçou o próprio punho, como os garotos de sexta série prendiam os braços em torno de suas parceiras de dança. Os ombros pesados de Franny começaram a sacudir para cima e para baixo, embora seu choro não produzisse nenhum som. Lawrence desejou ver o rosto de Charles, mas apontava para outra direção.

– Sinto muito. Não sei o que aconteceu – desculpou-se Lawrence, querendo dizer que não sabia nem o que havia acontecido na revista, nem o que havia ocorrido nos três minutos anteriores. Nem Franny nem Charles deram indicações de tê-lo ouvido. A cozinha cheirava a comida quente e carinho. Lawrence entrelaçou os dedos no colo e aguardou que o momento passasse, o que aconteceu. Franny deu uma sacudida na cabeça e passou os dedos de leve nas faces úmidas. Charles beijou-a na testa e voltou para sua cadeira. Ninguém teria chorado se eles tivessem ido a Palm Springs para não fazer nada além de sexo e ler livros por duas semanas. Lawrence fez uma breve oração pelas férias que realmente desejava e então – *puf* – viu-as flutuar para longe. Precisava que Franny parasse de chorar e depois precisava da atenção total de seu marido, antes que outra pessoa telefonasse para a agência e reivindicasse a criança, antes que a porta aberta se fechasse e o bebê deles não fosse mais o bebê deles, antes que eles ficassem velhos, decrépitos e sozinhos para todo o sempre, só os dois e as pinturas de Charles dos filhos de outras pessoas. Esperou pacientemente, contando a respiração até chegar a dez e então começando tudo outra vez.

Sylvia acordou com a boca seca e aberta. Havia bebido quatro copos de vinho no jantar e o *jet lag* lhe dava a sensação de ter blocos de concreto amarrados aos tornozelos. Ela virou de bruços e estendeu o braço para pegar o relógio – seu próprio relógio, também conhecido como seu iPhone, encontrava-se em modo avião permanente, desprovido de todas as distrações e conveniências habituais. Ela achava inquietante a separação do objeto, como se houvesse acordado e descoberto que lhe faltava um dedo. Um dedo bom. Foi algo que não considerou quando os pais apresentaram a ideia de uma viagem à Espanha. Claro que havia a internet, disponível a qualquer hora, e ela poderia acessar tudo em seu laptop. Se a sensação de perda não fosse tão grande, Sylvia talvez tivesse gostado de se distanciar um pouco do resto do mundo. O problema era que nunca se sabia o que as pessoas estavam comentando a seu respeito quando você partia. O que era um problema ainda maior do que saber o que as pessoas estavam comentando a seu respeito quando você estava ao alcance da voz.

As fotos haviam sido batidas em uma festa, uma das primeiras "últimas festas" do ano. Houve a última festa no parque que os policiais não reprimiram, houve a última festa na casa liberada de alguém, e então a última festa na casa liberada de outra pessoa. A festa em questão havia ocorrido em um apartamento no sexto andar do Apthorp, um prédio gigantesco na rua 79, a apenas cinco quarteirões da residência da família Post. Sylvia não queria ir, mas foi porque gostava de *algumas* pessoas com quem estava se formando, se não de muitas delas. Quando as fotos apareceram no Facebook no dia seguinte, sua pele brilhante de suor, seus olhos embaçados dos muitos copos plásticos cheios de cerveja barata, sua língua na boca de um rapaz, e depois na de outro e de outro, rapazes com quem sequer lembrava de ter conversado, ela prometeu a si mesma que nunca mais tornaria a ir a festas. Ou a entrar na internet. Viajar para a Espanha estava parecendo cada vez melhor.

– Merda! – disse ao ver a hora. Tinha três minutos para vestir-se e descer antes que Joan chegasse. Sylvia vestiu seu jeans e uma camiseta preta da pilha de roupas no chão. Inclinou-se para o espelho e examinou seus poros. Havia garotas na escola que passavam horas no banheiro aplicando maquiagem com bastante habilidade, como se estivessem dando instruções em seu próprio tutorial do YouTube, mas Sylvia não sabia maquiar-se, nem desejava aprender. Era quase impossível mudar alguma coisa em si mesma em uma escola que ela frequentava desde os cinco anos – a cada pequeno passo para além da antiga casca, havia alguém prestes a dizer: "Ei! Essa não é você! Você está fingindo!" Sylvia vivia com medo dessa falsificação. Ir para a faculdade era incrível por vários motivos, o primeiro dos quais era o simples fato de que Sylvia tencionava ser uma pessoa totalmente diferente no instante em que chegasse, antes mesmo de fazer a cama e pendurar pôsteres absurdos nas paredes. Essa nova pessoa saberia aplicar maquiagem, até delineador. Ela abriu a boca e examinou a garganta, pensando, não pela primeira vez, que tudo aquilo era completa e absolutamente inútil e que ela quase com certeza morreria como uma virgem triste e solitária, que havia acidentalmente se embebedado e beijado todos os caras em uma festa no último ano do ensino médio, uma piranha sem o benefício adicional do verdadeiro sexo. Vasculhou a bolsinha plástica que usava para guardar maquiagem até encontrar um tubo de protetor labial sabor morango e passou-o nos lábios. Sylvia se esforçaria mais no dia seguinte.

Lawrence arrastou Charles para o quarto dos dois o mais rápido que conseguiu.

– O que você está fazendo, meu gatinho estranho? – Charles estava sorridente, apesar de haver acabado de se desprender do abraço "molhado" de Franny.

Em lugar de responder, Lawrence abriu o laptop e girou-o na direção de Charles.

– Passa o telefone – pediu Charles. – Que horas são em Nova York?

Em Nova York, passava pouco das cinco da tarde e eles conseguiram alcançar a assistente social antes que ela saísse. Deborah leu os detalhes em um formulário: o bebê pesava dois quilos e seiscentos e media quarenta e três centímetros, nascido de mãe afro-americana de vinte anos. O pai era porto-riquenho, mas havia saído de cena. A mãe biológica havia escolhido a carta deles no livro da agência. O nome do bebê, que era evidente que eles poderiam mudar à vontade, era Alphonse.

– Vocês estão interessados em prosseguir? – Deborah aguardou.

Charles e Lawrence seguravam o telefone entre o rosto dos dois, ambos inclinados para a frente, de forma que, juntos, seus corpos formavam um campanário. Eles se entreolharam, de olhos arregalados. Lawrence foi o primeiro a responder.

– Estamos – disse. – Estamos sim.

Deborah explicou o que aconteceria em seguida – eles já sabiam, mas como, com tudo que era importante, no minuto em que se tornou realidade, eles esqueceram todos os detalhes. A mãe biológica poderia escolher várias famílias e a agência iria abordá-las em nome dela. Uma vez que essas famílias concordassem, a agência retornaria a ela com a lista. A mãe biológica então escolheria os vencedores, por assim dizer. A escolha estava fora do alcance deles.

– Nós estamos na Espanha – falou Lawrence. – Devemos voltar para casa? Devemos voltar para casa agora mesmo? – Ele passou os olhos pelo quarto, calculando o tempo que levariam para fazer as malas e ir para o aeroporto.

– Continuem de férias – retrucou Deborah. – Mesmo que a mãe biológica escolha vocês, só daqui a umas duas semanas vocês vão poder levar Alphonse para casa. Se puderem ficar, fiquem. Entro em contato quando souber de alguma coisa, provavelmente na semana que vem. – Ela desligou o telefone, deixando Lawrence e Charles parados ali, o precioso objeto agora silencioso entre os dois.

– Você quer ir para casa? – perguntou Charles.

Lawrence sabia que voltar para Nova York e começar rapidamente a comprar berço, cadeirinha de balanço, cadeirinha alta, para depois não serem escolhidos seria ainda pior do que continuar onde estavam. Que Maiorca fosse uma distração. Que os Posts tentassem fazê-lo pensar em outra coisa quando havia Alphonse, o doce Alphonse, um bebê em um hospital em algum lugar na cidade de Nova York, um menino que precisava de pais. Ficar era melhor do que voltar correndo e não ser escolhido. Lawrence não queria se deixar entusiasmar demais, nem aceitar nada como fato consumado. Desejou saber se a mãe biológica havia escolhido todos os casais homossexuais, quem eles estariam enfrentando. Queria ver fotografias de famílias sorridentes e, então, esganar a concorrência.

– Nós podemos ficar – respondeu Lawrence. – Vamos ficar.

Joan estava aguardando na porta. Era preciso muita autoconfiança para continuar de pé ali, sabendo que alguém o deixaria entrar. Sylvia tinha certeza de que Joan nunca havia se preocupado com nada a vida inteira. Provavelmente não tocaria por outros dez minutos, satisfeito em inspirar o ar puro, em ver os grupos de ciclistas passarem em disparada com os trajes de elastano se mesclando na distância. Ele talvez fizesse mentalmente um poema a respeito, só por escrever, sem nem mesmo se importar que tudo desaparecesse no instante seguinte. Joan sorriu quando ela abriu a porta e continuou a sorrir enquanto eles atravessaram o vestíbulo às escuras. Sylvia contemplou o reflexo dos dois no espelho gigantesco pendurado atrás da cabeça de Joan e então o seguiu até a sala de jantar iluminada. Se Joan tivesse namorada, que obviamente tinha, ela saberia aplicar delineador. Saberia fazer um boquete perfeito. Saberia fazer tudo.

– *Tienes novia?* – perguntou Sylvia, tencionando apenas em parte formular a pergunta. – Quer dizer, minha mãe me perguntou. Eu disse a ela que ia perguntar a você. Ela é muito intrometida. Qual é a palavra para intrometida? Você sabe, sempre se metendo nos assuntos dos outros.

Joan sentou-se e cruzou as pernas. Em Nova York, só os caras gays cruzavam as pernas. Os heterossexuais faziam questão (especialmente no metrô) de sentar com os joelhos o mais afastados possível, como se o que quer que tivessem entre as pernas fosse tão enorme que não pudessem evitar. Sylvia respeitava o pouco que Joan parecia se importar em aparentar ser heterossexual.

– Na verdade, não. Quando estou em Barcelona. – Joan deu de ombros. Era fácil para ele encontrar garotas, claro. *Claro.*

Eles ouviram um arrastar de pés e risos, em seguida Charles e Lawrence entraram aos tropeços na cozinha, um claramente perseguindo o outro. Charles entrou primeiro e parou bruscamente ao ver Joan.

– *Hola* – cumprimentou.

– *Hola* – Joan cumprimentou em resposta.

– *Hola*, Sylvia – Charles tornou a dizer, piscando com o rosto inteiro. Ele alisou a testa, como se afastasse a franja dos olhos.

– Ah, meu Deus, deixa a gente em paz – disse Sylvia, o que os fez tornar a sair, rindo como acompanhantes de baile. Charles e Lawrence dispararam pela cozinha e pela porta dos fundos, acomodando-se sob o sol. Charles levava os livros e Lawrence as toalhas. Em algum lugar na pilha, havia filtro solar e um chapéu para impedir que o couro cabeludo de Charles queimasse. Sylvia os viu se ajeitarem, sentindo, ao mesmo tempo, inveja e a sensação de que o amor, em sua melhor forma, era um sentimento para adultos satisfeitos e algo que ela poderia esperar encontrar apenas com décadas de estrada.

– *Vamos conversar sobre o futuro* – ela disse a Joan, que olhava para o vazio, talvez contemplando sua bela existência.

Ainda que Franny fosse a cozinheira da família, Bobby e Jim tinham sentimentos muito particulares quanto a grelhar carne. Mesmo que Franny se resignasse a ceder os pegadores ou considerasse machismo o fato de os homens da família adorarem colocar coisas no fogo, como todos os homens desde os tempos das cavernas, ela não teria renunciado a sua posição. De qualquer forma, Franny nunca havia gostado de ficar com o rosto cheio de fumaça e sentiu-se bastante satisfeita ao permitir que outra pessoa fizesse a parte do leão para variar. Jim gostava de certificar-se de que a churrasqueira estivesse suficientemente quente, gostava de acrescentar jornal ou carvão e por vezes borrifar tudo com um bom esguicho de fluido de isqueiro. Bobby apreciava o cozimento da carne em si – o cheiro da primeira grelhagem, a forma como a carne se firmava em torno de seu dedo ao cutucá-la quando estava quase pronta. Charles e Lawrence não tinham o menor interesse em nada disso e haviam se sentado com as garotas no extremo oposto da piscina, com Sylvia na água dando cambalhotas.

Eles haviam comprado bifes finos (Franny levou uma das mãos ao tórax, ao longo do diafragma, no balcão do açougue, mímica que pareceu dar resultado) e Jim os havia marinado em uma mistura oleosa durante toda a tarde. A churrasqueira era bastante nova, o que fez Jim resmungar. Eram os anos de uso que proporcionavam um sabor incrível, como as panelas de ferro. Ele raspou a grelha com uma escova de metal que encontrou, na tentativa de provocar algum tipo de atrito, o que melhoraria a refeição. O dia havia começado a refrescar – como o mecanismo de um relógio, um vento ocidental abria caminho por entre as montanhas todos os finais de tarde, forçando todas as crianças, salvo as mais teimosas, a saírem da piscina e se vestirem.

A casa era exatamente como Franny gostava: linda e no meio do nada. Era o tipo de mudança que costumava ter seu charme – ir para terras estrangeiras exóticas, ou para um estado imenso como o Wyoming, mas o aluguel que Franny invariavelmente escolheria sempre distaria de tudo apenas o suficiente para ser o mesmo que estar em casa, só que com um pano de fundo diferente por trás. Jim deu outra boa raspada na grelha. Estava quase quente o bastante – o calor fazia o ar acima das achas ondular.

– Está pronta – anunciou Jim. – São três ou quatro minutos de cada lado. Não vamos querer que os bifes fiquem bem passados demais.

Bobby surgiu ao lado de Jim. Retirou o primeiro bife do prato e o depositou sobre a grelha, onde a carne emitiu um extenso chiado.

– Isso é bom – comentou Jim. – Vamos querer esse chamuscado. – Era como dirigir-se a uma câmera invisível do outro lado da churrasqueira, a alguém que estava fazendo um documentário sobre a tagarelice entre pai e filho. Jim sabia que não era bom nisso. Queria perguntar a Bobby sobre Carmen, que diabos ele estava fazendo na Flórida, aquele buraco mofado. Queria contar a Bobby o que havia feito, o quanto o futuro era indefinido, o quanto lamentava tê-los decepcionado. Em vez disso, Jim percebeu que só conseguia conversar sobre o jantar.

Bobby ajeitou os outros bifes em uma fileira perfeita e então recuou para ficar ao lado do pai. Eles tinham mais ou menos a mesma altura, embora Bobby, aparentemente, ainda não conseguisse ficar de pé com as costas eretas. Bobby tinha ombros mais largos e bíceps maiores, mas não havia perdido a postura de boneca de trapos.

– Algum imóvel interessante no mercado? – perguntou Jim, cruzando os braços sobre o peito e mantendo os olhos nos filés.

– Ah, claro, claro que sim – respondeu Bobby. Fazia anos que ele era corretor em Miami Beach, principalmente alugando, mas por vezes vendendo imóveis perto de onde ele e Carmen moravam. Os dois nem sempre moraram juntos, mas agora já fazia alguns anos do que parecia ser uma boa situação doméstica – o quarto tinha persianas *black-out*, o ventilador de teto estava sempre girando na sala e eles se encontravam a poucas quadras do mar. Franny queria muito que Bobby tivesse um filho – ele estava com quase trinta anos e havia vivido a maior parte dos vinte com uma mulher que havia envelhecido e passado da idade fértil. Quando eles estavam sozinhos à noite, depois de meia garrafa de vinho, era muitas vezes sobre isso que Franny queria conversar, perguntando-se como Bobby havia perdido o rumo e se a culpa era dela. Jim não sabia ao certo se o garoto estava preparado. Talvez com mais alguns anos de estrada, mas não agora. Em particular, Jim imaginava que o abençoado evento ocorreria de forma inesperada, quando alguma garota telefonasse para ele algum tempo após o feito e apresentasse um bebê como um muito provável Post, com uma montanha de contas colocada na parte de trás do macacãozinho gracioso.

– Tenho um dois quartos muito bom na Collins com a 44, em frente ao Fontainebleau. Mármore travertino, vidros, tudo. O banheiro está novo em folha; é um daqueles banheiros japoneses malucos, sabe, com jatos e vapor. Bem legal. E tenho duas casas do outro lado, na cidade. Bom negócio.

– E os preços? Tornando a subir? – Jim cutucou um dos bifes com a ponta de seu pegador.

Bobby deu de ombros.

– Não muito. Ainda está bastante difícil, sabe? Nem todo lugar é como Manhattan. Quero dizer, a casa de vocês vale o que, seis vezes o que vocês pagaram por ela? Cinco vezes o que vocês pagaram? Isso é incrível. Na Flórida, não é assim.

– Você sempre pode voltar. Quer vender a nossa casa? – Jim riu da ideia; não estava falando sério. Quem venderia uma casa de pedra calcária no Upper West Side? Mesmo que fosse grande demais? Mesmo que eles se divorciassem? Jim achava que eles superariam tudo aquilo, estava quase convencido, e se iam superar tudo aquilo, fariam isso em casa. Não saio nem morto, era o que eles gostavam de dizer. Sempre que repintavam um teto ou consertavam a fiação de 1895 estragada no porão – não saio nem morto, o que talvez fosse a única maneira de eles abandonarem a casa. A essa altura, Jim já não sabia. Franny havia falado em vender a casa uma dezena de vezes, algumas a todo volume, e ele havia começado a pesquisar os aluguéis no bairro, mas não, eles não venderiam a casa, não podiam fazer isso. Dava a Jim a sensação de que seus joelhos iriam se dobrar.

– Uau, quero dizer, isso seria uma oportunidade incrível, pai. – Bobby olhou para ele por entre os cachos que lhe caíam na testa. Jim detestava que Bobby usasse o cabelo comprido; fazia-o parecer muito frágil, muito jovem, como um maldito filhote de cervo. Como Franny aos vinte e poucos anos, só que sem o espírito intempestivo que havia feito com que ele se apaixonasse por ela.

– Ah, eu não estava... Voltando atrás, sim. Seria ótimo. Mas acho que não estamos preparados para entregar as chaves da casa, companheiro. – Jim esperava ter falado com voz agradável.

– Certo, não, claro. – Bobby afastou o cabelo dos olhos e estendeu a mão para o pegador. – Se importa se eu virar?

– Claro que não – respondeu Jim, dando um passo para trás e depois outro, até sentir algo espinhento no pescoço. Virou e surpreendeu-se ao descobrir que havia alcançado as árvores na borda da parte cuidada do jardim, antes que a terra despencasse abruptamente e conduzisse, por fim, a uma cidade de aspecto antigo, onde pais e filhos espanhóis haviam cultivado oliveiras e criado ovelhas durante séculos, trabalhando em conjunto, como duas partes do mesmo organismo.

Bobby retirou-se logo após o jantar, alegando dor de cabeça, e Jim, Sylvia e Charles acomodaram-se no sofá da sala de estar para ver *Charada* pela milésima vez, que Gemma por acaso tinha em DVD. Era um dos filmes preferidos de Sylvia. Cary Grant era meio parecido com seu pai, com mais ou menos a fenda no queixo – calças de cintura alta e um jeito de falar que era ao mesmo tempo paquerador e depreciativo. Era o que as garotas idiotas da sua série gostavam de classificar como o "típico machista", e ela teria argumentado. Mas agora não tinha certeza, talvez elas tivessem razão. Sylvia acomodou-se no meio, com a cabeça no colo de Charles e as pernas encolhidas em direção ao peito, para que seus pés não alcançassem as coxas do pai. Foi um dos raros momentos em que Sylvia achou que talvez sentisse saudades de morar em casa, mas eles continuaram existindo, mesmo ela estando a milhares de quilômetros de distância. Walter Matthau perseguia Audrey Hepburn, sua cara de cachorro cabisbaixo como a coisa mais triste em quilômetros. Sylvia fechou os olhos e pôs-se a ouvir o restante do filme, permanecendo acordada devido às risadas e exclamações de seus dois companheiros.

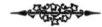

Parte da diversão de tirar férias com tanta gente devia ser o fato de não precisarem estar juntos o tempo todo – era o que Franny havia imaginado. Estava limpando a cozinha e a área da piscina – Carmen parecia ter sido criada por verdadeiros seres humanos e guardou as coisas e ajudou a lavar os pratos, mas Franny não podia dizer o mesmo dos filhos. A piscina estava uma bagunça – pratos com nacos de bife e gordura descartados, o que havia de melhor para forçar coiotes, dingos ou quaisquer que fossem os cães selvagens locais a saírem de seus esconderijos.
— Me deixe ajudar – ofereceu Lawrence, fechando a porta da cozinha atrás de si. A essa altura, eles vestiam suéteres. Em Nova York, ainda estariam suando, o concreto da calçada e dos prédios atuando como condutores de calor, deixando todos brilhantes de junho a setembro. Fazia uma noite agradável em Pigpen, escura e sem nuvens. Assim que o sol se punha, as únicas luzes eram

as da casa do outro lado e as das encostas da montanha. Aquilo fazia Lawrence recordar Los Angeles, só que com um quarto das casas e oxigênio de verdade.

– Ah, obrigada – disse Franny. – Meus filhos são animais.

– O meu também – retrucou Lawrence, projetando-se no futuro, já com os braços em torno do corpinho envolto em algodão. Um ligeiro tremor subiu-lhe pela coluna. – Quer dizer, você devia ver o estúdio de Charles.

– Ah, eu sei – disse Franny. – Cheio de macarrão tailandês velho grudado em pratos de papel. É a reação dele ao excesso do pós-expressionismo da década de 1980, acho.

Franny sentou-se em uma das espreguiçadeiras e recolheu um monte de guardanapos, revistas e cascas de laranja, o lixo de Sylvia.

– Ela vai para a faculdade. Uma das melhores do país. Seria de se pensar que é capaz de jogar alguma coisa fora.

Lawrence estendeu o braço para pegar a lata de lixo e segurou-a de encontro o peito. Achava-se entre Franny e a casa. Se Sylvia e os meninos se levantassem atrás de mais alguma coisa para comer, veriam apenas sua silhueta contra o fundo escuro.

– Olha – ele começou. – Me desculpa pelo que aconteceu antes. Por haver falado com Jim sobre a revista. Sinceramente, não sei o que aconteceu, só sei que enfiei os pés pelas mãos.

Franny reclinou-se, puxando as pernas para baixo do corpo. Esticou os braços acima da cabeça e depois os baixou até que lhe bloqueassem os olhos. Gemeu. Franny nunca havia se sentido mais velha do que nos últimos seis meses. Claro que era verdade, era sempre verdade que ninguém era mais velho do que no exato instante em que estava vivendo, mas Franny havia deixado de sentir-se consideravelmente jovem e passado a sentir-se encarquilhada e enrugada em tempo recorde. Percebia os nós em suas costas se retesarem e o nervo ciático começar a enviar pequenas ondas de dor às laterais de seus quadris.

— Me desculpe — repetiu Lawrence, sem saber se estava se desculpando por ter piorado o humor de Franny ou pelo que quer que houvesse acontecido com Jim na revista, ou por ambas as coisas.

— Tudo bem — disse Franny, os olhos ainda cobertos pelos braços. — Estou surpresa por Charles não ter lhe contado.

Lawrence sentou-se na espreguiçadeira ao lado da de Franny e esperou.

— Ele transou com uma estagiária. — Ela deslocou as mãos e agitou-as, como se dissesse "Abracadabra!". — Eu sei, e foi isso. Jim transou com uma estagiária. Uma garota da revista, pouco mais velha do que Sylvia. Vinte e três anos. O pai dela faz parte da diretoria e acho que ela contou para ele, e aqui estamos nós.

— Ah, Franny — lamentou Lawrence, mas ela já estava endireitando o corpo e balançando a cabeça. Ele havia imaginado muitos cenários para a repentina saída de Jim da *Gallant* e para a tensão na família Post... Câncer de próstata, demência precoce, conversão inoportuna às Testemunhas de Jeová... mas não esse. Jim e Franny sempre pareceram felizes e sólidos, ainda capazes de beliscar o traseiro um do outro na cozinha, por mais inconveniente que por vezes isso fosse.

— Não, está tudo bem. Quer dizer, não está tudo bem... Somos casados há trinta e cinco anos e não é legal ele fazer sexo com uma garota de vinte anos. De vinte e três anos. Como se fizesse diferença. Não sei. Obrigada. Sylvia sabe de alguma coisa, mas Bobby não sabe de nada, tenho certeza, e estou tentando manter as coisas assim pelo máximo de tempo possível. Quem sabe para sempre.

Era estranho que Charles não tivesse contado. Lawrence sentiu as faces enrubescerem de constrangimento, por si próprio, não por Franny. Como Charles podia não ter contado? Lawrence rapidamente imaginou todas as maneiras pelas quais poderia ter mortificado Jim e Franny nas duas semanas seguintes, sem nem mesmo saber o que estava fazendo, todas as maneiras pelas quais poderia ter dito a coisa errada.

Lawrence colocou uma das mãos no ombro de Franny.

– Realmente sinto muito, Fran. Não vou dizer uma palavra para os meninos, claro. E tenho certeza de que Charles teria muito prazer em matar Jim se você pedisse.

Isso a fez sorrir.

– É, acho que sim. – Ela levantou-se. – Pelo menos um de nós tem um bom marido. Vamos lá, vamos terminar de limpar antes que seja de manhã e os cretinos voltem a destruir tudo outra vez. Não é a pior coisa do mundo não ter filhos, sabe. Eles transformam sua vida numa bagunça terrível. – E com isso, Franny beijou Lawrence no rosto quase com ternura e tornou a entrar. Lawrence virou-se e, pela janela, viu-a abrir a torneira e esguichar detergente na escandalosa pilha de pratos. Lawrence ainda segurava um monte de lixo no colo, inclusive uma revista que havia sobrado do avião, repleta de "Dicas Sexuais Incríveis" e "O Que Você REALMENTE Precisa Saber sobre as Idas ao Centro da Cidade". Mal podia acreditar que Jim e Franny permitissem que Sylvia comprasse lixos como aquele – aquilo era tão ruim quanto ler abertamente uma edição da pornográfica *Hustler*. Ele folheou até encontrar o artigo sobre sexo oral, que na realidade era mais uma lista, rematada com sugestões dos leitores. Garotas heterossexuais precisavam apenas assistir a um ou dois filmes pornôs gays para aprender tudo o que precisavam saber, pensou Lawrence. Talvez ele dissesse isso a Sylvia um dia desses. Alguma coisa moveu-se no canto de seu olho e Lawrence olhou para cima. Carmen o encarava da janela aberta do quarto. Eles fizeram contato visual e Carmen levou um dedo à orelha, como se dissesse, *Não ouvi nada*, e então a luz se apagou, a cortina foi puxada e ela desapareceu.

Quinto dia

Franny e Sylvia viajavam com Joan, e Charles, Jim e Lawrence os seguiam. Havia sido ideia de Franny fazer uma peregrinação à Casa de Robert Graves em Deià, mesmo que Franny alegasse nada saber sobre o escritor, além da adaptação de 1976 para a TV de *Eu, Cláudio,* o que Jim declarou que a tornava uma selvagem. Isso ocorreu pouco antes de eles entrarem em carros separados para viajar quarenta minutos rumo ao norte. Sylvia estava animada por sair de casa, mas teria preferido um passeio até a praia, apesar da óbvia desvantagem de ter que lidar com areia. Aquilo era como tomar parte em uma excursão escolar com sua mãe, prazer que não tinha desde a escola primária, época em que Franny oferecia-se rotineiramente para acompanhar a turma ao zoológico ou ao Museu de História Natural, quando fugia de suas obrigações e enlouquecia, gingando diante dos pinguins como o restante das crianças. Pelo menos, Joan havia se juntado ao passeio. Franny obrigou-o a dirigir, claro, pois ele sabia para onde estava indo e não destruiria a alavanca de marcha da diminuta caixa de metal do carro alugado, e igualmente por gostar de se sentar no banco da frente e ser conduzida para todo lado em ilhas por rapazes bonitos de vinte anos. Se Jim podia transformar em objeto alguém que mal havia acabado de sair da adolescência, então ela também podia.

– Desculpe por estarmos estragando seu compromisso com Joan hoje, Syl – disse Franny, piscando para a filha no banco de trás.

Joan observou rapidamente a reação de Sylvia pelo espelho retrovisor, seus olhos mais ligeiros que uma cobra.
– Vamos tentar continuar a ser adultos aqui, certo? – retrucou Sylvia. – Desculpe por minha mãe estar assediando você sexualmente, Joan. *No le prestes atención.* – Sylvia cruzou os braços sobre o peito, certa de que a mãe ficaria adequadamente aborrecida e, portanto, permaneceria quieta pelo resto do passeio. Franny virou-se para olhar pela janela e pôs-se a cantarolar baixinho, uma música que nada tinha a ver com a que estava tocando no rádio barato do carro, uma canção de Céline Dion que sumia e voltava enquanto as estradas montanhosas estendiam-se diante deles. Ela baixou o vidro da janela pela metade, o suficiente para que o vento lhe soprasse o cabelo curto no rosto.

Sylvia reclinou-se, encolhendo o corpo a um canto do assento. O carro tinha o tamanho de um triciclo e era tão seguro quanto. A carroceria chacoalhava de um lado para o outro à medida que eles subiam a encosta. Sylvia fechou os olhos, feliz pelo fato de que, se morresse nas estradas montanhosas de Maiorca, ao menos tinha tido a última palavra com relação à mãe. Não era justo ficar aborrecida com ela, mas Sylvia estava mesmo assim. Obviamente, seu pai era pior e o único culpado, mas fazia tempo suficiente que Sylvia estava no meio do casamento dos dois para saber que não era simples assim, nada era, decerto não um relacionamento com o dobro da sua idade. Na traseira do carro, de olhos bem fechados, Nova York pareceu-lhe mais distante do que um oceano, não que ela sentisse falta da cidade. Certamente havia festas acontecendo, oba-oba na casa vazia de alguém, com garrafas de bebida alcoólica e limonada despejadas em uma vasilha gigantesca de sabor vagamente cítrico, mas ela nunca mais iria a uma dessas festas. Alguém poderia pensar que uma vida inteira sendo boa menina, seguida por um erro estúpido, praticamente contrabalançaria a situação, mas estaria errado.

Havia quatro pessoas na sua turma que também iriam para a Brown, mas com duas delas Sylvia deixaria de falar de imediato, um acordo claro e silencioso com base no fato de não haverem trocado mais do que três palavras durante todo o ensino médio. As outras duas eram o problema: Katie Saperstein e Gabe Thrush. Se Sylvia pudesse ter escolhido duas pessoas para excomungar pelo resto da vida, para realmente apertar um botão e fazê-las desaparecer do planeta, seriam Katie Saperstein e Gabe Thrush. Tanto em conjunto quanto separadamente.

Sylvia e Katie haviam sido boas amigas – máscaras de lama, festas do pijama, pesquisas compartilhadas no Google sobre estrelas de cinema seminuas. Katie era mais comum do que Sylvia; não era crueldade dizer isso – Katie tinha cabelos de uma cor revoltante e um nariz que sempre dava a impressão de ela ter acabado de se chocar contra uma porta de vidro. Certa vez, frustrada com o tempo que sua franja estava demorando para crescer, Katie cortou-a na testa, o que originou, em essência, um pequeno chifre crescente. Ambas usavam roupas horríveis (a intenção era essa) do Exército da Salvação, jeans mal ajustados e camisetas irônicas, que anunciavam locais em que nunca haviam estado. Eram chegadas desde o primeiro ano do ensino médio e almoçavam juntas na maioria dos dias, sentadas nos degraus de alguma casa perto do colégio, com Sylvia ignorando o uso excessivo de maionese por parte de Katie e Katie provocando Sylvia devido a sua resistência ao bacon. Era uma amizade boa, que poderia ter sobrevivido ao salto no abismo da vida universitária. Elas haviam chegado até mesmo a conversar sobre morarem juntas, mas isso foi antes que Gabe estragasse tudo.

Foi como aconteceu, Sylvia tinha que lembrar a si mesma. Mesmo que preferisse imensamente culpar Katie, a vadia de nariz achatado, na realidade, Gabe havia se portado mal com ela. Eles não eram exclusivos, claro. Ninguém era, a não ser os idiotas que fingiam estar noivos, iam para casa e faziam sexo em seus períodos livres, pois os pais não estavam lá e a empregada não contaria. A maioria das pessoas apenas ficava ao redor, com muito medo de dizer o que queria e com muito medo de conseguir. Gabe havia criado o hábito de ir semanalmente à casa dos Posts. Ele e alguns amigos tocavam a campainha em algum momento da tarde, naquele intervalo mágico durante o qual Franny era forçada a trabalhar em seu escritório, Jim ainda estava na revista e ninguém faria muitas perguntas. Sylvia achava o máximo sua mãe saber tão pouco sobre sua vida, quando o trabalho dela devia ter tudo a ver com prestar atenção aos detalhes. Franny sabia tudo sobre como preparar *mole* segundo a receita de alguma avó mexicana que havia aprendido em Oaxaca, em 1987, mas não fazia ideia de que Gabe Thrush ia regularmente à casa deles para lamber o tórax de sua filha.

Eles não haviam transado, obviamente. Sylvia mal podia imaginar Gabe lhe prestando *menos* atenção, mas transar parecia o jeito provável para fazer com que isso acontecesse. Ele havia tentado uma vez, ela achava, mas não tinha certeza. Em geral, os dois só ficavam rolando na cama, Sylvia com a camisa aberta ou sem ela, rezando para que ninguém entrasse. Sylvia considerava o romance o maior feito de sua vida até então, visto que Gabe era bonito (ao contrário de alguns dos mutantes que havia beijado por tédio no acampamento de verão) e popular. Quando telefonava, eles realmente tinham conversas divertidas. O problema era que Gabe estava tendo relacionamentos similares com metade da turma, inclusive, ao que ficou constatado, com Katie Saperstein. Ao contrário de Sylvia, Katie não nutria sentimentos antagônicos quanto a mandar ver. Entrou na escola, em uma segunda-feira, com um chupão gigantesco no pescoço e Gabe Thrush pelo braço. Sylvia viu os dois passarem pelas portas duplas, praticamente se esvaindo em orgulho pós-coito, e sentiu-se tão achatada quanto o nariz de Katie. Isso ocorreu em abril, pouco antes de eles descobrirem quem iria para onde. Como Sylvia não estava mais falando com Katie nem com Gabe, teve que ouvir a notícia da Sra. Rosenblum-Higgins, a orientadora educacional amplamente ineficaz – não era *fantástico* ir para a Brown com seus amigos? Eles eram amigos, não eram? Foi nesse fim de semana que Sylvia foi à festa e ficou bêbada demais, o fim de semana em que as fotos foram tiradas e ela pensou em denunciar alguém na máfia só para ser colocada no programa de proteção a testemunhas.

O carro tornou a oscilar, como se perigasse derrapar, Joan fez uma curva brusca e pôs-se a subir outra encosta íngreme – a estrada não tinha parapeitos nem cercas, nada que os impedisse de despencar no abismo se Joan tivesse de guinar de repente.

– Ainda estamos longe, Joan? – perguntou Sylvia. O cenário diante da janela do carro parecia invariável... Claro e ensolarado, com casas da cor de cerâmica rústica. Eles passaram por um campo com árvores nodosas e retorcidas, os galhos pesados com limões enormes.

– Deià fica a mais alguns quilômetros. Estamos quase lá. – Joan vestia-se com simplicidade, com uma camiseta básica de algodão, mas continuava usando colônia. Sylvia podia sentir do banco de trás. Ela pensou em Gabe Thrush tentando usar colônia, parado no meio de um andar lotado na Macy's, sendo borrifado por centenas de vendedoras jovens e ávidas, e riu. Se algum dos dois tentasse aproximar-se dela nos primeiros dias solitários de faculdade, ela lhes atearia fogo quando estivessem dormindo. Eles não a mereciam. Nenhum garoto da escola a merecia. Sylvia sabia que era melhor do que isso, maior e melhor, e estava preparada para trocar de pele, como uma cobra.

– Bom – ela falou, ajeitando-se da forma mais sensual possível no banco de trás. – Tenho certeza de que minha mãe precisa fazer xixi.

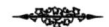

A casa ficava pouco depois de Deià propriamente dita, na estrada que conduzia para fora da cidade. Fazia apenas seis anos que era um museu, mas como muitas casas de escritores abertas ao público, um grande esforço havia sido empreendido para que o imóvel parecesse pouco alterado desde o apogeu de Graves. Na realidade, itens modernos haviam sido removidos e substituídos pelos equivalentes mais antigos, de forma a que a casa parecesse meio que parada no tempo, ainda pontuada pelo ruído das teclas da máquina de escrever em lugar dos laptops. Jim admirou a simplicidade do imóvel, semelhante a muitos outros da região, uma construção de pedra clara, com os vãos em arco das portas revestidos em tijolo e pisos frios. Eles haviam, de alguma forma, ultrapassado o maiorquino e as garotas e já perambulavam pelos terrenos do pequeno museu. Uma mulher simpática levou-os às duas metades do amplo lote, salientando os destaques do impressionante jardim de Graves. O forte aroma floral de jasmim pairava acima das zínias e dos imensos emaranhados de bugan-

vílias. Charles considerava-se um naturalista e inclinou-se para acariciar as folhas coloridas das violetas e dos amores-de-moça.
– Eu dava a vida para ter um jardim assim. – Mesmo na casa de veraneio em Provincetown, eles tinham apenas jardineiras. Na cidade, o apartamento dava vista para o rio Hudson, mas o terraço permanecia às escuras grande parte do dia, pois ficava voltado para os fundos de vários prédios mais altos.

Lawrence pousou uma das mãos em seu ombro.
– Nós podemos sair da cidade de verdade. Comprar uma casa maior em Cape. Com menos dunas, mais terra. – Ele podia facilmente imaginar Alphonse bamboleando entre os canteiros, colhendo um tomate com as mãos gordinhas de bebê. Era essa espécie de pai que Lawrence queria ser: incentivador e aventureiro. Deixar o bebê brincar na terra, deixar o bebê explorar.

– Faça-me o favor – disse Jim. – Boa sorte para tirar ele daí.
– Por um momento, Lawrence pensou que ele estivesse se referindo ao bebê, mas não, claro que não. Olhou para Charles, aliviado pelo fato de o status indefinido dos dois continuar em segredo. Era provavelmente assim que os casais héteros sentiam-se naquelas primeiras semanas delicadas de gravidez, em que o óvulo e o espermatozoide já haviam se unido, mas eram tão vulneráveis que poderiam não aguentar.

Eles ouviram algo semelhante a um assovio na entrada da frente e depois uma risada alta enquanto Franny escalava a pequena rampa na direção deles.

– Vamos todos nos mudar para cá? – perguntou ela. – Porque acho que não consigo fazer esse trajeto novamente. – Ela beijou Charles no rosto, como se fizesse semanas desde a última vez que o havia visto. – O pobre Joan teve que lidar com a gente gritando e rezando o tempo inteiro. – Ela girou e piscou para Joan e Sylvia, agora a poucos metros atrás dela.

– Vocês gostariam de fazer um *tour* pela casa? – perguntou a docente em tom amigável, talvez com pressa de tirá-los do caminho. Franny espichou o lábio e assentiu com entusiasmo, como se Robert Graves fosse seu escritor preferido a vida inteira e ela mal pudesse acreditar em sua sorte, a de estar naquele solo sagrado. Era uma das coisas que mais enlouquecia Sylvia com respeito à mãe, o olhar alucinado em seu rosto quando queria que alguém pensasse que estava prestando muita atenção. A mulher conduziu os adultos pela casa e Joan e Sylvia os seguiram.

Quando estavam bem longe dos pais, que não poderiam ouvi-la, Sylvia disse:

– Me desculpe por minha mãe.

– Ela não é má – disse Joan. – Minha mãe também é meio, assim... – Ele girou uma das mãos ao lado da orelha, o sinal universal para indicar loucura.

Sylvia não conseguia imaginar Joan com uma mãe maluca, muito menos tendo mãe. Ou pai. Ou precisando alguma vez ir ao banheiro. Ou assoando o nariz. Ele afastou-se para deixá-la seguir o grupo ao interior da casa e ela aspirou uma lufada de colônia que, misturada ao jasmim do jardim, fez com que sua respiração ficasse presa na garganta. Joan era demais, um bebedouro no meio do Saara, um azarão vencendo a Tríplice Coroa. Não dava para aguentar. Sylvia correu na direção de Charles e tomou-o pela mão, afastando Lawrence com uma ligeira cotovelada.

Amontoados nas áreas que não se achavam isoladas por cordas, eles contemplaram a exígua sala de estar, a cozinha com seu fogão AGA deslumbrante, a despensa repleta de latas de biscoito inglês. Marcharam em grupo ao andar de cima e examinaram escritórios que poderiam ter sido abandonados apenas por tempo suficiente para alguém ir buscar uma xícara de chá. – Surpreenderam-se com a cama diminuta, onde Graves havia dormido sucessivamente com duas esposas e uma amante.

– Não pode ser a mesma cama – comentou Charles. – Mulher nenhuma ia aceitar isso.

– Aqui não é Manhattan, querido – retrucou Franny. – Acho que não tem nenhuma loja de colchões na esquina. – Ela girou, à procura da docente, mas a mulher os havia abandonado à própria sorte. – Acho que nunca vamos descobrir. O que você acha, Joan? – perguntou Franny, fazendo contato visual com o professor da filha. – Você já esteve aqui?

– Já sim, em uma excursão da escola – ele respondeu, balançando a cabeça à guisa de assentimento. – Aprendemos um dos poemas dele, "Gota de orvalho e diamante".

– Você ainda se lembra? – Franny uniu as mãos, gesticulando para que Joan se aproximasse. Ele espremeu-se para passar por Jim, Charles e Lawrence no vão da porta, até ficar de pé no centro do quarto, o corpo tencionando a corda de isolamento. – Vá em frente – disse Franny –, vá em frente. Adoro poesia. – Sylvia encolheu-se na retaguarda, examinando uma mancha no chão.

– *Ela brilhava como um diamante, mas você / Brilhava como uma gota de orvalho matinal...* Isso fica na primeira parte, acho. Qual é a palavra... estrofe?

Joan fechou os olhos por um momento, recapitulando mentalmente as palavras.

– É, é isso mesmo.

Franny estendeu a mão e agarrou-o pelo bíceps.

– Meu Deus, menino! – Ela relaxou e pôs-se a abanar-se. – Alguém mais está ficando com calor? – Ela olhou para Jim e teve um súbito vislumbre da garota, da garota idiota, e sentiu as bochechas ficarem ainda mais quentes. Largou o braço de Joan. Lawrence riu e Charles lançou-lhe um olhar.

– O quê? – perguntou Lawrence. – Foi incrível.

Sylvia ficou feliz por estar perto da porta e desceu rápido as escadas, seguida de perto pelo pai.

Eles haviam de alguma forma se atrasado para a apresentação de vídeo, uma sequência de vinte minutos projetada em uma sala tão limpa e vazia quanto uma capela quacre. Jim e Sylvia foram até lá e entraram às pressas logo após o início, juntando-se a outro grupo de turistas. Franny não os seguiu, com medo de chorar de tédio, e Charles preferiu acariciar os arbustos de alecrim e imaginar sua vida no topo de uma montanha escarpada, em vez de se sentar em uma sala escura. Estavam a sós por um instante. Sylvia acomodou-se ao lado do pai, mas longe o suficiente, nos duros bancos de madeira, para que os quadris dos dois não encostassem.

O vídeo ("Eu, Robert Graves") parecia postumamente narrado e tanto Jim quanto Sylvia riram várias vezes. Robert Graves dava a impressão de ter sido um egomaníaco excêntrico e hilário, com crianças montando jumentos até a praia e uma amante instável, que havia saltado da janela e sobrevivido.

– Isso é melhor do que *reality show*, Syl – sussurrou Jim e ela assentiu com um movimento de cabeça, plenamente de acordo.

Aquilo era, na realidade, uma propaganda para que as pessoas deixassem a vida da cidade para trás, para que encontrassem sua quota de perfeição e continuassem ali, independentemente da distância. Jim e Franny nunca haviam pensado em sair de Nova York, não a sério. Ela viajava a serviço com intervalos, mas o trabalho de Jim não existia em outro lugar. Ele perguntou-se se Franny se ressentiria disso, do fato de ele tê-la acorrentado a Manhattan. Parecia pouco provável, assim como a lembrança de Madison Vance.

Madison havia começado no verão anterior, logo após seu último ano na Universidade Columbia. A revista tinha um sólido programa de estágio, com dezenas de jovens brilhantes realizando tarefas desinteressantes e sem remuneração. Eles estavam na copiadora, indo e voltando até o armário de suprimentos, organizando a sala de leitura, tomando notas detalhadas (por que motivo, Jim nunca sabia ao certo) nas reuniões. Os estagiários mais promissores ocasionalmente recebiam tarefas: checar fatos, fazer pesquisas, ler a porcariada. No outono, ela foi promovida a assistente editorial, um emprego de verdade com benefícios e plano de aposentadoria. Madison usava os longos cabelos soltos e depois que passou a trabalhar no escritório dele – bem antes que alguma coisa acontecesse –, Jim encontrava fios louros, como filamentos dourados, agarrados à mobília.

Foi constrangedora a facilidade com que aconteceu, o pouco esforço que ele precisou fazer.

– Legal, né? – perguntou Sylvia.

– É – respondeu Jim, os olhos voltando a focalizar a tela. Em vez de ver imagens de Robert Graves no trabalho, Robert Graves com a família, Jim via o corpo nu de Madison Vance. Ele surpreendeu-se a primeira vez em que enfiou a mão sob sua saia e sentiu-lhe a xoxota, depilada e fresca, lisa como uma fronha de hotel. Esse era o tipo de coisa que Franny nunca faria por princípio – ela era um matagal, sempre havia sido, e orgulhava-se disso, como se fosse uma espécie de Playmate da *Playboy* da década de 1970. Madison era o oposto, o resultado liso da juventude cultivada pela pornografia da internet. Ela gemeu no segundo em que Jim deslizou a palma da mão ao encontro de seu clitóris. Quando tinha a idade dela, ele mal sabia o que era um clitóris. Jim deplorava o que havia acontecido, mas alguns momentos recusavam-se a lhe sair da cabeça. Jim amava sua mulher, ele amava sua mulher, amava a mulher. Mas foi especial, após tantos anos, colocar as mãos em outra pessoa sem saber como seu corpo reagiria, como ela se moveria sob seu toque. Jim estava suando apesar do ar-condicionado. O filme era longo e ele ficou satisfeito. A última coisa que queria era encarar a filha.

Carmen não gostava de faltar aos treinos. Para seus clientes, ir à academia duas vezes por semana era o mínimo. Era manutenção. As pessoas perdiam tônus muscular se passassem mais tempo afastadas. Tirar duas semanas de férias era praticamente implorar para voltar ao agachamento medíocre e à respiração ofegante. Carmen havia tentado transferir seus clientes para um treinador substituto enquanto estava viajando, mas não confiava que os outros profissionais da Total Body Power não fossem tentar roubá-los em caráter permanente. Jodi era a segunda melhor na academia, realmente excepcional, e fazia semanas que vinha cercando Carmen após ter visto seu nome riscado na agenda. Julho em Miami não era brincadeira. Mesmo que fosse baixa temporada para os moradores da Flórida, a academia ficava movimentada com os turistas que recebiam passes dos hotéis, e seus corpos necessitavam de mais ajuda do que a maioria.

Ela estava fazendo exercícios em um circuito perto da piscina. Flexões, *burpees*, saltos com agachamento, pular corda invisível. Bobby dava voltas vagarosas na piscina e por vezes gritava palavras de advertência.

– Boa menina. Explode! – Bobby ainda estava aprendendo a linguagem.

Fazia quase seis anos que eles haviam se conhecido na Total Body Power. Bobby havia terminado a faculdade há dois meses e ainda vivia do cartão de crédito dos Posts. Ele havia contratado o pacote *premium* – doze sessões com um *personal*, duas vezes por semana, durante seis semanas. Disse a Carmen que estava falando sério sobre ficar em forma. Nunca havia sido, nem de longe, o tipo esportivo e não possuía nenhuma coordenação mão-olho. O corpo comprido de Bobby parecia uma abobrinha murcha, com a mesma espessura de cima a baixo. Carmen sabia exatamente o que fazer. Prescreveria o uso diário de proteína em pó e o faria levantar mais peso a cada semana. Supinos, flexões, levantamentos de *kettlebell*. Bobby fazia barras, flexões de braço e polichinelos. Ela conhecia todos os aparelhos e deslizava o pino para dentro de placas cada vez mais pesadas. Ao final das seis semanas, os braços de Bobby haviam quase dobrado de tamanho e seu abdome, que sempre havia sido praticamente côncavo, quase mostrava sinais da musculatura emergente. Carmen era uma artista do corpo e havia moldado o corpo de Bobby a partir do zero.

Eles só dormiram juntos no final, na última semana. Bobby sentia-se triste porque as sessões estavam chegando ao fim e sabia que seu pai se oporia se ele gastasse mais mil dólares na academia. Convidou Carmen para saírem para beber, sem saber se ela envenenava o corpo dessa ou de outra maneira qualquer. Ela aceitou e eles se encontraram no bar do hotel Del Mar. Bobby havia escolhido um dos bares menos chamativos da área de propósito, por não saber qual a aparência de Carmen sem as roupas de ginástica e não querer que ela se sentisse constrangida. Não precisava ter se preocupado. Carmen chegou cinco minutos atrasada, usando saltos de acrílico e um vestido branco que terminava apenas poucos centímetros abaixo do traseiro firme e arredondado.

— Cala a boca — disse Carmen e deu início aos agachamentos. Girou o corpo de forma a olhar para longe da piscina. Em poucos meses, faria quarenta e um anos. Todos na academia diziam que os quarenta eram os novos vinte e cinco, e estavam certos. Carmen estava pensando em correr uma maratona ou participar de um triatlo, talvez ambos. A diferença residia nos grupos musculares e no tônus. Para correr, era necessário ter tendões e quadríceps resistentes, o que também era bom para andar de bicicleta; mas, dentro d'água, o importante eram as costas e o tronco. Carmen visualizou-se dentro d'água, com a touca de natação apertada na cabeça. Imaginou-se rompendo a superfície da água a cada respiração, reunindo a quantidade exata de energia necessária para a braçada seguinte. Terminaria no topo de sua faixa etária, ou mesmo mais acima, Carmen tinha certeza. Muitos de seus clientes na academia estavam na faixa dos quarenta, com corpos flácidos em decorrência de gravidez ou preguiça. Carmen nunca se permitiria ficar desse jeito, mole e passiva. Ela era forte.

Bobby saiu da piscina e deitou-se, pingando, na espreguiçadeira mais próxima a Carmen. O sol estava alto, mas ele não se importou. Todos em sua família fingiam ser vampiros ou vítimas de câncer e morriam de medo de um pouco de vitamina D, mas Bobby gostava de pegar um pouco de cor.

– Então – começou Carmen, alongando uma panturrilha e dobrando o corpo ao meio por cima, os dedos dos pés erguidos em direção ao céu –, o que está acontecendo com seus pais?

– O que você está querendo dizer?

– Você sabe o que estou querendo dizer. – Ela puxou a perna esquerda para trás e alongou a direita. – Muita tensão?

Bobby virou de bruços.

– Eles são sempre assim.

– Dou minha bunda se são.

– Ah, desculpe, estamos falando da sua bunda? Porque estou muito mais interessado nessa conversa. – Bobby ergueu a cabeça e as sobrancelhas.

Carmen aproximou-se e sentou ao lado de Bobby, os dois corpos grandes demais para a espreguiçadeira estreita.

– Estou falando sério. Seus pais estão bem? Eles estão parecendo muito, sei lá, sensíveis.

– Eles estão bem. Eles são sempre assim. Não sei. É uma transição, sabe? Meu pai acaba de se aposentar. Já imaginou se aposentar? É o mesmo que dizer, "OK, mundo, estou oficialmente velho demais para ser de alguma utilidade. Me coloquem em um bloco de gelo", ou seja lá o que for.

– Do que você está falando?

– Você sabe, como os esquimós. De qualquer forma, tenho certeza de que é só isso. – Bobby virou-se de lado para dar mais espaço e Carmen o ocupou, encolhendo o corpo seco e quente ao lado do dele, molhado.

– Se você acha que ele não quer se sentir como um esquimó, ou seja lá o que for, por que ele se aposentou então? – Bobby colocou as mãos molhadas em torno da cintura de Carmen e puxou-a mais para perto. Ela cheirava um pouquinho a suor, o que ele sempre achava *sexy*.

– Não faço ideia – respondeu Bobby –, mas realmente prefiro falar sobre outra coisa. Sobre tirar você de dentro dessas calças, por exemplo. – Ele deslizou uma das mãos molhadas sob o cós do short de lycra.

Carmen esquivou-se, fingindo contrariedade. Levantou-se e desvencilhou-se, catando piolhos imaginários antes de tirar lentamente toda a roupa.

– Devíamos tirar férias com mais frequência – disse e saltou na piscina. Bobby ficou rijo antes de conseguir ir atrás dela e tropeçou no calção de banho quando mergulhou, com uma forte pancada na água.

Após deixar Joan em casa e pegar o restante do grupo, todos resolveram jantar em Palma propriamente dita. Joan havia recomendado um restaurante de *tapas* e Franny havia tomado copiosas notas sobre o que pedir. Essa era sua especialidade, sua principal alegria na vida, descobrir o que colocar na boca a seguir, e quando. Estava fora de questão irem antes das nove, mas Bobby estava morrendo de fome e Sylvia estava deprimida, portanto Franny reuniu a tropa, carregou os automóveis e gritou instruções para chegarem à cidade.

O plano era passear pela cidade antes do jantar, o que também parecia ser o plano de todos os demais. Eles estacionaram os carros em uma rua estreita ao lado da catedral, um imenso bloco cinza perto da praia. Após alguns dias em Pigpen, Palma parecia o mesmo que estar em casa – a cidade era animada, com ruas cheias de casais, famílias e cães, todos andando devagar e bebendo em mesinhas ao ar livre. Bobby e Carmen seguiam na frente, de mãos dadas.

— Olha — Franny disse a Jim, que deu de ombros. — Quem sabe, no final das contas, é amor?

— Ela é ótima — disse Jim. — Ela não me incomoda.

Franny encarou-o com raiva.

— Você é um péssimo mentiroso. — Ela havia gostado disso durante grande parte do casamento deles, mas agora, ao dizê-lo em voz alta, ocorreu-lhe que talvez fosse um defeito.

As ruas de paralelepípedos eram inclinadas, subiam e desciam a encosta. Havia uma lojinha vendendo pérolas maiorquinas e Franny escondeu-se lá dentro, com Charles e Lawrence atrás. Ela comprou dois cordões, ambos azuis e satisfatoriamente irregulares, e pendurou um ao redor do próprio pescoço e outro ao redor do de Sylvia.

— Mãe — Sylvia tocou o novo colar —, acho que meu estômago vai se autodevorar. Tipo, meu estômago vai pensar que o resto do corpo está tentando matá-lo e vai atacar o resto dos meus órgãos como parasitas. E eu vou morrer em uma hora.

— De nada — disse Franny e enganchou seu cotovelo no de Sylvia. — Vamos seguir os pombinhos.

— Ah, faça-me o favor — falou Sylvia, olhando por cima do ombro para certificar-se de que não havia ninguém perto o suficiente para ouvir. As ruas de pedestres estavam repletas de gente bem-vestida de todas as idades, homens grisalhos elegantes usando suéteres finos e mocassins, adolescentes barulhentos lambendo o pescoço uns dos outros. Eles formaram um bloco antes de alcançar Bobby sozinho, diante de uma loja de roupas.

— Deu o fora nela? — perguntou Sylvia.

– Ela está lá dentro – respondeu ele. A loja tocava *dubstep* tão alto que eles precisaram erguer a voz para se fazerem ouvir.

– Eu não ia aguentar.

Os manequins na vitrine usavam vestidos assimétricos com três estampas diferentes, o tipo de roupa que Frankenstein poderia ter costurado.

– Uurgh! – fez Sylvia. – Isso é roupa para *strippers* cegas.

– Ela gosta, Sylvia, tudo bem? – Bobby cruzou os braços.

– Sabem, vou entrar para ver como ela está – disse Franny.

– Não é nada divertido fazer compras sozinha.

Charles e Lawrence foram atrás e Sylvia os viu entrarem e saírem de uma loja de óculos escuros, de uma sapataria, de uma loja de doces. Os dois faziam tudo juntos. Sylvia perguntou-se se seus pais já haviam sido assim antes do nascimento de Bobby. Parecia pouco provável.

– Onde está papai?

– Não sei – respondeu Bobby. – Ele não me disse nada.

– Você está bem?

– Do que você está falando? Claro que estou bem. – O cabelo de Bobby estava ficando comprido e os cachos escuros pendiam sobre as sobrancelhas.

– Jesus, deixa para lá. – Sylvia perscrutou o buraco escuro da loja que havia acabado de engolir sua mãe. O lugar estava repleto de racks com roupas baratas confeccionadas em fábricas exploradoras. Franny a percorreu, tocando os artigos pelo caminho, horrorizada com os tecidos brilhantes e elásticos. Por fim, encontrou Carmen nos fundos, perto dos provadores, com um monte de coisas no braço.

– Posso ajudar? – perguntou Franny, estendendo as mãos. – Aqui, deixe eu segurar tudo isso enquanto você procura.

Carmen deu de ombros e descarregou a pilha sobre os braços expectantes de Franny.

– Você e Bobby se divertiram hoje? Sentimos falta de vocês na casa de Graves, foi realmente especial. Acho que, no fundo, todo escritor imagina sua casa se transformando em museu. Ou, no mínimo, tendo uma placa. Muitas placas.

Carmen abriu um meio sorriso e continuou a manusear um rack de camisetas enfeitadas com lantejoulas.

– Ah, sabe, eu não tenho nada a ver com museus.

– Bem, não é um museu de verdade, é só uma casa. Onde morou um escritor. Então tem mais a ver com bisbilhotar do que com arte.

– Eu não leio tanto assim.

Franny sorriu com os lábios cerrados, uma linha estreita. Aquela era uma mulher adulta, Franny lembrou a si mesma, uma pessoa que se sustentava e tomava as próprias decisões. Não fazia parte da família dela. Não era problema dela.

– Hã-hã.

– Ah, sabe, acabei de ler um livro muito bom no avião – disse Carmen, com a mão parando no cabide de um vestido espetacularmente feio. O coração de Franny deu um salto, mesmo que ela estivesse tentando convencê-lo a moderar as expectativas. – Se chama *Sua comida, seu corpo*. Na verdade, acho que você ia gostar muito.

– Ah, é? – perguntou Franny. Talvez fosse sociologia, pensou, ou antropologia, um estudo das normas culturais através dos pratos naturais, uma pesquisa sobre estereótipos transmitidos por meio das refeições por nossos ancestrais. Franny adorava livros sobre comida – talvez fosse esse o momento pelo qual estava esperando, o momento em que Carmen abriria a boca e provaria que estava prestando atenção desde o início.

– Diz respeito aos tipos de dieta que funcionam melhor para o seu tipo de corpo; por exemplo, eu sou pequena e musculosa, o que significa não consumir carboidratos complexos. Minha avó cubana ia me matar se ainda estivesse viva, por não comer arroz e feijão! – Carmen arregalou os olhos. – É muito interessante.

– Parece muito informativo – comentou Franny. – Você está pronta para experimentar algumas peças?

Carmen deu de ombros.

– Com certeza. – Ela puxou um único vestido dos braços de Franny, de plástico transparente, como uma indumentária feita de filme PVC. – Esse não é fofo?

– Hã-hã – fez Franny, incapaz de responder.

O bar de *tapas* que Joan havia recomendado ficava no emaranhado de ruas pequenas próximo à Plaça Major, onde também havia um Burger King e uma pizzaria, ambos lotados de adolescentes espanhóis. A multidão fora do restaurante fez com que Sylvia se dobrasse ao meio como um brinquedo de baterias descarregadas. Decidida, Franny abriu caminho pelo bar lotado até a recepcionista e pouco depois eles estavam sentados – Joan havia telefonado em nome deles. Como havia mencionado a Franny, seus pais conheciam os proprietários. Afinal de contas, aquela era uma ilha pequena.

– Que rapaz gentil! – disse Franny repetidas vezes, para ninguém em particular. – Que rapaz muito, muito gentil.

— É. Pena que ele se chame Joan — falou Bobby, conferindo ao nome a pronúncia americana, que o transformava em um nome feminino. Sua mãe deu-lhe um soco no braço.

— Joe-*ahhhhhn*. E você está ficando muito musculoso — disse ela. Não foi um elogio.

Bobby e Charles começaram a pedir, apontando, um prato transbordante de pimentões verdes empolados, cobertos com imensos grãos de sal, fatias de pão torrado com grande quantidade de pasta de bacalhau, polvo grelhado no espeto. Os pratos chegaram e foram passados ao redor da mesa com gemidos de prazer. Franny examinou o cardápio e pediu mais *albóndigas*, pequenas almôndegas nadando em molho de tomate; *patatas bravas*, batatas fritas com uma tira de um lado a outro de creme por cima; *pa amb oli*, a resposta de Maiorca à *bruschetta* italiana.

— Isso não está nada mau — comentou Sylvia com a boca parcialmente cheia.

— Passem as almôndegas — pediu Bobby, estendendo o braço na frente dela.

— *Más rioja!* — disse Charles, erguendo o copo em direção ao centro da mesa, brindando com ninguém, pois todos os demais estavam muito ocupados em comer. Jim e Franny sentavam-se lado a lado na outra ponta da mesa, com as costas das cadeiras pressionadas contra a parede. Charles e Lawrence levantaram-se para examinar as *tapas* nas vitrines ao longo do bar e as crianças continuavam envolvidas com a comida ainda diante delas. Um prato escaldante de filés foi depositado sobre a mesa; Bobby lancetou um imenso pedaço com o garfo e balançou-o sobre a boca, como um homem das cavernas.

— E aí? — perguntou Franny. Jim apoiava o braço na cadeira dela, que o deixou ficar, só para ver como se sentia.

– Acho que está sendo um sucesso. – O rosto de Jim estava a poucos centímetros, o mais próximo que havia estado no que pareciam meses. Fazia um par de dias que ele não se barbeava e exibia a aparência de quando era jovem, louro, desalinhado e bonito. Franny foi pega desprevenida e puxou a cadeira para a frente, o que arremessou o braço dele para longe. Jim recuperou-se rapidamente e entrelaçou as mãos sobre a mesa. – Pelo menos, acho que sim.

– As crianças estão bem – falou Franny. – Ainda que eu não tenha tanta certeza sobre aquela garota. – Carmen só havia comido os pimentões, queixando-se de serem muito oleosos.

– Você viu os pés dela?

– O que isso quer dizer?

Jim abriu um sorriso muito discreto e baixou a voz.

– Ela tem saquinhos cheios de pó, que coloca em tudo que come. Na água, no iogurte. Acho que pode ser algum shake de refeição.

Franny surpreendeu-se a rir e aproximou-se alguns centímetros do peito de Jim.

– Pode parar – disse. – Não estou pronta para rir com você.

– Ela pensou na garota, mais nova do que Bobby, seu filho. Seu maxilar enrijeceu de forma tão rápida que ela pensou que fosse quebrar.

Jim ergueu as mãos em sinal de rendição e ambos se viraram para a outra ponta da mesa. Charles e Lawrence estavam voltando e cada um carregava dois pratos com petiscos diminutos e vistosos.

– Coloquem isso aqui – pediu Franny, dando tapinhas na mesa vazia a sua frente. – Estou morrendo de fome.

Sexto dia

Jim tomou seu café à beira da piscina. Já estava quente do lado de fora e os pinheiros altos e estreitos erguiam-se estáticos contra o cenário proporcionado pelas montanhas do outro lado do vilarejo. Quase uma semana inteira havia se passado e ele continuava andando na ponta dos pés em torno de Franny, ainda respirando baixinho, ainda fazendo tudo o que ela dizia. Se ela lhe pedisse para dormir no chão, ele teria dormido. Quando ela queria que ele apagasse a luz por estar cansada, ele apagava. Fazia trinta e cinco anos e três meses que estavam casados.

Os primeiros divórcios aconteceram de forma rápida – em um ou dois anos de casamento mal planejado, estavam concluídos. A segunda onda ocorreu uma década mais tarde, quando as crianças eram pequenas e problemáticas. Era sobre esses que os psicólogos infantis e as mães nos playgrounds se queixavam, o tipo de divórcio que mais estragos causava. Foi a terceira onda que Jim não viu chegar – a crise de fé dos provedores de ninhos vazios. Casais como ele e Franny estavam se separando por todo o Upper East Side, casais com filhos crescidos e várias décadas de vida em comum na retaguarda. Tinha a ver com expectativa de vida e colapsos tardios de meia-idade. Ninguém mais queria acreditar que estava na meia-idade quando chegava aos quarenta, portanto, agora eram os sessentões que compravam carros esportivos e seduziam mulheres mais novas. Ao menos, era como Franny teria definido a situação. Clara como o dia, um caso simples. Mas, evidentemente, nada nunca era simples quando o devasso em questão era o próprio marido.

A porta dos fundos se fechou com uma pancada. Jim olhou por sobre o ombro e surpreendeu-se ao ver Carmen aproximando-se para juntar-se a ele. Ela vestia roupas de ginástica, o que parecia ter no lugar de pijamas ou jeans, ou do que quer que se usasse eventualmente pela casa. Carmen sempre parecia pronta para arriar no chão e fazer cinquenta abdominais, o que Jim achava que era seu objetivo.

– Bom dia – cumprimentou ela, pousando o copo alto de líquido verde sobre o concreto, ao lado da caneca dele. – Se importa se eu me juntar a você?

– Claro que não – respondeu Jim. Ele tentou se lembrar de um momento em que tivessem ficado sozinhos, mas não conseguiu. Era possível que tivessem ficado a sós em algum cômodo enquanto Bobby ia ao banheiro, mas até isso parecia pouco provável. Ele gesticulou em direção à espreguiçadeira a seu lado e ela sentou-se, entrelaçando os dedos e alongando as palmas das mãos. Suas articulações estalaram alto.

– Desculpe – disse ela. – Mau hábito.

Ambos tomaram goles de suas bebidas e contemplaram as montanhas, que haviam adquirido um tom azulado, proveniente do céu sem nuvens acima.

– Estou triste pelo que está acontecendo com você e Franny.
– Ela pousou uma das mãos sobre o copo. Jim perguntou-se se aquilo tinha gosto de serragem ou de produtos químicos, milhares de vitaminas trituradas. – Deve ser difícil para vocês dois.

Jim passou rapidamente a mão pelo cabelo, então tornou a repetir o gesto. Franziu os lábios, sem saber como agir.

– Há – fez por fim. – Me desculpe, mas Franny conversou com você?

– Não foi preciso – respondeu Carmen, baixando os olhos.

– A mesma coisa aconteceu com meus pais. Bobby não sabe, mas posso perceber. Não se preocupe, não vou dizer nada a ele.

– Há – fez Jim, ainda confuso. – Obrigado.

– Não tem problema – ela falou, as palavras saindo mais rápido agora. – Quer dizer, eu estava no colegial, era só um pouco mais nova do que Sylvia e foi muito duro. Meus pais estavam passando por momentos muito difíceis e não queriam que soubéssemos, mas é claro que sabíamos. Meus irmãos e eu ficamos no meio de tudo aquilo, mesmo que eles pensassem que não fazíamos ideia.

– Sinto muito em ouvir isso. – O café estava esfriando. Jim olhou para trás, em direção à casa, na esperança de que mais alguém estivesse se movimentando, mas não viu sinal de vida.

– Se precisar conversar com alguém sobre o assunto, pode conversar comigo – ofereceu Carmen, pousando uma das mãos no ombro de Jim. – Fica só entre nós.

– Obrigado – disse Jim, sem saber ao certo por que estava agradecendo e o que ela sabia. Tudo de que Jim tinha certeza era de querer ser resgatado por um aviãozinho. Ele não precisaria nem mesmo parar, podia apenas sobrevoar e baixar uma corda. Ele a escalaria por conta própria.

Não havia mais comida em casa. Franny havia esquecido a quantidade de comida que seus filhos eram capazes de consumir, assim como todos os demais, sempre roubando os pedacinhos de pão que ela guardava para a *panzanella* do dia seguinte.

– Quem quer fazer compras comigo? Com almoço incluído. Quem vem comigo? – perguntou de modo geral. Charles e Lawrence estavam explorando uma praia nas proximidades e Carmen e Bobby corriam montanha acima e montanha abaixo. Jim lia na sala, e apenas Sylvia se achava perto o suficiente para ouvir, bem em frente à porta da geladeira aberta.

– Meu Deus, vamos. Por favor.

Fazia décadas que Franny não dirigia com marcha manual, mas aquelas memórias musculares nunca desapareciam. Jim ofereceu um curso de reciclagem de três minutos, meio alarmado diante da ideia de Franny dirigindo por estradas estrangeiras, mas ela insistiu no fato de que sabia o que estava fazendo. Sylvia fez o sinal da cruz quando deixou cair o corpo no interior do automóvel.

– Só me traz de volta viva a tempo de me encontrar com Joan.

– Como se eu fosse matar você antes de lhe dar a chance de ver o rapaz novamente – disse Franny, girando a chave na ignição. Pousou o pé esquerdo na embreagem e o direito no acelerador, mas com tantos anos sem prática, o movimento não foi tão fluido quanto costumava ser e o carro saltou para a frente. O rosto de Franny ficou roxo e Sylvia gritou. Jim continuava de pé perto do carro, as mãos segurando firmemente os cotovelos. Os homens da *Gallant* sempre dirigiam com marcha manual e ensinavam os filhos. Era uma habilidade importante na vida, como ter boas facas e falar uma língua estrangeira. Franny dispensou Jim com um aceno e deu ré devagar, com o baço em alguma parte da garganta.

– Está tudo bem – ela falou, mais para si mesma do que para Sylvia. – Sei o que estou fazendo. Todo mundo pode relaxar.

De acordo com as anotações de Gemma, havia um imenso supermercado a cerca de trinta minutos, perto do centro da ilha, maior e mais bem abastecido do que a mercearia a que Franny e Charles haviam ido em Palma. Franny sentiu-se melhor assim que alcançaram a rodovia – o carro morreu algumas vezes nas placas de parada obrigatória nas ruas de Pigpen, mas, e daí, ninguém a estava pontuando. Logo, estavam se deslocando a boa velocidade, ela sentiu as pernas relaxarem e adquirirem bom ritmo, uma embaixo, a outra em cima. Sylvia pressionou os botões do rádio, que parecia tocar apenas dance music e música pop americana da década de 1970 – Franny gritou para que Sylvia parasse ao sintonizar uma estação que estava tocando Elton John.

– Isso parece uma terra que o tempo esqueceu – disse Sylvia.

– Acho que o que você está querendo dizer é que isso parece uma terra que esqueceu o tempo. É assim que deve ser, Elton John no rádio e o melhor presunto do mundo. E a família.

– Bela reflexão, mãe. – Sylvia revirou os olhos e olhou pela janela.

A estrada piorou quando elas alcançaram a periferia de Palma, transformando-se em uma rua de pista única com sinais de trânsito, o que significou que Franny teve mais oportunidades de fazer o carro ratear, morrer e tornar a pegar. Elas estavam paradas em um sinal vermelho a poucos quilômetros do supermercado quando Franny reparou em um grande complexo à direita – o Nando Filani International Tennis Centre. Sem pensar, Franny fez a volta.

— Tenho quase certeza de que isso não é o supermercado — disse Sylvia.

— Ah, cala a boca. Vamos viver uma aventura. — Franny passou devagar pelo portão aberto do centro de tênis e entrou no estacionamento.

Nando Filani era a melhor e única esperança de Maiorca de um *grand slam* ou uma medalha de ouro. Com vinte e cinco anos e mal-humorado, ele se aproximava das bordas da quadra como Agassi ou Sampras, dando saques assustadores que frequentemente desbaratavam os adversários. Tinha causado certo problema na turnê — quebrara os dentes de alguém, o que ele jurou ter sido um acidente com uma bola errada — e a escola de tênis era sua maneira de pagar indenizações. Afinal de contas, os tenistas deviam ser embaixadores do bem, com calções brancos e bandejas de prata. Era um esporte para gente civilizada e não meramente atlética. Franny havia jogado um pouco no colegial, embora nunca tivesse sido muito boa. Mas era o único esporte que todos os quatro Posts suportavam assistir, o que por sua vez significava que era o único esporte sobre o qual conversavam entre si. Claro que Sylvia tinha pouco interesse mas, a cada poucos anos, surgia um tenista bonito o bastante para mantê-la minimamente envolvida.

O ar estava repleto de rebatidas e grunhidos — o som de bolas atingindo raquetes, das estrelas do tênis em formação. Franny contornou o carro até uma cerca ao lado dos prédios principais. Através da cerca, viu uma dezena de fileiras de quadras de tênis, muitas delas ocupadas por crianças. Franny lançou um murmúrio de aprovação diante do excelente saque de uma menina morena muito pequena, em seguida acelerou para o outro lado do estacionamento. Sylvia inclinou-se contra a lateral do automóvel.

– Mãe.

Franny agarrou a cerca do outro lado, que ocultava outra fileira de quadras, menos povoadas de crianças.

– Mãe!

Franny virou-se, o rosto vago e confuso, como se Sylvia a tivesse despertado de um sonho.

– O que é?

– O que estamos fazendo aqui? – Sylvia saltou do carro devagar e arrastou-se até ficar ao lado da mãe. Estava mais quente na base da montanha e o sol brilhava direto sobre a cabeça das duas. – Está muito calor.

– Estamos procurando por Nando, é claro! – Era o intervalo entre Wimbledon (que Nando havia vencido no ano anterior, embora tenha sido vice-campeão este ano, perdendo para o sérvio) e o US Open (que ele nunca havia vencido, sendo melhor tanto no saibro quanto na grama), e portanto era possível que ele realmente estivesse em casa, treinando. – Vamos, eu quero entrar.

Sylvia curvou-se sobre o ombro de Franny. Era mais alta que a mãe desde os onze anos.

– Só se você prometer que se, por algum motivo absurdo, Nando Filani estiver atrás dessa porta, você não vai falar com ele. Vamos dar meia-volta e seguimos direto para o supermercado.

Franny levou uma das mãos ao coração.

– Eu juro. – Ambas sabiam que ela estava mentindo.

O escritório era limpo e moderno, com um amplo quadro de avisos em uma das paredes e uma bela jovem sentada atrás do balcão. Franny agarrou Sylvia pelo cotovelo e avançou.

– *Hola* – cumprimentou.

– *Hola. Qué tal?* – respondeu a mulher.

– *Habla inglés?* Minha filha e eu somos grandes fãs de Filani e gostaríamos de informações sobre as aulas. As inscrições estão abertas? Estamos em Maiorca por mais ou menos dez dias e vamos adorar a oportunidade de jogar onde ele jogou. Vocês devem ter muito orgulho dele. – Franny balançou a cabeça diante da ideia daquele orgulho nacional, torcendo o nariz para todas as mães em Maiorca.

– Aulas para duas pessoas? – A mulher ergueu dois dedos.

– *Dos?*

– Ah, não – respondeu Franny. – Não jogo desde que era adolescente.

– Para uma? – A mulher ergueu um único dedo. – Aulas para uma pessoa?

Sylvia torceu o corpo como um *pretzel*.

– Mãe – disse. – Respeito o fato de você estar tentando fazer alguma coisa aqui, mas não sei exatamente o que é e estou certa de que não tenho nenhum interesse. Nem tênis. – Ela apontou para suas sandálias e mexeu os dedos dos pés ligeiramente empoeirados.

– Você tem a lista dos instrutores? – Franny pousou os cotovelos sobre o balcão. – Ou algum material de leitura? Sobre o centro?

A mulher deslizou um folheto até o outro lado do balcão. Franny recolheu-o, fingindo ler em espanhol até perceber que o verso estava impresso em inglês. Passou os olhos pelos curtos parágrafos e as fotografias brilhantes de Nando Filani até a parte inferior da página. Em uma foto grande, Nando havia lançado o braço em torno dos ombros de um homem mais velho. Ambos usavam boné de beisebol e apertavam os olhos devido ao sol, mas Franny distinguiu claramente as feições do outro homem.

– Desculpe, *perdón*, esse é Antoni Vert?
A mulher assentiu com um movimento de cabeça.
– *Sí*.
– Ele ainda mora em Maiorca?
– *Sí*. – A mulher apontou para o norte. – A três quilômetros.
– Mãe, quem é esse?
Franny abanou-se com o folheto.
– Ele ainda dá aulas? Aqui? Por acaso?
A mulher deu de ombros.
– *Sí*. São mais caras, mas dá. – Ela virou a cadeira em direção à tela do computador e pressionou algumas teclas. – Ele teve um cancelamento amanhã à tarde, às quatro.

Sylvia viu a mãe vasculhar rapidamente a bolsa, praguejando algumas vezes antes de, por fim, encontrar a carteira.

– Certo – disse Franny, sem olhar para Sylvia nem para a recepcionista. – Certo, isso vai servir. – Depois de assinar seu nome, ela virou-se e saiu calmamente pela porta, deixando Sylvia de pé diante do balcão, boquiaberta. – Você não estava com pressa? – gritou Franny do lado de fora. Sylvia fez uma careta para a mulher atrás do balcão e apressou-se a voltar ao carro, incerta sobre o que havia acabado de presenciar, mas confiante de ser algo pelo qual poderia provocar a mãe nas décadas seguintes.

Franny recusou-se a dizer qualquer outra coisa sobre Antoni Vert além de ele haver sido tenista em sua época, a última e melhor esperança da Espanha antes da ascensão agressiva de Nando. Mas Joan foi mais acessível. Teoricamente, ele e Sylvia estavam trabalhando ao lado da piscina mas, na realidade, estavam apenas comendo uma travessa gigantesca de uvas e uma travessa igualmente gigantesca do guacamole caseiro de Franny, apesar do fato de Sylvia tê-la provocado por preparar comida mexicana na Espanha, como se todas as culturas de língua espanhola fossem iguais. Joan sentava-se com as pernas cruzadas, os óculos escuros empoleirados no topo da cabeça. Sylvia sentava-se com os pés na piscina.

– Ele foi muito famoso – disse Joan. – Todas as mulheres adoravam o cara. Minha mãe adorava o cara. Todo mundo. Ele não era tão bom quanto Filani, mas era mais bonito. No início da década de 1980. Tinha o cabelo bem comprido.

– Huh. – Sylvia impelia as pernas para a frente e para trás.

– Quer dizer, que interessante! Minha mãe basicamente teve um ataque cardíaco, mas não tão grave quanto o ataque cardíaco que vai ter quando tentar realmente jogar tênis. – A água da piscina respingava em suas pernas, que ela esperava que parecessem despreocupadas, como em uma foto da *Sports Illustrated* de alguém em trajes de banho, e não como se ela tivesse acabado de fazer xixi, que ainda estivesse escorrendo por suas coxas.

Joan riu e levou uma uva à boca.

– E você, Sylvia? Sem namorado em casa, em Nova York?

Sylvia mergulhou uma tira de milho no guacamole, em seguida a depositou delicadamente sobre a língua. Era difícil tentar ser sedutora enquanto conversavam sobre sua vida real. Ela balançou a cabeça e pôs-se a mastigar.

– Todo mundo em Nova York é um saco. Pelo menos, todos na minha escola. Vocês dizem isso, um saco? Qual é a palavra para isso? – Ela engoliu.

– *Me tienen hasta los huevos.* Significa que eu estou de saco cheio. A mesma ideia.

– Certo – disse ela. – *Me tienen hasta los huevos.*

Um aviãozinho cruzou o céu, deixando para trás uma trilha de fumaça, uma mensagem em branco escrita no firmamento. Sylvia viu a linha, alva e fina, seccionar o céu azul fora isso perfeitamente limpo. Aquilo lhe pareceu uma equação matemática – x mais y igual a z. Abacate mais cebola mais coentro igual a guacamole. Pele mais sol igual a queimadura. Seu pai mais sua mãe igual a ela.

A primavera havia sido estranha em casa. Franny havia sido Franny, como sempre, a figura central de seu próprio sistema solar, o mastro em torno do qual o restante do mundo tinha que dançar e girar. Foi Jim quem agiu de forma esquisita. Não fez o menor sentido ele ter se aposentado de repente. A *Gallant* era seu oxigênio, seu divertimento, seu tudo. Sylvia perambulava pela casa e o encontrava sentado em cômodos estranhos, ou no jardim, olhando para o espaço. Em lugar de interrompê-lo, como normalmente fazia, ela o evitava. Jim dava a impressão de estar tão imerso em pensamentos que perturbá-lo parecia tão perigoso quanto acordar um sonâmbulo. Isso foi antes de ela ficar sabendo. Quanto mais tempo ele passava em casa, mais conversas Sylvia ouvia através das paredes e pisos centenários. A princípio, surgiu aos poucos, algumas palavras mais altas do que o restante, e então tudo de uma vez, quando sua mãe decidiu que era muito difícil fingir que as coisas estavam às mil maravilhas. Franny havia colocado a questão da seguinte forma: seu pai havia dormido com alguém e era um Problema que eles estavam tentando resolver, como se tudo fosse passível de ser solucionado com uma calculadora gigante. Sylvia não sabia quem era a mulher, mas sabia que era jovem. Claro, elas sempre eram jovens. Jim não havia presenciado a conversa – era melhor assim para todos.

Os pais tornavam-se mais estranhos quando a pessoa ficava mais velha, isso era óbvio. Já não era possível aceitar como verdadeiro que todas as outras famílias funcionavam exatamente como a sua, com portas de banheiro abertas ou fechadas, com a pitada de açúcar no molho de tomate, com a canção de ninar dissonante mas eficaz na hora de dormir. Sylvia havia passado os últimos meses vendo sua mãe ignorar seu pai, a menos que o estivesse repreendendo, e Jim não era alguém que aceitasse muito bem as repreensões. Sylvia sentava-se em sua cadeira à mesa da cozinha e os via brigar em silêncio. Perguntava-se se havia sido sempre assim, ou se eram apenas seus olhos mais maduros que reconheciam a brisa gelada entre sua mãe e seu pai. Às vezes, nos livros, ela se deparava com menções aos quartos dele e dela – em filmes antigos também; a TCM estava repleta de mulheres que acordavam sozinhas em seus roupões – e achava que talvez aquilo não fosse tão má ideia. Afinal de contas, o que eram os pais, a não ser duas pessoas que antes se achavam as mais inteligentes do mundo? Eles eram uma espécie delirante, com cérebros tão pequenos quanto o dos dinossauros. Sylvia achava que nunca ia querer se casar nem ter filhos. Nem era preciso mencionar a camada de ozônio e os tsunamis – e o jantar? Não, aquilo era demais.

– Vamos entrar – disse ela. – Estou achando todo esse sol muito deprimente. – Ela puxou uma das pernas para fora da piscina, depois a outra, vendo-as deixar pingos escuros no concreto.

Joan recolheu as tigelas de comida e seguiu-a rumo à sala de jantar.

Era hora da sesta. Eles adoraram aclimatar-se ao costume e agora todos se arrastavam até cantos separados logo após o almoço, as pálpebras já pesadas. Carmen dormia deitada de costas, ao passo que Bobby enroscava-se como uma concha a seu lado, de boca aberta. Jim havia pegado no sono no sofá da sala, com um livro sobre o peito. Sylvia dormia de bruços, o rosto voltado para um dos lados como uma nadadora. Lawrence dormia como criança, com as cobertas puxadas até o pescoço. Apenas Charles e Franny continuavam acordados. Estavam no banheiro principal, Franny na banheira e Charles sentado sobre a tampa fechada do vaso sanitário.

Gemma possuía todos os melhores produtos de banho, claro: xampus e condicionadores, cremes esfoliantes, sabonetes com raminhos de alfazema francesa, géis de banho, espumas, buchas, pedras-pomes, tudo a que tinha direito. Franny tencionava ficar de molho por uma hora, mesmo que isso significasse usar toda a água quente de Pigpen. A banheira não era muito comprida, mas Franny também não e suas pernas esticadas mal tocavam a extremidade.

— E então? — perguntou Charles. Ele folheava uma das revistas ordinárias que Sylvia havia pegado no avião. — Como estão as coisas?

Franny tinha uma toalhinha sobre os olhos.

— Você tem visto.

— O que estou querendo saber é quando vocês dois estão sozinhos. — Ele virou a página e abriu uma foto de página dupla de mulheres usando vestidos de noite enfeitados com lantejoulas.

— É o seguinte — Franny começou e então manteve a boca fechada por um segundo. — Não é nada demais. Quero socar o olho dele quase tanto quanto quero que ele realmente se desculpe. Não dá para dizer quantas vezes pensei em matar Jim durante o sono.

— Então, você não está furiosa? — A página seguinte exibia todo o conteúdo da bolsa de uma atriz, derramado e identificado item por item. Chiclete, uma lixa de unha, alguma maquiagem, um espelho, outro par de sapatos, fones de ouvido, um BlackBerry. — O que ela lê quando fica entediada? — Charles perguntou-se baixinho.

Franny explorou o ralo com o dedão do pé.

— Estou para lá de furiosa. Na verdade, eu nem sabia que esse espaço existia, onde ele podia fazer algo tão terrível que a palavra *furiosa* sequer começa a abranger a questão. Nós vamos realmente fazer isso? Vender a casa? Sylvia vai ficar completamente insegura e maluca porque no minuto em que for para a faculdade, seus pais vão se divorciar? — Ela livrou-se da toalhinha, que caiu dentro d'água com uma pancada. — O que você faria se Lawrence o traísse? Pedia o divórcio? — Ela virou-se para olhar para ele.

As amizades eram relações complicadas, sobretudo amizades tão antigas quanto a deles. A nudez nada mais era do que uma coleção de cicatrizes e marcas, arduamente obtidas. O amor era uma certeza, sem as complicações do sexo nem dos votos, mas a honestidade estava sempre à espera, pronta para emborcar a canoa estável. Charles fechou a revista.

— Eu traí Lawrence uma vez. Com uma pessoa, quero dizer. Mais de uma vez.

Franny sentou-se ereta e girou desajeitadamente na banheira, de forma a olhar direto para ele. Metade de seus seios achava-se acima d'água, metade sob ela, as carnes pesadas acomodadas em dobras comportadas por baixo. Charles queria perguntar-lhe se podia bater uma foto para pintar a partir dela mais tarde – ela diria que sim, ela sempre consentia – mas percebeu que não era hora.

– Como é que é?

Charles se recostou no reservatório do vaso. Havia uma pequena janela quadrada na parede acanhada do banheiro, e Charles contemplou as montanhas, que pareciam se agitar atrás do vidro antigo.

– Foi no começo. Há quase dez anos. Nós já estávamos morando juntos, mas não era sério. Não era sério para mim, devo dizer. Lawrence, abençoado seja aquele coraçãozinho, sempre achou que estávamos envolvidos a longo prazo. Ele é do tipo que se compromete, sabe, com um emprego de verdade e pais que dão apoio. Ele sempre quis se casar, mesmo antes que fosse legalizado. Qualquer documento que podíamos conseguir, ele queria.

"Aconteceu quando eu estava na Galeria Johnson Strunk, está lembrada, na rua 24? E Selena Strunk sempre tinha rapazes lindos trabalhando para ela, preparadores de arte, garotos que pareciam recém-saídos de algum filme pornô em uma academia de ginástica. Todos sarados e lindos, com barbas curtas que tinham acabado de aprender a deixar crescer. Não sei por que eles gostavam de mim; eu já tinha o que, quarenta e cinco? Mas acho que alguns queriam ser pintores. Em todo caso, um deles, Jason, começou a rondar a galeria quando sabia que eu estava por lá, e ele era legal, então, convidei o garoto para tomar um café. Quando nos sentamos, ele agarrou meu pau por baixo da mesa. Lawrence é tão puritano, preferia morrer a sequer admitir em público que *tinha* um pau. Então, fiquei surpreso, sabe. Só aconteceu algumas vezes, durante os meses seguintes, no meu estúdio.

Franny produziu um ruído.

– Sem querer – disse e cobriu a boca com a toalhinha, acenando para que ele continuasse.

– Lawrence era tão jovem que não achei que pudesse realmente dar certo. Eu nem mesmo sabia se acreditava *naquilo*. Então, andei trepando aqui e ali, claro, e tudo terminou rápido, mas nunca contei a ele. Então...

– Então? Então? Então, você nunca vai contar ao seu marido que fez sexo com outra pessoa? Que merda é essa, Charlie? – Franny cruzou os braços sobre o peito, o que teve um efeito menor do que o esperado devido a sua nudez e ao fato de ela haver escorregado um pouco na banheira e ter sido forçada a erguer novamente o corpo.

– Não – respondeu Charles. – E não estou contando por achar que o que Jim fez não seja horrível, porque é. Só estou contando porque você perguntou. Eu não ia querer saber. E se ele tivesse feito alguma coisa e eu descobrisse, provavelmente perdoaria.

Franny revirou os olhos.

– Bem, é óbvio que agora você perdoaria. – A água na banheira havia esfriado e ela girou outra vez a torneira, voltando a encher o cômodo de vapor quente.

– Mesmo que não perdoasse, Fran, a verdade é essa. Casamento é difícil. Relacionamentos são difíceis. Você sabe que estou do seu lado, qualquer que seja ele, mas a verdade é essa. Todos nós fizemos certas coisas.

– Isso é besteira. É, todos nós fizemos certas coisas. Fiz coisas como engordar quinze quilos. Ele fez coisas como enfiar o pênis dentro de uma garota de vinte e três anos. Você não acha que uma delas é significativamente pior? – Franny levantou-se, o corpo gotejando, e pegou uma toalha. Permaneceu no lugar, com a água, a essa altura suja, batendo em suas panturrilhas.

– Eu estou do seu lado, querida – repetiu Charles. Ele caminhou até a lateral da banheira e estendeu a mão, que Franny aceitou, passando pela borda como Elizabeth Taylor interpretando Cleópatra, o queixo erguido, os cabelos negros e molhados grudados no pescoço.

– Bem – disse ela, assim que se viu segura em terra firme –, segredos não são divertidos para ninguém. Tenha isso em mente.

– Ela o beijou no rosto e encaminhou-se ao quarto, ouvindo os roncos vindos de todos os outros cômodos.

Sétimo dia

Esperar um bebê era como esperar um ataque cardíaco – a certa altura, a pessoa simplesmente tinha que se render e fazer outros planos, sem saber se precisaria cancelá-los. Charles e Lawrence haviam feito uma viagem ao Japão no ano anterior, mas haviam adiado Paris quando pareceu – sem nenhum verdadeiro motivo, Lawrence tinha apenas tido um pressentimento – que talvez fossem escolhidos. Eles haviam passado as férias em casa sozinhos, sua ansiedade demasiado tóxica para se envolverem em conversas fúteis. As tarefas que potenciais pais adotivos tinham que transpor eram numerosas: escrever cartas, criar websites, selecionar fotos de família lisonjeiras, que não mostrassem taças de vinho. O objetivo era fazer com que a família parecesse estável e interessante, fazer com que a mãe biológica imaginasse que seu filho teria uma vida melhor nos braços deles. Homens gays eram opções atraentes, Charles ficou surpreso ao descobrir, em parte porque nunca haveria competição a respeito da verdadeira mãe da criança. Mas eles nunca haviam sido de fato escolhidos e dessa vez a espera havia adquirido um caráter surreal, como alguém ser informado de que talvez ganhasse na loteria, mas que precisava apenas aguardar uma semana para ver se os números de fato correspondiam.

Esse havia sido um plano de Lawrence desde o começo e depois que eles se casaram, não houve como impedi-lo. Charles, por outro lado, nunca havia de fato se imaginado com um bebê.

Ele tinha Bobby e Sylvia, afinal de contas, e outros amigos tinham pirralhos para os quais ele podia comprar roupas caras, que só podiam ser lavadas a seco, ou outros presentes pouco práticos. Não era essa uma das vantagens de ser homossexual, poder adorar as crianças e, depois, devolvê-las aos pais? Lawrence não enxergava a questão desse jeito. Alguns dos amigos deles haviam passado por advogados, que eram bem mais caros, mas também mais reservados. Lawrence disse que tentariam isso também, se a agência não resolvesse. Compareceram a reuniões informativas na Hockney, na Price-Warner, em todos os locais em que casais homossexuais eram bem recebidos. Sentaram-se em salas de espera muito coloridas, silenciosas como alas de oncologia, tentando não fazer contato visual com os outros casais esperançosos presentes. Charles surpreendeu-se que os tapetes não fossem pontilhados de buracos abertos por milhares de olhares cabisbaixos. Não havia bolas de encher nem sorrisos alegres nas salas de espera, só nos panfletos acetinados.

A essa altura, o melhor que podiam fazer era manterem-se ocupados. Lawrence desejou um cubo de Rubik, ou agulhas de tricô, não que soubesse como usá-los. Maiorca tinha que bastar. Fazia um dia quente, e Bobby, Carmen e Franny pareciam bem satisfeitos na piscina. Jim lia um romance na sombra. Lawrence não suportaria outro dia inteiro sem nada e o museu Miró ficava ali perto, a quinze minutos de carro montanha abaixo. Eles pegaram Sylvia e saíram.

O museu em si não tinha nada de extraordinário – algumas salas amplas e frescas, e as pinturas e desenhos lúdicos de Miró nas paredes. Uma das salas, que eles atravessaram rápido, parando aqui e ali, apresentava a exposição de outros artistas espanhóis. Lawrence gostou de uma pintura de Miró – óleo e carvão sobre tela, grande e bege, com uma mancha vermelha no meio – que parecia um seio gigantesco e inchado. Charles demorou-se na última sala, e Lawrence e Sylvia esperaram por ele do lado de fora. Do lado de fora do museu, abaixo da cidade, o mar estendia-se, imenso e azul. O dia cheirava a jasmim e verão. Sylvia colocou a mão no ombro de Charles e de Lawrence e disse:

– Isso é suficiente.

No alto de uma encosta, depois de uma curva, ficavam os estúdios de Miró. Eles caminharam pelo cascalho e espiaram o interior das salas, arrumadas como se ele fosse voltar a qualquer momento. Cavaletes sustentavam telas, e tubos de tinta usados e espremidos jaziam sem tampa sobre as mesas. Charles adorava visitar estúdios de outros pintores. Em Nova York, os artistas mais jovens mudavam-se para locais cada vez mais distantes no Brooklyn, para Bushwick e cantos de Greenpoint que quase tocavam o Queens. Seu estúdio era limpo e branco, exceto pelo piso, manchado por tantos anos de pingos acidentais. Em Provincetown, ele trabalhava no jardim de inverno, ou no cômodo pequeno e claro que era antes o sótão. Miró teve filhos? Charles folheou o livreto que eles haviam recebido na porta, mas este não informava. Muitos artistas tinham filhos, mas também tinham mulheres, ou companheiros, alguém para ficar em casa. Por que eles não haviam conversado sobre isso? Lawrence podia tirar uma licença de alguns meses, claro, mas depois não voltaria ao trabalho? Quem iria cuidar do bebê? Charles desejou que a assistente social tivesse mandado uma fotografia, mas eles não faziam isso – como haviam explicado nas reuniões, era como quando as pessoas tinham um bebê biológico. Elas viam a criança quando ela era colocada em seus braços.

Lawrence inclinou a cabeça e dirigiu-se à sala do outro lado do estúdio, cheio de reverência para com o espaço sagrado daquele homem. Charles adorava isso em seu marido, a disposição para enxergar o que outras pessoas não enxergavam, que a arte era tanto escavação quanto magia, ao mesmo tempo ofício e canalização. Não havia sido fácil convencer Lawrence a viajar – duas semanas inteiras com os Posts não era a ideia que todos tinham de tirar férias. Charles aproximou-se e acariciou a cabeça de Lawrence. Eles nunca viviam momentos como esse em Nova York, onde Lawrence estava sempre correndo para o escritório. Quando estavam em Provincetown, Charles ia até a padaria para comprar o café da manhã, ou permanecia no estúdio enquanto Lawrence dormia. Parecia um luxo, os dois perambularem por um museu em um dia de semana. Sylvia tornou a sair para o mirante de cascalho, deixando-os sozinhos. Talvez fosse mais fácil de imaginar se a criança – Alphonse, o nome dela era Alphonse – fosse uma menina.

– Olá – disse Lawrence, contornando a sala e voltando na direção de Charles. Cruzou os braços sobre o peito e baixou a cabeça para pousá-la no ombro do companheiro. Não era confortável – Lawrence era oito centímetros mais alto –, mas por um momento foi bom.

– Eu estava pensando no quanto vai ser bom voltar para casa – comentou Charles.

– O que você fez com meu marido? – perguntou Lawrence, rindo.

– O quê? – Charles beliscou-o na lateral do corpo, o que o fez afastar-se alguns centímetros. – Você está agindo como se eu o estivesse ignorando.

Lawrence suspirou.

– É claro que você está me ignorando. Charles projetou a cabeça para o lado de fora a fim de inspecionar Sylvia, que estava deitada de bruços em um banco, ignorando os outros turistas, que batiam fotos da paisagem.

– Querido, não.

– *Querido*, sim. – Lawrence não arredou pé e tornou a cruzar os braços.

– Lawr, por favor. Como eu o estava ignorando? Estamos com meia dúzia de outras pessoas. O que devo fazer, fingir que não estou vendo nem ouvindo ninguém?

– Não – respondeu Lawrence, tornando a se aproximar devagar para postar-se ao lado de Charles. Um casal alemão entrou com passos pesados e baixou a voz. – Não estou pedindo a você que seja rude. Só estou pedindo que seja um pouco menos perseguidor, sempre a três centímetros da bunda de Franny.

– A sua bunda é a única atrás da qual quero ficar a três centímetros.

– Não tente ser legal comigo agora, estou puto com você.

Charles havia pensado várias vezes que se eles tivessem os recursos ou o dinheiro para de fato produzirem um filho biológico, um menino ou menina gerado com o esperma de Lawrence, ele não se sentiria nem um pouco em conflito. Como não amar qualquer coisa que tivesse um rosto como aquele?

– Desculpe – falou Charles. – Me desculpe. Sei que fico distraído quando estou perto dela. Você é mais importante para mim, prometo. – Não era a primeira vez que eles tinham essa conversa, mas Charles sempre se surpreendia. Felizmente, ele sabia o que Lawrence precisava ouvir. Se Lawrence acreditava ou não era outra história. Às vezes sim, às vezes não. Dependia muito de seu humor, da hora do dia, se as relações sexuais mais recentes haviam sido boas ou apenas passáveis.

Lawrence fechou os olhos ao ouvir o que precisava.

– Tudo bem. Acho que nós dois só estamos ansiosos, sabe? É isso, não acha? Você não está sentindo isso? – Ele estremeceu e então Charles fez o mesmo, como se uma brisa gelada, de alguma forma, tivesse aberto caminho pelo estúdio.

– É claro – respondeu Charles.

―――

Franny não havia levado roupas de ginástica adequadas mas, por sorte, seus pés tinham o mesmo tamanho que os de Carmen, portanto ela pôde pegar emprestado um par de tênis, e Carmen ficou tão feliz ao cedê-los que deu a impressão de que poderia levitar. Franny vestia *leggings* e uma camiseta com a qual gostava de dormir, mesmo que ela tivesse pequenos furos ao redor da gola.

Seu cabelo estava demasiado curto para que o prendesse em um rabo de cavalo, mas ela não o queria voando sobre o rosto (Franny imaginava-se movendo-se com tanta rapidez quanto uma das irmãs Williams, zunindo de um canto a outro da quadra), portanto levou também a faixa preta elástica de cabeça que usava quando lavava o rosto.

Antoni Vert estava de pé atrás da mesa, pouco depois da recepcionista. Como na fotografia, usava o boné de beisebol puxado sobre a testa e óculos escuros pendurados em um cordão de neoprene ao redor do pescoço. O rosto, embora mais largo do que a imagem que Franny havia tantas vezes visto na tela da televisão, ainda lhe pareceu o de um astro de cinema espanhol – a covinha no queixo, os cabelos negros. Ela sorriu e correu em direção ao balcão.

– Olá, Sr. Vert, Antoni, é um prazer conhecê-lo – cumprimentou, estendendo a mão direita, os tênis emprestados na esquerda.

Antoni girou os quadris e apontou para o relógio de parede.

– Você está atrasada.

– Ah, estou? – Franny balançou a cabeça. – Mil desculpas. Ainda estamos conhecendo as estradas da ilha, acho. – Franny disse isso sabendo muito bem que Maiorca tinha as estradas mais claramente sinalizadas em que já havia dirigido, com placas gigantescas contendo setas e espaço de sobra. O plural de modéstia pareceu favorecer-lhe a causa, como se ela atribuísse o atraso a algum motorista invisível.

– Começamos agora então – ele disse. – Você precisa de uma raquete, não?

– Ah, droga! – exclamou Franny. Gemma possuía um armário repleto de equipamentos esportivos, claro. Ela nada mais era do que uma pessoa saudável e ativa. Provavelmente, havia esquis escondidos em algum lugar da casa, só para garantir, caso a terra parasse de girar sobre o eixo apropriado e as montanhas repentinamente se cobrissem de flocos de neve branca. – Está no carro! – Ela balançou os tênis na direção de Antoni e correu para o estacionamento. – Eu já volto!

Franny pôs-se a amarrar os tênis enquanto Antoni aguardava, claramente irritado com o atraso. Trezentos euros por aula davam quanto? Franny optou por não fazer as contas. Estava concedendo a si mesma uma experiência inestimável, um presente que não poderia ser comprado em nenhum outro momento ou lugar. Ela deu o segundo nó no cadarço, tentando recordar a última vez em que havia calçado tênis. Seu melhor palpite era algum momento em 1995, quando tentava voltar à forma depois do nascimento de Sylvia e fazia ginástica para os glúteos na sala de estar.

– Estou pronta.

– Venha – chamou Antoni. Ele abriu a porta e esperou que Franny a atravessasse. Ela teve que se aproximar tanto do corpo dele para passar que avançou de lado, o mais lentamente possível, como um caranguejo feliz.

As quadras de tênis pareciam mais cheias do outro lado da cerca. Na televisão, sempre pareciam enormes, com os corpos flexíveis e jovens correndo por toda a parte, mas, na realidade, não eram muito grandes. Na verdade, ficavam tão próximas que Franny teve medo de atirar bolas no jogo de outra pessoa ou, pior ainda, no rosto de alguém. Por sorte, Antoni continuou a caminhar até alcançarem a última quadra da fileira, afastada das dos vizinhos mais próximos, um menino de uns doze anos e seu treinador.

– E, então, você sabe jogar? – Antoni falava com um forte sotaque, a voz baixa e a língua pastosa.

– Eu assisto a tudo – respondeu Franny, mentindo. – Até os torneios menores. – Franny tentou lembrar de algum para mencionar, mas não conseguiu. – Minha compreensão das regras é excelente.

– E qual foi a última vez que você jogou? – Antoni enfiou a mão no bolso e retirou uma bola de tênis. Franny desejou que Charles a houvesse acompanhado e estivesse suficientemente próximo para fazer uma piada. Era estranho passar por aquela experiência sozinha quando estava claro (muito claro) que Franny escreveria sobre ela, uma história que seria codificada em um momento na página. *Naquele exato instante*, seu melhor amigo faria alguma piada inteligente e ligeiramente maliciosa. Só que ele não estava presente. Franny lhe contaria a experiência mais tarde, e ele então faria a piada; depois disso, era só uma questão de edição.

– Ah – respondeu Franny. – Há muito tempo. Uns dez anos?

– Uma das mulheres em seu abominável clube de leitura jogava tênis toda semana no Central Park, ágil e má como um ganso. Certa manhã, ela e Franny haviam jogado uma partida. A mulher bombardeou-a com bola atrás de bola, sempre rindo depois, em um falso pedido de desculpas. Os hematomas haviam durado semanas. – Não sou atleta. Sou escritora. Sabe, não existem muitos livros bons sobre tênis. Você já pensou em escrever uma autobiografia? Tenho muitos amigos que escreveram livros sobre esportes em nome de alguma outra pessoa. Podemos conversar se você estiver interessado.

– Tudo bem, vamos começar de maneira fácil – retrucou Antoni, ignorando-a. Ele encaminhou-se para o outro lado da rede.

– Preparada?

Antes que Franny percebesse, Antoni deu um saque. Ela viu a bola pousar dez centímetros à sua frente e riu.

– Desculpe – disse. – Você queria que eu rebatesse? Estou achando isso tão estranho, estar realmente jogando com você.

– Isso não é jogar. Isso é treino. Aquecimento. – Ele lançou outra bola e Franny surpreendeu-se ao ver seus pés em movimento e a raquete estendida. Ela se ligou; a raquete acertou a bola e a devolveu ao outro lado da rede e Franny sentiu-se tão entusiasmada com sua destreza esportiva que se pôs a saltar, ignorando o fato de que Antoni iria, evidentemente, lançar a bola de volta. Foi o que ele fez e a bola passou por ela, sem que a vigorosa trajetória em direção à cerca fosse interrompida.

– Desculpe, desculpe – falou Franny. – Estou pronta agora, me desculpe! Eu não sabia que isso ia acontecer. Estou preparada. – Ela agachou-se parcialmente, como faziam os tenistas na televisão, movendo os quadris para a frente e para trás.

Antoni balançou a cabeça, os olhos escondidos atrás das lentes antirreflexo dos óculos escuros. Arqueou o corpo para trás e lançou uma bola alta. Franny o havia visto jogar por muitos anos e conhecia os movimentos de seu corpo. Aquilo não era um tique decorrente de TOC, como ocorria com alguns tenistas mais jovens (Nando Filani era famoso por girar a cabeça para o lado e tossir, o que McEnroe sempre comparava a um exame de próstata). O corpo de Antoni movia-se de forma decidida, os ombros largos como os de um nadador. Ele deu outro saque alto, batendo na bola devagar, com tanta delicadeza quanto uma mãe para com o filho. Franny saltitava de um lado para o outro, esperando para ver onde a bola ia cair. Em seguida, correu em direção a ela, atingindo-a na parte de baixo com a borda da raquete, bem a tempo de tornar a lançá-la sobre a rede. Eles rebateram mais alguns lances antes que Franny errasse uma tacada e ofegasse alegremente, entusiasmada.

– Nada mau – disse Antoni. Franny secou a testa com a ponta dos dedos. – Deixa eu ver um saque. – Ele caminhou até o outro lado da rede, colocando-se deliberadamente atrás de Franny. Empurrou os óculos escuros para a ponta do nariz e cruzou os braços. – Arremesse e dê o saque.

Franny quicou a bola duas vezes e ficou aliviada ao descobrir que isso lhe provocava uma sensação boa e familiar na mão. Houve uma época em que essa havia sido uma prática normal e ela desejou que todos os átomos de seu corpo recordassem esse período, ao ar livre no Brooklyn, as garotas do time da escola secundária gargalhando e gritando. Franny arremessou a bola para o alto e moveu a raquete por sobre a cabeça. Ouviu uma pancada alta, então oscilou para a frente alguns centímetros e, no instante seguinte, estava olhando para o rosto sombrio de Antoni Vert, deitada de costas no meio da quadra de tênis. Por fim, ele parecia tão satisfeito ao vê-la quanto ela em vê-lo.

Bobby e Carmen faziam exercícios na piscina, o que normalmente teria levado Lawrence a dar meia-volta e sentar-se para ler no quarto durante algumas horas. Mas o dia estava bonito demais para ficar dentro de casa. Ele colocou chapéu e óculos escuros e saiu, com um romance debaixo do braço.

– Ei – cumprimentou Bobby da parte funda da piscina. Ele conservava a cabeça acima do nível da água da forma mais atlética possível, oscilando para cima e para baixo como uma mola, com as pontas molhadas dos cachos pesadas e escuras.

– Ei! – chamou Carmen, no meio de uma flexão. Ela baixou o corpo a meia-altura, parou e em seguida aproximou-se ainda mais do chão antes de endireitar os braços e tornar a erguer o corpo com rapidez, assumindo novamente a posição de prancha. Lawrence estava impressionado.

– Você é muito boa nisso – disse e então chutou os chinelos de dedo para longe e acomodou-se em uma das espreguiçadeiras.

– Obrigada! – disse Carmen, sem parar. – Posso ensinar se você quiser.

Lawrence espremeu grande quantidade de protetor solar na palma da mão e começou a passar pelo corpo – braços, pernas, bochechas, nariz – numa fina camada. Era um produto caro, branco como giz e à prova d'água.

Bobby ficou olhando.

– O que é isso? Zinco?

– O que, isso? – perguntou Lawrence, girando o tubo. – Não sei. É feito de coisas que não consigo pronunciar.

– Você nunca quer se bronzear? – Bobby nadou até a borda da piscina. – Às vezes, vou à praia só com óleo de bronzear e pego no sono. É a melhor coisa. Você acorda e está totalmente bronzeado. Como uma estátua.

– Isso me parece um jeito excelente de ter câncer de pele.

– Bem, acho que sim. – Bobby deu algumas pernadas, os pés lançando pequenas colunas de água. Lawrence tentou imaginar como seria ter um bebê e então vê-lo crescer e transformar-se em alguém que usava óleo de bronzear. Não era tão ruim quanto fumar *crack*, mas parecia significar diferenças ideológicas importantes. Bobby mergulhou a cabeça na água, em seguida alçou-se para fora da piscina. – Vou tomar uma ducha, pessoal. Vejo vocês daqui a pouco.

Carmen resmungou e Lawrence assentiu com um movimento de cabeça. Por alguns minutos, eles permaneceram em silêncio, Carmen fazendo suas flexões e Lawrence sem fazer absolutamente nada, apenas contemplando o espaço e vendo rostos grosseiros emergirem das montanhas, o que ocorria com tanta frequência quanto eles se formavam nas nuvens. Lawrence viu um homem com uma barba enorme, um gato enroscado em forma de *donut*, uma máscara samoana, um bebê dormindo.

– Há quanto tempo vocês dois estão juntos? – Lawrence ouviu-se perguntar. Ele não queria ler o livro que havia levado lá para fora. Era o próximo filme em que trabalharia, a adaptação de um romance de época. Britânicos do século dezenove, muitas cenas de festas com dezenas de figurantes, um monte de cavalos. Esses eram sempre os piores. Cada página transformava-se em nada mais do que cifrões – Lawrence lia o custo de armações de vestidos, rendas antigas, sombrinhas importadas. Os lobisomens tampouco eram grande coisa, mas os pacotes de pelo falso eram mais baratos do que cães de verdade para as cenas de caça. Seus filmes preferidos eram sempre os pequenos, nos quais os atores usavam as próprias roupas, escovavam ou não o próprio cabelo e todos alugavam uma casa de campo por uma semana e dormiam amontoados uns sobre os outros, como uma ninhada de gatinhos recém-nascidos. Ele fazia a contabilidade desses dormindo.

– Eu e Bobby? – Carmen sentou-se com as pernas bem abertas, em posição de esquadro e inclinou o corpo para a frente. – Quase sete anos!

– Uau, sério? – surpreendeu-se Lawrence. – Ele ainda estava na faculdade?

Carmen riu.

– Eu sei, ele era um bebê. Só tinha um jogo de talheres. Um garfo, uma faca, uma colher. E uma gaveta cheia de talheres de plástico que ganhava dos lugares que faziam entregas. Era como sair com um garoto do colegial, juro. – Ela girou o tronco, inclinou-se sobre uma das pernas e segurou a ponta do tênis. – Malditos tendões.

— Sem querer ser rude, mas quantos anos você tinha quando se conheceram? Nós também temos uma diferença de idade grande, e as pessoas me perguntam o tempo todo. Não tenho a intenção de ser ofensivo. — Na realidade, Lawrence não sabia se tinha ou não a intenção de ser ofensivo, mas estava curioso. Ele detestava quando as pessoas lhe faziam a mesma pergunta. Os homens jovens a formulavam de um jeito que significava que consideravam Charlie velho, e homens mais velhos a formulavam de um jeito que significava que achavam que Lawrence nada mais era do que um brinquedo inflável, disponível para o sexo a qualquer hora, em qualquer orifício. E não era nada disso. Lawrence nunca pensava nos dez anos de diferença entre eles, a não ser quando estavam jogando Trivial Pursuit e Charles de repente sabia que atores haviam trabalhado em determinado programa de tevê, ou quem havia sido o vice-presidente de quem. Na vida prática, cotidiana, a diferença de idade importava tanto quanto quem havia acabado com o papel higiênico e precisava lembrar de substituí-lo por um rolo novo. O que queria dizer que, se isso alguma vez tinha importância, era apenas por uma fração de segundo antes de ser esquecido. Eles haviam se preocupado com a idade de Charles por causa das mães biológicas e agora que haviam ultrapassado a primeira etapa, Lawrence esperava que isso não se interpusesse em seu caminho. Eles podiam mudar de apartamento, de bairro, mudar muitas coisas, mas não podiam alterar esse fato.

— Bem, estou com quarenta agora, então acho que tinha trinta e quatro? Talvez trinta e três? Não lembro em que mês ele entrou para a academia.

— E vocês ficaram sérios logo de cara?

– Acho que sim. – Carmen fechou as pernas, estendeu o braço e retirou o elástico do rabo de cavalo, balançando os cabelos soltos. Estes caíram em cachos úmidos e estranhos ao redor de seus ombros, dobrados em ângulos engraçados em que o elástico os havia conservado no lugar. – Tentamos manter a relação causal, mas com respeito, sabe?

Lawrence não sabia e balançou a cabeça.

– Quer dizer, nós somos exclusivos, mas nos primeiros anos, foi mais uma coisa do tipo, vamos ver... Agora estamos realmente firmes.

– Entendi. – Aquilo parecia papo furado, o tipo de coisa que homens com várias namoradas substitutas poderiam dizer. Lawrence tinha uma dezena de amigos exatamente dessa espécie, homens que se recusavam a se comprometer, pois qual era o sentido? Mas seus amigos eram mais velhos, e apenas um punhado deles estava interessado em ter filhos. A vida seria muito mais interessante se as pessoas pudessem fazer todas as perguntas que quisessem e esperassem respostas honestas. Lawrence apenas sorriu com os lábios cerrados.

Carmen deu um impulso e pôs-se de pé. Ainda estava claro, mas as folhas dos pinheiros haviam começado a mudar dos tons brilhantes para os mais escuros, o que significava que o sol estava se despedindo do dia.

– E vocês? Quando decidiram se casar? Quero dizer, quando souberam que estavam prontos?

– Quando pudemos. – Lawrence teria se casado com Charles mil vezes. Eles haviam dado festas sempre que uma lei era aprovada, fizeram outra com os pais na prefeitura, seguida de uma festa gigantesca em um restaurante do SoHo, em cujas paredes Charles havia desenhado murais e, portanto, eles se viram cercados por eles mesmos, sorrindo em dois locais a um só tempo, Lawrence, Charles e até Franny. Lawrence não sabia disso quando jovem e fantasiava a respeito do casamento de seus sonhos, uns cem anos atrás, quando roubou todos os bonecos Ken de sua irmã e os colocou um em cima do outro sobre sua cama beliche, bem no alto, onde ninguém veria. Lawrence não sabia, na ocasião, e ignoraria durante décadas, que o casamento significava selar seu destino com muitas outras pessoas – os sogros e os filhos dos amigos do peito agregados, as crianças barulhentas que se tornariam adultos que exigiriam seus próprios presentes de casamento.

– Isso é muito legal – exclamou Carmen. Mas já não estava realmente ouvindo; em vez disso, meio que fantasiava seu próprio casamento ideal. Seria uma coisa pequena, talvez na praia, com uma recepção em local fechado depois. Todos os seus parentes cubanos iam querer uma banda, o que teriam, os homens vestindo *guayaberas*, as mulheres com flores atrás da orelha. Embora Carmen não ingerisse açúcar, sua mãe insistiria em um bolo – *tres leches* – e todos comeriam um pedaço. Bobby fingiria jogá-lo em seu rosto, mas, em vez disso, ofereceria a ela a menor das dentadas, sabendo muito bem que cada mordida significava mais cinquenta polichinelos no dia seguinte. Mas no dia do casamento deles, ela comeria uma fatia inteira e não se importaria, de tão feliz que ficaria. Juntos, ela e Bobby poderiam formar uma equipe de treinamento, talvez algum dia sair da Total Body Power e abrir a própria academia. Carmen já havia começado a pensar em nomes.

Clive. Clifton. Clarence. Lawrence sempre havia imaginado o bebê como menino, talvez por eles serem ambos homens, talvez por querer tanto uma menina que parecia dar azar até mesmo divagar sobre essa possibilidade. Alphonse não era adequado, mas eles poderiam mudar o nome. Nomes começados com C pareciam naturais e um tanto antiquados, de um jeito que ele gostava. Para uma menina, ele gostava de nomes mais extravagantes: *Luella*, *Birdie*, talvez até mesmo alguma coisa cinematográfica: *Scarlett*. Um casal que eles conheciam havia sido recém-escolhido por uma mãe biológica e agora os dois estavam fora de si de falta de sono, felizes como mariscos. Isso era tudo o que Lawrence queria – a oportunidade de olhar com olhos turvos e tresnoitados para um Charles adormecido, desejando que ele acordasse e alimentasse o bebê. Já podia sentir o cheiro azedo das golfadas, o fedor das fraldas sujas. Lawrence desejava tudo isso.

Por vezes era agradável sentar-se em silêncio ao lado de um estranho, ambos perdidos nos próprios pensamentos. Assim que a pressão para falar desaparecia, o silêncio podia durar horas, cobrindo os envolvidos com uma espécie de manto diáfano, como duas pessoas olhando pela janela de um trem em movimento. Tanto Lawrence quanto Carmen descobriram que gostavam mais um do outro do que haviam imaginado ser possível e permaneceram alegremente sentados, juntos, sem se falar, até que o pôr do sol terminasse.

Franny estava na cama com um saco de gelo na cabeça, na qual um grande galo já havia se formado. O próprio Antoni a havia levado para casa, percurso que ela desejava recordar com afeto por mais tempo que seu crânio seguisse latejando. Antoni tentou explicar a Charles, que atendeu a porta, o que havia acontecido, mas não houve muito a ser dito. Franny havia atingido a si mesma na cabeça com a ponta da raquete de tênis e havia perdido brevemente a consciência. Ela ficaria bem, Antoni tinha certeza, embora admitisse nunca ter visto aquilo, não alguém dar um golpe tão direto no próprio couro cabeludo. Antoni foi muito gentil em tudo aquilo – quando retirou os óculos escuros e o boné de beisebol, Charles percebeu o que havia feito o coração de Franny se agitar. Ele ainda era lindo e falava tão rápido com a boca bonita, que Charles quase não dava atenção ao que ele dizia, desde que continuasse a falar. Franny possuía uma tacada forte, explicou Antoni, sorrindo. Eles reagendariam se ela desejasse e ele telefonaria para saber como ela estava passando. Antoni anotou para Charles o nome de seu médico particular e então partiu, embarcando no carro que o aguardava, conduzido por um de seus empregados, que o havia seguido montanha acima.

Eles cozinharam e jantaram sem ela – Charles deixou um prato em sua cabeceira e voltou quando Franny havia comido algumas garfadas. Carmen mostrou-se ansiosa para ajudar com a louça, ainda mais na ausência de Franny, mas Jim expulsou-a para longe da pia. Arregaçou as mangas até os cotovelos e abriu a torneira.

– Você pode sair daqui – disse. – Eu faço isso. – Jim falou com autoridade e Carmen afastou-se, as mãos levantadas.

– Você lava, eu enxugo – falou Charles, colocando um pano de prato sobre a bancada. Bobby havia desaparecido em seu quarto e Sylvia estava sentada à mesa da sala de jantar, hipnotizada por seu laptop. A casa estava tranquila como sempre, embora o vento tivesse aumentado lá fora e por vezes galhos batessem nas janelas.

Jim umedeceu uma esponja e pôs mãos à obra. Eles trabalharam em silêncio por alguns minutos, como uma linha de produção de dois integrantes. À mesa, Sylvia bufou alto e depois riu mais alto ainda. Tanto Jim quanto Charles viraram-se em busca de explicação, mas os olhos dela continuavam grudados na tela.

– Não entendo a internet – disse Charles. – É um vazio gigantesco.

Jim concordou.

– Um vazio sem limites. Ei, Syl – chamou. – Como vão as coisas por aí?

Sylvia ergueu os olhos. Exibia a expressão desvairada de uma criança que olhou direto para o sol, piscando e momentaneamente cega.

– Do que vocês estão falando?

– Nada, querida – respondeu Jim, rindo. Sylvia voltou à tela do computador e começou prontamente a digitar.

Charles deu de ombros.

– Pelo menos, ela pode conseguir emprego como datilógrafa.

– Acho que isso não existe mais. Assistentes administrativos talvez, mas não datilógrafos.

– Franny parece bem. – Eles fizeram um instante de contato visual quando Jim estendeu um prato gotejante.

– Parece? – Jim enxugou a testa com as costas da mão molhada. – Realmente já não sei dizer. Você sabe melhor do que eu.

Charles segurou o prato com ambas as mãos, girando-o até que estivesse seco.

– Acho que sim. O galo não está bonito, mas vai sarar.

– Temos que processar aquele tenista, como é mesmo o nome dele? Nunca gostei do sujeito. Aquele rabo de cavalo horrível e agora isso. – Outro processo compensaria o seu, pois eles seriam forçados a se unir. Jim imaginou-se e a Franny entrando em uma sala de audiências em Maiorca, a essa altura, o galo na cabeça de Franny do tamanho de uma bola de tênis, a prova tangível da negligência de Antoni.

– E como você está? – perguntou Charles, olhando propositalmente para os pratos, agora secos e prontos para serem guardados, e para suas mãos molhadas, que ele secou com uma toalha. Sylvia havia começado a reproduzir um vídeo, cujo som saía pelos alto-falantes metálicos de seu computador. Encontrava-se longe, na terra dos adolescentes, satisfeita e infeliz na mesma medida, desatenta ao sofrimento de qualquer coração humano que não o seu. Jim tornou a abrir a torneira da pia, embora não houvesse mais pratos a serem lavados.

– Não faço a menor ideia – respondeu.

Charles pousou a mão no ombro de Jim e apertou-o. Queria dizer a Jim que tudo ficaria bem e que seu casamento estava sólido como sempre, mas mentir lhe pareceu pior do que oferecer uma pequena mostra de empatia.

Oitavo dia

O vento ameaçador da noite anterior havia se transformado em perfeita chuva. Gemma não os havia avisado sobre a possibilidade de tempo inclemente e Franny estava furiosa. Andou com dificuldade da cama à janela e viu pingos finos sobre a superfície lisa da piscina. Era sábado, um dos poucos dias de fim de semana deles em Maiorca, não que existisse uma delimitação clara entre a semana e o final de semana. Ainda assim, Franny sentiu-se enganada e tencionava descer para reclamar. Primeiro, pôs-se a mancar ao redor da cama, fazendo o caminho mais longo para entrar no banheiro, onde ficou tão chocada com seu próprio reflexo que de fato gritou. Após esperar um momento para certificar-se de que ninguém viria socorrê-la – outra coisa da qual se queixar –, Franny aproximou-se ainda mais do espelho.

De alguma forma, ela havia conseguido se machucar com a própria raquete, isso Franny compreendia, com força suficiente para desabar no chão. O galo elevava-se da parte central da cabeça, um monte vulcânico solitário em um vale, fora isso, tranquilo.

– Ugh – fez Franny. Amarrou com mais força o robe preto ao redor da cintura, como se isso fosse distrair alguém, e desceu majestosamente as escadas, vagarosa como Norma Desmond, desejando, pela primeira vez, ter colocado um turbante na mala.

A arca na sala havia sido bem abastecida com jogos de tabuleiro: Monopoly e Risco, Cobras e Escadas. Charles havia feito um breve, porém ardente, discurso a favor de um jogo de charadas, mas foi rapidamente vetado. Eles optaram por Palavras Cruzadas e Lawrence estava ganhando, por ser o melhor em matemática, o que todos sabiam que era necessário para vencer. Ele conhecia todas as palavras de duas letras, o *QI* e o *ZA*,* e formava-as sem se desculpar, mesmo quando tornava o tabuleiro tão denso que era difícil alguém mais ter vez. Bobby, Sylvia e Charles olhavam firmemente para suas letras, como se a simples atenção por si só lhes melhorasse as chances.

– Tenho certeza de que você está roubando – disse Bobby. – Eu queria ter um dicionário de Palavras Cruzadas. Sylvia, vai procurar um no computador.

– Que se dane. Você só está com raiva porque está perdendo – retrucou ela, reorganizando as pedras no suporte. Ela possuía dois Os. *Moo. Boo. Loo. Fool. Pool. Polio.*** Sylvia sempre formava a primeira palavra que via, sem se importar de estar ajudando o jogador seguinte a obter uma pontuação de palavra dupla. Ela formou MOO.

– Podem me dar sete pontos, por favor.

Lawrence esfregou rapidamente o rosto com as mãos.

– Sylvia, querida, você está me deixando louco. Você pode fazer melhor do que isso, sei que pode.

– Deixe ela jogar do jeito que quiser, Lawr – disse Charles, dando um tapinha carinhoso no punho do companheiro. – Ago-

---

* QI: energia ou força vital cósmica; ZA: abreviação de pizza. (N. da T.)
** Mu. Bu. Banheiro. Tolo. Piscina. Pólio. (N. da T.)

ra, vejamos... – Ele formou BROMIDE,* entrelaçado ao MOO de Sylvia, um bingo. Charles e Sylvia aplaudiram.

– Vocês não estão entendendo o jogo – reclamou Bobby.

Carmen não era nem um pouco fã de jogos de palavras, nem de jogos de tabuleiro e estava sentada na cadeira do outro lado da sala, folheando as revistas do avião que Sylvia havia levado. Já as havia lido e conhecia as fotos de cor – essa estrela da televisão parecia magra, aquela outra parecia gorda e ambas usavam o mesmo biquíni! A cada poucos minutos, levantava-se e ia para trás de Bobby, devagar, a fim de examinar as letras dele e o tabuleiro, então girava e voltava à cadeira, como um gato doméstico insatisfeito. Da última vez em que haviam tirado férias, dois invernos antes, Bobby e Carmen haviam ido a um *resort* chamado Xanadu, com tudo incluído. O *resort* ficava em uma ilha do Caribe, e pelo fato de toda a comida e bebida ter sido paga de antemão, eles se sentiram como celebridades, exatamente como o panfleto do *resort* havia anunciado. Beberam seis margaritas de uma vez no bar de uma das piscinas, e quando Bobby mais tarde vomitou todo o quarto do hotel, os dois não se importaram muito, pois havia sido tudo de graça e eles não eram os responsáveis pela limpeza. Alugaram jet skis e voaram de parapente. Fizeram sexo em uma cabana no ponto mais distante da praia – duas vezes em um dia. As outras pessoas em Xanadu haviam sido ótimas – todos casais como eles, prontos para dançarem até o amanhecer e talvez enfiar a língua na garganta de alguém quando a namorada ou namorado ia ao banheiro. Era pura *diversão*. Nada sério, nem um pouco chato. Mesmo que na maioria das vezes apenas se sentassem na praia, ainda assim tinham a sensação de

---

* Brometo. (N. da T.)

estar fazendo alguma coisa. Estavam se bronzeando, bebendo, dançando. Aquelas haviam sido férias de verdade. Ficarem trancafiados em uma casa em Maiorca lembrava a Carmen o dia, na quarta série, em que sua mãe havia se esquecido de buscá-la na biblioteca depois da escola.

– Bobby, posso falar com você um minuto? – perguntou ela, tornando a se levantar e deixando a revista deslizar de sua mão para o chão.

Bobby olhou para o tabuleiro, para Lawrence e para sua irmã.

– Joguem devagar – pediu; saiu da sala e entrou na cozinha atrás de Carmen.

– Você já conversou com seus pais? – ela perguntou assim que os dois se achavam fora do alcance de serem ouvidos.

– O quê? – Bobby olhou por sobre o ombro dela, certificando-se de que não havia mais ninguém por perto para bisbilhotar. Esse sempre havia sido um dos talentos de sua irmã.

– Sobre o dinheiro. Não é muito, na verdade. Se você conseguisse liquidar tudo agora, os juros... – Bobby interrompeu Carmen, cobrindo-lhe a boca com a palma da mão.

– Ei – disse ela, afastando a mão dele.

– Escute, eles são meus pais, certo? Sei como falar com eles. – Bobby cruzou os braços sobre o peito e soprou para longe da testa um cacho errante.

– Tudo bem, se você está dizendo – declarou ela. – Só que nós já estamos aqui há algum tempo e seu prazo está se esgotando. E por que você não me contou sobre o emprego do seu pai? Eu não sabia que ele tinha saído da revista, tipo, para sempre.

– É – falou Bobby –, nem eu. Quero dizer, acho que minha mãe me contou, mas não prestei muita atenção. É uma merda.

Não sei, agora talvez seja uma hora ruim. – Eles ouviram um poderoso coro de gritos, vindos da sala de estar. – Conversamos sobre isso mais tarde, certo? – Sem esperar que Carmen respondesse, Bobby passou por ela e voltou à sala. Carmem sentou-se perto da janela, vendo a chuva e ao mesmo tempo tentando descobrir uma maneira de fazer com que um raio atravessasse a vidraça, ou as paredes, e entrasse direto no peito de Bobby. Ela só estava tentando ajudar. Eles nunca passavam mais do que uma tarde com a família dela, que morava apenas a vinte minutos de distância. Carmen pensou em listar o que havia feito por ele, só para ter tudo anotado no papel, para poder de fato enxergar a situação preto no branco. Os Posts não eram tão formidáveis assim se não haviam ensinado Bobby a tratar uma garota.

A chuva só parou depois que o sol se pôs.

Bobby precisava sair de casa. Após o torneio de Palavras Cruzadas (com Lawrence em primeiro lugar, Charles em segundo, um relutante Jim em terceiro depois de uma única jogada de pontuação alta, Bobby em quarto, Sylvia em um quinto distante) e um jantar sóbrio, Franny estava acelerada devido a uma maratona de filmes estrelados por alguém de quem Bobby nunca tinha ouvido falar e aos quais tinha certeza de que não daria a mínima. Ele precisava sair de casa. Carmen estava ignorando seus pequenos toques, ainda irritada, então ele pediu as chaves à mãe.

– Sylvia – pediu Bobby. O pensamento de uma noite sozinho em Palma era inebriante, mas ele não sabia onde ir. – Envie um e-mail ao seu professor e pergunte onde ficam os melhores bares da cidade. Algum lugar divertido. – Do outro lado da sala, ele viu as sobrancelhas de Carmem se erguerem, mas preferiu não reconhecer o movimento. Ela não estava convidada.

Joan foi rápido – enviou uma lista com três estabelecimentos em um local chamado Megaluf, uma cidade nos arredores de Palma, conhecida por suas casas noturnas. Elas se destinavam aos turistas, dizia ele, mas quando havia DJs realmente bons, os maiorquinos também iam. A melhor, informou Joan, chamava-se Blu Nite e naquela noite haveria um DJ chamado Psychic Bomb. Sylvia admitiu com relutância já ter ouvido falar dele e Bobby já o havia visto várias vezes girar seus discos em casa.

Bobby não gostava de sair sozinho – em Miami, quando não estava com Carmen, saía com uma legião inteira de rapazes da academia, outros *personal* e alguns clientes seletos, às vezes até com amigos de faculdade, embora já não os visse com a frequência de antes. Alguns haviam se casado e um deles havia até mesmo tido um bebê. *Não, obrigado* – essa era a filosofia de Bobby. A ideia de levar Carmen junto para que ela insistisse no assunto sem sua mãe por perto para amordaçá-la era tão terrível que Bobby tinha de fato uma única opção de companhia. Era hilariante que todos os Posts provavelmente achassem que Carmen era muda, quando ela não parava de lhe dizer o que estava fazendo de errado. Na academia, na lavanderia, na cama.

– Syl, quer vir comigo?

Sylvia achava-se outra vez presa à tela de seu computador, maravilhada ante o pensamento de Joan estar em algum lugar por perto fazendo o mesmo. Bobby nunca a havia convidado para fazer nada com ele, exceto talvez pedir burritos na lanchonete da esquina, e ela ficou sem saber se havia escutado direito.

– Você quer vir comigo? – repetiu ele.

– Mmm, quero, claro – respondeu Sylvia, fechando a tampa do laptop devagar. – Me dá um minuto para eu me vestir. – Ela disparou para o andar de cima e abriu a mala, fuçando como um porco na esperança de encontrar uma coleção de preciosidades que, na verdade, não havia levado. Ocorreu-lhe o pensamento de que poderia encontrar algo realmente perfeito para usar em uma boate brega se investigasse o quarto de Carmen e Bobby, mas Carmen havia dado uma de doida o dia inteiro e, se não ia com eles, devia haver alguma coisa estranha. Portanto, Sylvia escolheu seu jeans mais apertado e uma camiseta com a foto dos Jonas Brothers, que possuía desde a quinta série, e esperou pelo melhor. Sequer pretendia ter levado a camiseta, mas a peça era pequena e apertada e Sylvia teve esperanças de que os espanhóis fossem tão adeptos da ironia nostálgica quanto ela.

A Blu Nite ficava em uma esquina, no mesmo quarteirão que um restaurante de sushi e um bar que prometia karaokê. Sylvia calçava seu melhor sapato, um par de sapatilhas pretas, e não pôde deixar de notar que todas as outras mulheres haviam ido à caça usando um par de saltos *stiletto*, como se tentassem irrigar a calçada. Havia parado de chover, mas as ruas continuavam escorregadias devido à água, com grande número de pequenas poças refletoras só aguardando para encharcar o pé das pessoas. Bobby parecia não perceber que Sylvia não parava de saltar por sobre as poças e correr para acompanhá-lo.

– Você tem alguma identidade falsa? – perguntou ele, mal se virando para olhar para ela.

– Só é preciso ter dezoito anos. O que eu tenho. Então, não.
– Sylvia deu uma corridinha para ficar ao lado dele.

Bobby vestia o que usaria para sair em Miami – um jeans escuro, camisa por fora da calça, com os dois botões de cima sem abotoar e a corrente de prata que Carmen lhe havia dado de Natal. Olhou de relance para Sylvia, claramente arrependido da decisão de convidá-la, em seguida balançou a cabeça em direção à porta da boate.

– Tudo bem. Vamos entrar. Preciso de uma bebida.

Tubos de néon azul demarcavam as paredes, o que pareceu a Sylvia uma escolha óbvia demais em termos de decoração de interiores. Ainda era cedo, portanto o público era bastante escasso, mas havia vários grupos de garotas dançando juntas no centro do salão.

– Uma boate é só isso? – perguntou Sylvia, mas a música estava alta o suficiente para que seu irmão não escutasse, ou fosse capaz de ignorá-la sem parecer rude. Ela esperava uma pista de dança iluminada como em *Os embalos de sábado à noite* ou, no mínimo, uma corda de veludo. A Blu Nite era um salão gigantesco com sofás em couro preto ao longo das paredes e um grupo de mesas de vidro altas próximas ao bar, onde os homens sozinhos pareciam se reunir. Todos estavam vestidos como Bobby, com camisas cobertas de estampas em ângulos estranhos, como se toda a roupa da Espanha houvesse se deformado na estampadora e agora os logotipos lhes roçassem os ombros, em vez de estarem em simetria no meio do peito. Era o look europeu clássico – surrado e bem arrumado, a ponto de parecer Nova Jersey. Ela continuava olhando ao redor quando percebeu que Bobby já se encontrava do outro lado do salão, com a barriga encostada ao bar.

– Pede alguma coisa para mim – ela falou, correndo atrás dele.

Bobby balançou a cabeça, assentindo, e ergueu dois dedos em direção ao barman.

– Dos!

A cabine do DJ ficava no final do bar, em uma plataforma elevada. Sylvia enxergava apenas a cabeça de Psychic Bomb balançando ao ritmo da música – ele havia feito alguma composição esmorecer, transformando-a em uma canção da Katy Perry que ela reconheceu, e todas as garotas na pista de dança puseram-se a gritar.

– Toma – Bobby empurrou um imenso copo até a mão dela.

– O que é isso? – Sylvia cheirou a borda; parecia xarope para tosse.

– Red Bull e vodca.

Bobby também segurava um – eles permaneceram ali por um minuto, Sylvia sugando a bebida doce por um longo canudo e Bobby inclinando as costas e dando grandes goles. O copo de Bobby esvaziou-se quase de imediato e ele retornou ao bar para pegar outro.

– Com sede? – perguntou Sylvia quando o irmão voltou.

– Eu só estava precisando sair de casa, sabe? – Bobby falou sem olhar para ela. Examinou o salão, a cabeça movendo-se ao ritmo da música. – Carmen estava me deixando louco.

– E mamãe?

– E mamãe. – Bobby finalmente olhou para ela. – Não consigo acreditar que você ainda more com eles.

– Só por mais um mês. – Sylvia tentou parecer animada.

– Honestamente? – indagou Bobby. – Não faço a menor ideia de quem sejam eles. Quando eu era criança, brigavam o tempo todo e quando você era criança, era tudo felicidade e alegria. Não faço a menor ideia. Pelo menos, agora, eles estão parecendo pessoas que reconheço.

– Tenho certeza de que estão brigando o tempo todo – disse Sylvia. Seus pais não haviam contado nada a Bobby? Bobby sempre pareceu tão crescido, tão adulto, que ela pensou que ele tivesse tomado conhecimento de tudo muito antes dela. – A coisa está bem feia.

– Sério? – falou Bobby, mas não estava realmente prestando atenção. Sylvia sentiu pena dele o suficiente para guardar o segredo de seus pais. Bobby morava tão longe, então que diferença faria? Quando os visitasse no Natal, todos sairiam para jantar, seriam educados, seus pais continuariam a ser seus pais e a casa continuaria a ser a casa dela, ao menos na imaginação de Bobby.

– Vou dançar – anunciou ele e a deixou sentada ali. Psychic Bomb passou a uma música de batida mais rápida, que soou como algo que sairia pela janela aberta de um carro lotado com placas de Jersey.

Sylvia continuou no lugar e, atordoada, viu Bobby terminar rapidamente a bebida, colocar o copo vazio no bar, em seguida abrir caminho rumo à pista de dança, rodando os quadris como um giroscópio. Sylvia abriu a boca e a deixou pender, voluntariamente boquiaberta. Bobby deslocou-se prontamente para a órbita de dois grupos distintos de garotas dançando e ambos os círculos se abriram para deixá-lo entrar. As garotas da esquerda eram mais altas e mais louras e pareciam estar falando alemão. As garotas da direita eram mais baixas, mais parecidas com ratos – britânicas, talvez. (Sylvia não se surpreendeu com o fato de os espanhóis nativos não parecerem estar presentes – afinal de contas, ainda era hora do jantar.) Bobby rebolou até o centro do círculo à direita, provocando ainda mais gritos. Uma garota atarracada, de cabelos castanho-escuro curtos, balançando de um lado para o outro enquanto dançava, parecia particularmente animada com a chegada de Bobby e reagiu como se o estivesse esperando. Posicionou o corpo na frente do dele, com os joelhos envolvendo-lhe a perna esquerda, de modo a parecer que estavam participando de uma competição em um limbo limitado a duas pessoas. Sylvia virou-se em direção ao bar, sem conseguir ver mais.

Havia alguns assentos nas mesas altas de vidro e Sylvia sentou-se. Não que não gostasse de dançar; tinha mais a ver com o fato de nunca ter realmente aprendido, e mesmo que tivesse, ela não via sentido em esfregar-se em um completo estranho. Aquilo a fez lembrar das fotos e de que elas nunca desapareceriam; mesmo que se desmarcasse e denunciasse como conteúdo inadequado, alguém novo sempre as veria, ou alguém que tivesse comparecido à festa, agitando outra câmera em sua cara. Dançar era para pessoas mais afortunadas, menos estúpidas. Sylvia desejou, pela milionésima vez, ter nascido em um século mais civilizado, quando dançar tinha a ver com aprender passos e executá-los em grupo, como um treinamento em equipe, todos dançando juntos. O século XX havia sido ruim (as *flappers*, os hippies), mas o século XXI era ainda pior. Sylvia pensou, com prolongada melancolia, nos grandes bailes de Tolstói e Austen. O que se desenrolava diante dela era uma farsa patética. Uma garçonete passou e Sylvia lhe fez sinais, apontando para seu copo, a essa altura vazio, e balançando a cabeça. Outro.

Uma hora mais tarde, a Blu Nite havia começado a encher. Tanto o espanhol quanto o alemão e o inglês eram falados, o que fez com que Sylvia se sentisse um pouco menos imperialista colonizadora. Ela havia perdido Bobby no meio da multidão – ele apareceu uma vez na mesa, suado, ofegante e sorridente, e outra no bar, onde ela havia ido buscar um copo de água, mas, fora isso, ele era apenas outro corpo transformando o local em um cercadinho gigantesco e barulhento para adultos. Duas horas mais tarde, Sylvia estava ficando cansada. Havia bebido duas taças de sangria depois da vodca com Red Bull enjoativa, o que não era muito, mas dadas a falta de umidade do local e a ausência atípica de petiscos (os espanhóis eram *excelentes* nos petiscos), Sylvia sentia-se um pouco bêbada e mais do que pronta para ir para casa. Ela desceu da banqueta e abriu caminho pelo salão até o banheiro. Faria xixi primeiro, depois encontraria Bobby e o convenceria de que o lugar era péssimo e que eles deviam ir embora.

Havia uma fila para o banheiro das mulheres, o que não era de surpreender. Sylvia arrastou-se de encontro à parede e ocupou seu lugar. Todas as outras garotas estavam grudadas no celular, enviando mensagens de texto, e-mails e checando suas páginas no Facebook. Sylvia sentiu uma pequena pontada de tristeza por não poder fazer o mesmo. Sentia falta de seu telefone, apesar do fato de detestar a maioria das pessoas que conhecia e não se importar com o que estavam fazendo durante todo o verão. Ela teria checado seus e-mails para ver se Joan havia respondido de volta. Teria olhado para o relógio para ver que horas eram em Nova

York, que horas eram em Rhode Island (que tinha o mesmo horário de Nova York, claro, mas dava uma sensação boa pensar no estado como tão separado e distante a ponto de ser reconhecido como tal). Sylvia deslocava o peso de um pé para o outro. Estava ficando suada, não por estar de fato se movimentando, mas pela proximidade de tantos corpos. Enfiou o nariz na axila para checar se estava com mau cheiro. A garota atrás dela lançou um olhar e Sylvia revirou os olhos. Do outro lado do estreito corredor, uma curta fila também havia começado a se formar para o banheiro dos homens, o que Sylvia achou gratificante, de forma vagamente feminista. Ela era totalmente a favor da igualdade. Os homens, porém, não sabiam bem o que fazer, não tendo sido treinados para momentos como esse ao longo da vida e o sujeito que estava na dianteira bateu à porta.

Um minuto depois, a fechadura girou e Sylvia viu seu irmão e uma das inglesas parecida com rato saírem aos tropeços, os rostos ainda colados como dois aspiradores de pó antagônicos. O batom dela manchava as bochechas e o pescoço dele. Eles se espremeram para passar pelo cara que havia batido à porta, que os ridicularizou de forma menos agressiva do que Sylvia teria feito se estivesse em sua posição.

– Hum, oi? – ela chamou dando um tapinha no ombro do irmão.

– Ah, oi, Syl – ele respondeu, soando bastante causal. Ele recuou, deixando a inglesa boquiaberta como um peixe capturado. Sua camisa estava aberta no pescoço, desabotoada quase até o umbigo e a inglesa enfiava os dedos pelos escassos pelos de seu peito. Bobby estava tendo dificuldades para focalizar Sylvia, que teve que se obrigar a não desviar o olhar.

– Que merda você está fazendo? – Todas as outras mulheres à espera do banheiro haviam posicionado o celular ao lado do corpo, felizes por desfrutarem de um show ao vivo.

– Essa é minha nova amiga. Ela também está de férias. Certo? – A garota afastou os olhos do peito de Bobby e assentiu com a cabeça.

– Isso é muito nojento, é o que é. Você sabe que ele tem namorada? Que está aqui com a gente? De quem ninguém gosta, mas que ele trouxe mesmo assim? Você ao menos sabe o nome dela?

– Sou Isabel Parkey! – A pequena Isabel inclinou a cabeça para o lado, confusa a respeito de com quem se aborrecer. – A gente só estava se divertindo um pouco – disse, com sotaque britânico, de forma tão elegante quanto alguém em uma minissérie da BBC.

Bobby beijou-a no rosto e a fez girar, empurrando-a de volta à pista de dança.

– Encontro você lá; me deixe conversar com minha irmã um minuto. – Isabel deu de ombros. Uma nova música fez-se ouvir, algum sucesso antigo, talvez Kylie Minogue, e ela se pôs a pular, os problemas esquecidos. – Vamos – Bobby disse a Sylvia, com voz agora tão baixa que ela mal o ouviu por sobre a batida e a voz da cantora. Sylvia percebeu que as outras mulheres à espera do banheiro também se esforçavam por ouvi-lo.

– Ainda não, ainda tenho que fazer xixi – retrucou Sylvia. – O que não significa que não vamos conversar sobre isso. Você é nojento, sabia? Quem faz uma coisa dessas?

Bobby limpou o rosto e a boca com a fralda da camisa. Seu cinto estava aberto e ele tornou a fechá-lo.

– Tudo bem, Sylvia. Eu não sou casado com ela. Não foi nada demais.

– Mas vocês *moram* juntos. Ela é sua namorada. Você nos força a conviver com ela. E depois trata a mulher desse jeito? É uma sacanagem. O pior tipo de sacanagem.

Se Bobby fosse um bom irmão, do tipo que fizesse perguntas sobre a vida dela, talvez soubesse a respeito de Gabe Thrush e seus amigos idiotas, e como ela nunca, jamais faria sexo com ninguém em toda a sua vida por causa de caras como ele. Mas Bobby não sabia de absolutamente nada. Se fosse um bom irmão e se fosse menos patético, ela teria lhe contado sobre seus pais e como o mundo inteiro estava se acabando e ninguém parecia se importar. Uma lâmpada se acendeu na cabeça de Sylvia.

– Você faz isso o tempo todo, não faz?

Bobby não resistiu e sorriu com orgulho.

Sylvia não conseguiu mais conter a raiva e pôs-se a socar o irmão no estômago. As outras garotas na fila do banheiro encolheram-se contra a parede, afastando-se o máximo possível do alcance do braço oscilante. As que estavam apenas fazendo companhia às amigas, mas na realidade não precisavam usar o banheiro, escaparam de volta à pista de dança. Ninguém intercedeu para salvar Bobby, talvez porque os socos exageradamente amadores de Sylvia pareciam machucar muito pouco. Logo depois, ela parou.

– Minhas juntas dos dedos estão doendo, seu idiota.

– Vamos – disse Bobby, e dessa vez Sylvia o seguiu, furiosa e ainda desesperadamente necessitada de fazer xixi, mas farta de ter tantas pessoas a encará-la. Eles abriram caminho pela boate – ainda mais lotada a essa altura – tomando o cuidado de evitar Isabel e as amigas, que já tinham tido que abandonar seu canto da pista de dança. Os dois percorreram todo o trajeto até a porta principal antes que alguém se apresentasse diante deles, barrando-lhes propositalmente o avanço. Sylvia fechou os olhos, certa de que seria a polícia espanhola para prendê-la por agredir o irmão em local público.

– *Ciao*, vocês acharam! – Joan beijou-a em ambas as faces e deu um tapinha no ombro de Bobby. – É um bom lugar, não é?

Sylvia alisou a blusa, que havia recém-percebido ser na verdade tão pequena e apertada que dava para ver a reentrância de seu umbigo, o que era quase tão ruim quanto alguém conseguir lhe enxergar os mamilos. Ele podia enxergar seus mamilos? As bochechas de Sylvia queimavam. Ele a havia beijado. Seu rosto, sua boca haviam ficado bem perto da dela. O estômago de Sylvia revirava como quando eles haviam guiado desde Pigpen, com o carrinho voando nas curvas molhadas, perigoso e veloz.

– É, é muito legal – Sylvia conseguiu responder.

– Ei, nós estamos de saída, cara, mas a gente se vê – falou Bobby. – Vamos, Syl?

Joan continuou ali, na expectativa. Sylvia não conseguiu imaginar um jeito de lhe pedir carona até em casa, ou de dizer quão desesperadamente precisava fazer xixi, nem de contar que seu irmão era um idiota, o que ela só então havia acabado de descobrir. Portanto, Sylvia aproximou-se e sussurrou-lhe em espanhol: *Quem dera eu pudesse ficar.* Tentou parecer triste, com o tipo de expressão que uma atriz francesa exibiria antes de embarcar em um trem para nunca mais ser vista. Em seguida, saiu da boate o mais rápido possível, unindo as pernas com tanta força que teve certeza de que seu jeans se desgastaria.

Sylvia segurou até chegarem ao carro, a poucos quarteirões de distância, então abriu o zíper da calça e agachou-se entre os automóveis. O xixi saiu quente e escorreu pelos paralelepípedos, seguindo um curso irregular na rua inclinada. Sylvia teria se importado, mas a sensação era boa demais. Pensou em Joan chegando por trás dela, como em uma comédia romântica, e encontrando-a com o jeans puxado de encontro às coxas e o traseiro nu enfiado entre dois para-choques. Bobby já se achava no assento do motorista, à espera. Ele podia aguardar.

Os homens eram terríveis, essa era a verdade. Os homens fariam qualquer coisa, diriam qualquer coisa apenas para fazer com que uma garota tirasse a roupa. Eram mentirosos, trapaceiros, pessoas horríveis, todos eles. Sylvia sempre havia pensado no irmão como uma versão mais velha de si mesma, um lote experimental de material genético, mas ultimamente já não tinha certeza. Talvez outra coisa viesse com o fato de se possuir um pênis, uma cegueira moral parcial localizada em alguma câmara secreta do coração. Isso provocou a sensação de insetos rastejando-lhe sobre o corpo, como se houvesse alguém atrás dela, demasiado próximo, respirando pesadamente. O comportamento de Bobby era nojento, mesmo que identificado por alguém que no momento urinava em uma via pública. Mas o comportamento sórdido dela resultava da necessidade, como quando as mães deixavam os filhos pequenos fazerem xixi nas árvores do Central Park. Elas não achavam que estavam regando as plantas, estavam apenas evitando carregar uma criança encharcada de mijo pelo resto do dia! Sylvia havia tomado uma decisão. Bobby não havia feito tal coisa. Havia se permitido escorregar repetidas vezes. E sequer se sentia culpado! O pai deles, ao menos, parecia perceber que havia agido errado. Sylvia balançou o corpo, aliviada e vazia, e ergueu-se, tendo o cuidado de pisar fora da poça.

Um grupo de mulheres dobrou a esquina, dirigindo-se à Blu Nite ou outro local semelhante, e Sylvia as viu oscilarem juntas, falando um espanhol rápido e lançando os cabelos longos e negros por sobre os ombros. Era muito mais fácil para as europeias. Tudo o que precisavam fazer para parecerem inteligentes e sofisticadas era abrir a boca, e elas sempre tinham quadris pequenos e peitos grandes, como robôs sexuais produzidos em laboratório. Sylvia olhou para o chão enquanto passavam. A meio-que-namorada de Joan provavelmente tinha essa aparência, a de alguém que conseguia, alheia ao fato, conhecer estranhos vestindo apenas um biquíni. Sylvia esperava que elas não farejassem seu xixi.

Depois que passaram, Sylvia contornou o carro pelo caminho mais longo e acomodou-se no assento do passageiro. Bobby apoiava a cabeça nas mãos, projetado para a frente, o que fazia com que um punhado de seus cabelos pendesse sobre o volante.

– Você não vai contar para ela, vai? – perguntou, sem se mover.

Sylvia apertou o cinto.

– Ainda não sei. – Ela mal conseguia rastrear que segredos estava guardando para quem.

A resposta fez com que Bobby endireitasse rapidamente o corpo.

– Não, Syl, você não pode fazer isso! – Seu hálito cheirava a álcool e os olhos estavam vermelhos. Sylvia nunca havia visto o irmão daquele jeito. Ele era sempre tão controlado, como o pai deles, calmo e agradável. Ela não sabia o que pensar dele nessa

nova condição, injuriado como um ovo de páscoa rejeitado. –
Por favor – pediu ele.

– Vou pensar sobre isso, OK?

– OK – ele concordou e girou a chave na ignição. Tampouco Bobby era bom na condução com câmbio manual e o carro morreu quatro vezes a caminho da rodovia, o que o fez afundar cada vez mais no assento, como se as humilhações acumuladas lhe causassem dor física. Levaram uma hora para chegar em casa e quando pararam no acesso à garagem, Bobby estendeu o braço, impedindo Sylvia de saltar.

– Espera.

– O quê? – Sylvia sentia-se feliz por ter chegado em casa viva e estava sonhando com sua cama e talvez em conferir o Facebook para ver se precisava odiar alguém mais do que já o fazia. A internet era excelente para confirmar os piores receios das pessoas no que dizia respeito à raça humana.

– Realmente sinto muito que você tenha precisado ver aquilo. – Bobby fez uma pausa. – O que quero dizer é que realmente sinto muito que você tenha precisado ver esse lado meu. Quando olho para vocês, gosto de fingir que essa parte minha não existe, sabe, como se tivesse ficado na Flórida. Que merda, não sei.

Havia luz na janela do quarto de Sylvia, que ela havia deixado acesa por engano. Fora isso, a casa parecia tranquila; provavelmente, cada um havia se refugiado em seu próprio canto para passar a noite. Sylvia sentiu pena de Bobby, por ele ter que rastejar até a cama com Carmen, sua culpa emanando ondas fedorentas como se ele fosse um gambá de desenho animado. Mas não tanta pena que a fizesse continuar sentada no carro com ele para esperar aquilo passar. Não era uma de suas atribuições fazê-lo sentir-se melhor.

– Que chato para você – falou Sylvia, abrindo a porta. – Mas é ainda mais chato para ela. Na verdade, quer saber? É pior para você. Porque ela pode arranjar um namorado novo. Mas você não pode mudar o fato de ser um idiota. Eu amo você, Bobby, por você ser meu irmão, mas sinceramente não estou gostando muito de você agora. – E, com isso, Sylvia bateu a porta e entrou em casa bufando, sem esperar que ele se movesse ou mesmo respondesse. Bobby não era problema seu.

Nono dia

As cortinas estavam abertas e a luz do sol escoava pela janela, sobre o travesseiro de Bobby. Ele tentou virar o rosto para o outro lado, mas o quarto inteiro parecia iluminado como um *set* de filmagem. Bobby franziu a testa, abrindo os olhos o mais lentamente possível, como se assim a luz o agredisse menos.

– Acho que você não quer sair para correr comigo, quer? – perguntou Carmen. Ela estava ao pé da cama, já de roupa de ginástica e tênis. – Você se divertiu ontem à noite? Foi incrível quando você chegou. Tenho certeza de que não se lembra. Foi coisa do outro mundo. O que você andou bebendo? O quarto inteiro ainda está fedendo. Foi por isso que abri a janela.

Bobby recordou: a decepção da irmã, a língua da inglesa em seu pau e o gosto do Red Bull quando este voltava.

– Ugggh – fez, não querendo que acontecesse novamente. Ele virou de bruços, enterrando o rosto no travesseiro.

– Ah, tenho certeza de que você está se sentindo um lixo – disse Carmen. – Então, acho que vejo você mais tarde, certo? Eu queria fazer um cruzeiro para as Bahamas, OK? Isso não tem nada a ver comigo, Bobby. É culpa sua. – Ele a ouviu girar sobre as solas de borracha e sair rangendo-as do quarto, fechando a porta atrás de si. As reverberações lhe davam a sensação de que um caminhão passava por cima de seu crânio. Tudo que ele desejava era dormir mais – o sono era capaz de fazer qualquer coisa. Fazê-lo sentir-se humano novamente, fazê-lo esquecer.

Antes de tornar a dormir, Bobby sentiu o estômago revirar e arrastou-se para fora da cama e para o banheiro o mais rápido que pôde, quase alcançando o vaso sanitário antes de tornar a vomitar e sujar o chão do banheiro com pedacinhos de tudo que lhe havia restado no estômago, o que não era muito. Ele pensou, pela primeira vez naquele dia, que se tivesse que optar entre viver e morrer, morrer talvez fosse mais fácil.

Sylvia estava acordada, mas fingia não estar. A única coisa que a satisfazia era o fato de ser domingo, e portanto Joan não apareceria, o que naturalmente era ruim, pois essa era a única circunstância que tornava a viagem minimamente agradável. Mas se ele tivesse ido até lá teria visto sua ressaca, o que não era bonito. Não que Sylvia se sentisse verdadeira e clinicamente bonita, mas havia aqueles dias ocasionais em que sua pele se comportava, suas roupas se comportavam e o espelho se comportava. Porém, aquilo era pior do que o normal. O interior de sua boca parecia ter sido enxuto com toalhas de papel a noite inteira, a saliva reduzida à não existência. Ela estendeu a mão para pegar seu telefone, o pobre soldado morto, e segurou-o acima do rosto. Se funcionasse, ela teria apertado rapidamente algumas teclas e começado a rolar a tela, mas tudo o que conseguiu fazer foi contemplar os ícones dos aplicativos. O Wi-Fi não funcionava no andar de cima e de qualquer forma não teria feito diferença. Ela podia imaginar o que havia perdido: novas fotos de Gabe e Katie beijando-se como barrigudinhos de cérebro danificado ou com os rostos unidos como se *não suportassem ficar separados por mais de um segundo sequer*. Todos os demais publicariam fotos das festas em que se encontravam, ou das férias com a família, todos na praia, bronzeados e alardeando isso. Talvez houvesse até mesmo novas fotos constrangedoras de alguma outra pessoa, alguém que afastasse os refletores dela. Sylvia lançou uma perna de cada vez para fora da cama, deslocando-se o máximo possível como caranguejo, sem erguer o restante do corpo.

Ficar de pé fez sua cabeça oscilar, mas não foi tão ruim. Sylvia tinha sofrido ressacas piores – duas vezes. A primeira foi aos quinze anos; a família inteira havia ido ao casamento de um dos amigos de Franny na região vinícola no norte da Califórnia e todas as mesas (inclusive a mesa dos adolescentes, onde Sylvia estava sentada, a quilômetros de seus pais e das pessoas que conhecia) continham garrafas de vinho que eram substituídas com frequência. A segunda vez foi quando ela e Katie Saperstein beberam, acidentalmente e "de brincadeira", muitos *coolers* de vinho antes de um baile na escola e passaram a noite inteira no banheiro do colégio, o mesmo lugar onde tinham que fazer xixi umas cem vezes por dia, recordando-lhes aquele seu erro para todo o sempre, ou pelo menos até a formatura. Essa vez não estava tão ruim quanto as duas outras, mas estava ruim o bastante para que soubesse que teria que procurar aspirina na bolsa da mãe.

Sylvia arrastou-se até a porta do quarto, abriu-a e projetou a cabeça para fora, em uma aventura exploratória. Ouviu sons provenientes do andar de baixo – Charles e Lawrence, pensou – mas não havia movimento em seu andar. Avançou ainda mais pelo corredor e encostou a orelha na porta do quarto dos pais. Os dois estariam acordados a essa altura – seu pai nunca dormia depois das sete e sua mãe era incapaz de sentir-se excluída, portanto, até ela acordava cedo quando havia outras pessoas por perto. Sylvia bateu uma vez e esperou. Não ouviu som algum, então abriu a porta. A cama estava vazia, como ela havia desconfiado.

– Mãe? Pai?

Como não houve resposta por parte dos pais invisíveis, Sylvia arrastou os pés pelo restante do caminho até o interior do quarto e do banheiro. Sua mãe viajava com uma pequena farmácia – comprimidos para dormir, ibuprofeno, paracetamol, antiácidos, tabletes antidiarreicos, Benadryl, loção de calamina, Band-aids, Neosporin, fio dental, cortadores de unha, lixas de unha, tudo a que tinha direito. Sylvia fuçou por toda parte até encontrar os comprimidos que queria e engoli-los com um gole de água da bica, que tinha um gosto tão bom que ela fez isso mais algumas vezes, bebendo direto da torneira como um cão. Olhou-se no espelho e deu início a um exame quase meticuloso de seus poros. Seu rosto estava manchado e havia pequenas espinhas nas narinas. Sylvia abriu um amplo sorriso, em seguida pôs os dentes à mostra. Contanto que Bobby não tentasse lhe falar, ela ficaria bem. A ideia de ver Carmen não era atraente mas, por outro lado, nunca era. Sylvia girou e cambaleou em direção ao quarto.

A cama de seus pais havia sido feita às pressas, com a coberta fina puxada até os travesseiros, mas sem ser encaixada. No lado de Franny (o esquerdo, com a pilha bagunçada de livros e revistas e dois copos de água pela metade), os travesseiros achavam-se amassados e tortos. No lado de Jim, estavam perfeitamente retos, como se a cabeça de seu pai não tivesse se mexido a noite inteira. Sylvia contornou a cama até o lado dele e sentou-se. Puxou a coberta e pousou a mão no lençol, na tentativa de sentir algum calor. Não havia vestígios de seu pai no quarto, a não ser por sua mala vazia e por um par de sapatos impecavelmente enfiados ao lado da cômoda.

Sylvia sempre soube que seus pais tinham questões – era essa a palavra que as pessoas gostavam de usar. Eles brigavam, menosprezavam-se, reviravam os olhos. Os pais de todo mundo eram assim quando não havia ninguém vendo. Sylvia nunca havia confirmado isso com nenhum de seus amigos, mas tinha que ser verdade. Era como descobrir que Papai Noel ou o Coelhinho da Páscoa não existiam, ou que ninguém de fato gostava de sua família se estendendo nessas questões. Isso era duplamente verdadeiro para pais casados por tanto tempo quanto Franny e Jim. Era parte normal da vida irritar-se com a pessoa cuja companhia era constante. Saudável, até. Quem desejava pais como os da televisão dos anos 1950, com caçarolas de carne assada e sorrisos implacáveis? Ainda assim, Sylvia não havia sequer cogitado a possibilidade de um de seus pais ter traído o outro até começar a ouvir as brigas sussurradas através das paredes. Agora, em vez de parecer normal, tudo aquilo lhe parecia apenas triste. Sua cabeça ainda latejava e a boca estava outra vez seca. Sylvia obrigou-se a tornar a levantar, ainda mais furiosa com Bobby, por ajudar o mundo inteiro a permanecer na merda, em lugar de apenas seus pais.

O filme de lobisomem havia voltado às refilmagens, o que significava mais trabalho para Lawrence. Ele não estava nem um pouco surpreso – os filmes ruins eram os que precisavam de mais dedicação, desde os atores aos produtores e locações. Lawrence mantinha as costas apoiadas na geladeira, com o laptop nas mãos.

De última hora, o diretor havia mudado de ideia quanto ao final (Natal para todos, amor de lobisomem) e havia filmado uma versão em que Santa Claws saltava para a morte de seu trenó. As refilmagens seriam necessárias e a sobra do pelo falso já havia sido devolvida. Era o tipo de coisa que levaria dias, mesmo que eles estivessem em casa, mas, em Maiorca, com a internet instável, Lawrence viu o restante das férias passar de medíocre, mas tolerável, a realmente infernal. Eles deviam ter voltado para casa ao receberem o e-mail, qualquer que fosse o resultado. Charles também parecia estar fugindo de propósito das conversas incessantes que os dois tiveram no ano anterior e Lawrence preocupava-se que ele tivesse mudado de ideia.

Franny e Charles sentavam-se à mesa da cozinha, roendo frutas e lendo revistas – Franny havia finalmente se apossado do material de leitura de Sylvia no avião e estava grudada em um artigo. Charles tinha nas mãos seu caderno de esboços e estava desenhando, mas Lawrence duvidava que estivesse prestando muita atenção, preferindo, em vez disso, ler por sobre o ombro de Franny. Ela foi um dos primeiros obstáculos no relacionamento deles – os pais de Charles estavam velhos e doentes, pouco propensos a criar caso com os pretendentes do filho, mas Franny não tinha papas na língua. Sua opinião contava. Eles haviam comparecido a um jantar na casa dos Posts, a mesa ocupada por outro casal (os Fluffers, como Franny os chamou mais tarde – "Uma bela fachada, para que vocês não percebam que estou observando tudo"), que eles não haviam mais visto desde então. A comida estava divina – Franny havia passado dias cozinhando e mostrou resultados, com pratos mais elaborados do que qualquer outra coisa que Lawrence já havia comido, exceto pelos feriados na casa de sua avó. Havia uma salada com pedaços de grapefruit, aspargos envoltos em *pancetta* e um carré de borrego com o tipo de crosta à base de mostarda que Lawrence só achava possível comer em restaurante. Ela foi simpática e afetuosa, como Charles havia dito que seria, mas não havia como confundir o brilho em seus olhos. Franny estava julgando cada palavra que lhe saía da boca, a maneira como ele cortava a carne, a maneira como procurava com a mão a coxa de Charlie por baixo da mesa. Não por diversão, claro, apenas para apertá-la em busca de apoio.

Franny apontou para alguma coisa no lado esquerdo da página e Charles desatou a rir. Ela inclinou-se sobre seu ombro, um movimento fácil e confortável que havia feito milhares de vezes ao longo de quase quarenta anos, desde os dois anos anteriores a seu casamento com Jim. Lawrence e Charles estavam juntos há quase onze. Mesmo agora, que os dois eram casados, por vezes parecia que ele nunca conseguiria alcançá-los. Lawrence estava prestes a interromper aquele momento aconchegante e perguntar o que havia sido tão engraçado quando Bobby, parecendo bastante desgastado, cambaleou cozinha adentro.

– Bom dia – cumprimentou Franny, endireitando o corpo. – Você quer café? – Ela saiu de trás da mesa e contornou-a até a geladeira, onde a essa altura três pessoas aglomeravam-se em um espaço muito pequeno.

– Desculpe – disse Lawrence – Deixe eu sair do caminho. – Ele balançou o laptop acima da cabeça, como uma mala que não desejava sujar após pular dentro d'água, e avançou com dificuldade para perto de Charles.

Bobby abriu a geladeira e permaneceu ali, com os olhos vermelhos e embaçados.

— Não tem nada para comer.

Franny fez alarde.

— Não seja ridículo. O que você quer? Panqueca? Torrada?

— Isso engorda — respondeu Bobby. — Eu preciso de proteína.

Sem se alterar diante do tom ríspido do filho, ela continuou:

— Ovos? Quem sabe ovos com bacon? — Franny ergueu os olhos na direção dele, aguardando aprovação. As pálpebras de Bobby pendiam a meio mastro.

— Tudo bem — ele respondeu, mas não se moveu nem fechou a porta. Franny aproximou-se para pegar o que necessitava nas prateleiras do refrigerador. Ele continuou imóvel, uma estátua que cheirava a sovacos úmidos e uma noite de sono intermitente.

— Acho que Carmen já está acordada e em atividade — falou Charles, balançando o queixo em direção à janela. Todos se viraram para olhar. Ela alternava polichinelos e *burpees*, subindo e descendo, subindo e descendo, erguendo e baixando os braços, subindo e descendo, subindo e descendo, erguendo e baixando os braços. Bobby foi o mais lento a virar-se e ofegou levemente quando a viu.

— Ela está chateada — anunciou. — Ela só combina os dois exercícios quando está chateada.

— O que você fez, garanhão? — perguntou Charles, sorridente.

Bobby deu de ombros e arrastou-se até a mesa. Lawrence afastou-se para abrir espaço e Bobby desabou na cadeira mais próxima.

— Nada. *Meu Deus.* Nada.

— Mulheres — Charles revirou os olhos, em seguida encolhendo rapidamente os ombros na direção de Franny. *Não sei* — fez ele com a boca.

– Você sabe o que dizem sobre as mulheres... – começou Lawrence, mas o olhar no rosto de Bobby deixou claro que qualquer que fosse a piada que ele estava prestes a contar não valeria a pena. Todos se sentaram em silêncio, esperando o café da manhã de Bobby ficar pronto.

Carmen fez uma pausa e agachou-se até o traseiro tocar o chão, estendendo as pernas para fora, em posição de esquadro. Se Bobby a convidasse para ir com ele, ela teria ido. Se fosse lá para fora de imediato, dito que a amava, lhe dado um beijo no rosto e pedido desculpas por ter interrompido sua noite de sono, ela o teria perdoado. Até se apenas acenasse da janela da cozinha e sorrido! Carmen debruçou-se sobre o espaço entre suas pernas, pousando as mãos no concreto áspero. Ele não entendia absolutamente nada.

Era de se esperar certa curva de aprendizado – ela era adulta quando eles se conheceram e ele era outra coisa, metade menino, metade homem. Talvez mais do que metade menino, para ser honesta consigo mesma. Os primeiros anos sequer haviam contado, realmente não. Ele estava aprendendo a controlar seu talão de cheques, a pedir vinho em um restaurante, a separar as roupas claras das escuras. Bobby havia sido tão doce e devorava cada informação de ordem prática. Ela era um oráculo do mundo real! Franny e Jim pagavam alguém para limpar a casa deles, portanto não era de admirar que Bobby ficasse confuso quando seu vaso sanitário começava a mostrar sinais de uso. Eles pagavam outra pessoa para fazer seu imposto, portanto não era de admirar que Bobby não soubesse o que podia deduzir, que recibos guardar.

Ainda assim, os Posts menosprezavam Carmen. Ela podia perceber, não era idiota. Decerto não tão idiota quanto eles pensavam que ela era. Carmen ouvia os comentários sussurrados, via seus olhos revirarem. Fazia anos que havia desistido de tentar impressioná-los, pensando que era a novidade e seu entusiasmo que os incomodava. Agora não tinha certeza de já ter tido alguma chance. Era uma sensação estranha a de ser o para-raios de alguém, a peça de metal brilhante na tempestade. O bode expiatório do bode expiatório. Ela percebia o quanto era difícil para Bobby relaxar perto de seus pais e queria ajudar. Mas não poderia ajudar se ele não permitisse.

Carmen girou para voltar à posição sentada e moveu a cabeça para um lado e para o outro, alongando o pescoço. Bobby tinha cinco minutos para sair e falar com ela. Carmen podia vê-los pela janela, sorridentes e bem-humorados. Ele tinha cinco minutos.

Jim desejava passar a tarde sozinho, por isso desceu a encosta rumo a Palma em um dos carros. A zona rural era gratificante apenas por certo tempo. Palma era grande o bastante para que as pessoas ficassem ligeiramente perdidas, com ruas estreitas e becos sem saída, bem do jeito que ele gostava. Ainda havia construções mouriscas, evidências remanescentes das hordas de conquistadores, e alguma arquitetura interessante espremida ao lado das cadeias de restaurantes. Franny que planejasse os itinerários – Jim ficava feliz ao passear sem qualquer destino em mente. Levava um caderno no bolso caso alguma coisa lhe ocorresse, mas o caderno continuava no bolso até então.

Jim havia pedido emprego pela última vez aos vinte e dois anos. A lealdade era mais comum nos velhos tempos, em que os verificadores de fatos tornavam-se redatores e então editores, nenhum deles saltando de uma carreira para outra como os jovens pareciam fazer, como se escola de arte e escola de negócios fizessem sentido no mesmo currículo. A *Gallant* havia sido seu lar profissional durante décadas, ao longo de toda a sua vida adulta. Havia sido outro casamento, tão complicado e quase tão satisfatório quanto. Mas agora, ali estava ele, um sexagenário legal, sem nenhuma manhã de segunda-feira pela frente. Ele virou à esquerda e percorreu uma rua de paralelepípedos que conduzia a uma pequena praça com alguns cafés e lugares ao ar livre. Jim escolheu uma mesa na sombra e pediu um café.

Seus pensamentos moviam-se em espirais: se isso, então aquilo. Se eles se divorciassem, então venderiam a casa. Se vendessem a casa, então ele teria que se mudar. Caso se mudasse, para onde iria? Era patético continuar no Upper West Side? Era agressivo? Ele devia renunciar a seu código postal? A Riverside Drive ficava muito longe, muito afastada? Ele conseguiria viver acima da rua 90? Jim recordava as ruas acima da 90 de quando eles se mudaram e como qualquer coisa depois da rua 86 parecia inundada de traficantes de drogas nos postes. Se eles não se divorciassem, algum dia voltariam a fazer sexo? E então Madison Vance apareceu novamente, como ocorria com frequência, o cabelo ainda molhado do banho, mas já usando maquiagem, o corpo nu pressionando-lhe a perna como um saluki cego. Ela lambeu seu pescoço, em seguida o lóbulo de sua orelha. Começou a sussurrar. Jim tomou um gole de café e tentou fazer com que Madison desaparecesse.

Contar a Franny foi pior do que a conversa com a diretoria. Não era fácil surpreender alguém após trinta e cinco anos de casamento, mas ele havia feito isso. Ela riu a princípio, pensando que fosse brincadeira, da forma como eles muitas vezes brincavam sobre assassinar os pais um do outro, ou amputar acidentalmente um dedo ao preparar o jantar. Os dois estavam sentados na cama, Franny com o nariz enfiado atrás de um livro, as costas curvadas como sempre. Meia dúzia de quiropráticos já a haviam repreendido, mas o que ela podia fazer? Parar de ler na cama? Quando ele começou a falar, ela conservou o dedo entre as páginas, marcando o local, mas à medida que ele prosseguia, ela pousou o livro virado para baixo em cima das coxas. Quando Jim pensava no pior momento de seu casamento, pensava na visão de Franny emborcando o livro e na linha reta que sua boca exibia. Era no que ele havia evitado pensar quando Madison estava diante dele, quando achava que poderia voltar a ter vinte e cinco anos se desejasse com intensidade suficiente. Mas ninguém podia escapar da única vida que tinha. Franny era um fato e Madison uma miragem. Deveria ter sido uma miragem. Deveria ter sido uma fantasia masturbatória, uma bela imagem mas, em vez disso, Jim havia permitido que ela atravessasse o espelho e se insinuasse entre seus braços e ele não podia voltar atrás.

Jim tentou tomar outro gole, mas descobriu que o café havia esfriado e encorpado. Deixou alguns euros sobre a mesa e continuou a perambular, virando à esquerda e à direita, então à direita novamente, descobrindo-se, por fim, na rua movimentada de uma praia lotada. A essa altura ele suava na camisa com as mangas compridas dobradas e arregaçadas. Percorreu a rua desviando dos carros e retirou os sapatos e meias. A areia estava quente, e Jim pisou de leve nas toalhas das pessoas, arrumadas lado a lado como ladrilhos de piso, até alcançar a beira da água. A água marulhava de leve, cobrindo-lhe os dedos dos pés. Ele desejou, inconscientemente, que Franny o tivesse acompanhado e quase procurou por ela no meio da multidão em traje de banho. Mas ele teria que se acostumar a fazer as coisas sozinho.

※

Carmen insistiu em ajudar Franny a aprontar o jantar. Juntas, elas cortaram fora as pontas das ervilhas, prepararam um vinagrete, assaram um frango e fizeram uma torta. Franny surpreendeu-se com a facilidade daquilo – Carmen era bastante habilidosa com a faca e não tinha medo de usar sal ou gordura, contanto que não fosse para si mesma. Elas passaram tigelas e abaixaram-se ao lado uma da outra para alcançar armários ou abrir a porta do forno. Sylvia ajudava na cozinha quando compelida a trabalhar, mas comeria quentinhas alegremente todas as noites em vez disso. Franny achou agradável ter outro corpo a seu lado, ajudando sem reclamar.

– Acho que terminamos! – anunciou Franny, arrancando um pedacinho da pele crocante e gordurosa do frango e deixando-o dissolver na boca. – Mmm.

– A mesa está posta. – Carmen nada mais era do que eficiente.

– Obrigada – disse Franny, emocionada com o menor dos gestos. A semana havia sido mais longa do que ela havia previsto, como chefe de uma tribo indisciplinada. Não seria exagero dizer que poderia ter chorado se Carmen fosse um pouquinho mais jovem e uma companheira mais adequada a seu filho. – O jantar está pronto! – gritou em direção à sala de estar e ao andar de cima. Um a um, eles foram chegando, Sylvia e Bobby vindos dos respectivos quartos, Jim e os meninos, da sala de estar, onde estavam bebendo alguns coquetéis. No final das contas, talvez fosse fácil reunir todo mundo. Talvez eles necessitassem apenas de alguns dias para ajustar-se ao novo espaço e relaxar. Talvez agora começassem a ter as melhores férias de sua vida. Franny levou o frango para a mesa com um sorriso no rosto. Quando Sylvia entrou na sala, ainda de pijama, Franny deu-lhe um beijo na testa.

Eles entraram em fila, sentando-se quase todos nos lugares que se haviam designado, como os alunos em sala de aula sempre sentavam no mesmo lugar, sendo ou não instruídos a isso. As pessoas eram seres de hábitos e os Posts não eram exceção. Franny e Carmen levaram toda a comida e Charles gemeu de prazer como de costume, independentemente do que tivesse sido preparado. Era importante ter ao menos um comensal motivado presente em todas as ocasiões. Depois que a comida havia sido servida, Carmen deslizou por trás da fila de cadeiras para ocupar seu lugar ao lado de Bobby, espremida entre o cotovelo direito dele e a parede. Ele ainda mal falava com ela, mesmo que ela estivesse completamente certa de que era direito seu estar aborrecida, não dele. Era isso o que Bobby fazia quando se sentia magoado – virava todos os sentimentos de mágoa às avessas, para que seu sofrimento por ter causado sofrimento fosse equivalente. Não importava o que Bobby tivesse feito, era tarefa de Carmen acalmá-lo. Um pedido de desculpas era pouco provável.

Jim trinchou o frango e fez a travessa circular. Lawrence pôs alguns talos de aspargo em seu prato e passou a bandeja na direção oposta. A refeição funcionou como um relógio por algum tempo, todos se servindo do que queriam comer, se não de um pouco mais, sem falar muito, exceto por *obrigados* educados quando um prato surgia diante deles. Era disso que Franny mais gostava quando estava de férias, os momentos em que ninguém se preocupava com o que deveria ou não estar fazendo e todos faziam exatamente o que era certo.

Sylvia comia um aspargo por vez, deixando os longos talos verdes lhe penderem da boca enquanto os fazia desaparecer dentada a dentada. Jim tentava não rir. Havia pouco ruído, exceto pela mastigação e o tilintar de garfos e facas. Franny preparava um frango assado excelente. Até Carmen estava comendo, o que Franny considerou uma vitória, a ponto de emitir um comentário da ponta da mesa.

– Fico muito feliz que você tenha gostado, Carmen! É bom ver você comer outra coisa além daquele suco verde. – Franny imitou a mistura dos pós, uma mescla de cientista louca e fisiculturista. – Não que exista alguma coisa errada com o suco verde, claro. Fiz uma limpeza à base de sucos uma vez, durante uma semana, para uma revista. Está lembrado disso, Jim? Perdi dois quilos e o meu senso de humor. – Franny riu da própria piada de mau gosto, outro sinal de que as coisas estavam melhorando.

Carmen olhou com raiva para Bobby. Ele não tirava os olhos do prato. Nada daquilo era culpa de Carmen – ela não havia feito nada de errado. Queria ser o tipo de mulher que estava acima da mesquinharia, que não acreditava no olho por olho, mas não era. Eles haviam conversado a respeito de como ele deveria se comportar com a família, como deveria apresentá-la, como deveria tratá-la, e lá estava ele, agindo como um adolescente. Carmem tinha tido muito trabalho para transformá-lo no tipo certo de homem. Se ele não a respeitava o suficiente para não se comportar como um idiota, bem, então ela não o respeitaria o suficiente para prosseguir com a pequena farsa dele.

– Bobby vende os pés, sabiam?

Isso o fez olhar para cima. Seus olhos se arregalaram e ele balançou a cabeça para um lado e para o outro, implorando-lhe que não contasse. Independentemente do que tivesse feito, Bobby nunca pensou que Carmen o trairia, não daquele jeito. Não na mesa de jantar, sem aviso prévio. Ela foi em frente.

– O que estou querendo dizer é que Bobby vende os pés. – Carmen endireitou o corpo e lançou o cabelo por sobre os ombros, desfrutando a sensação de ter todos lhe dando ouvidos para variar. Achou que talvez não conseguisse parar de falar.

Franny estendeu o lábio inferior.

– O que isso quer dizer?

Sylvia congelou com meio talo de aspargo projetado da boca, um charuto verde.

– Ele vende os produtos na academia, na Total Body Power. Mas também em outros locais, como convenções de *fitness*. Vocês conhecem a Amway? É meio parecido. – Carmen tinha uma tia e um tio que vendiam Amway e não era a mesma coisa, mas ela sabia o tipo de expressão que aquilo colocaria no rosto de Franny, de que forma a informação soaria aos ouvidos dela, como algo fanático e brega.

Sylvia cuspiu a metade não comida do aspargo.

– Espera aí, o quê?

– O que ela está dizendo, Bobby? – perguntou Franny, entrelaçando os dedos sob o queixo. – Isso é loucura!

Jim recostou na cadeira. A sensação que experimentou não foi de surpresa nem de decepção, mas de uma fraca liberação de ar, como um balão esvaziando sem pressa. Era a sensação de ter a atenção de Franny deslocando-se dele para o filho, o tipo de sentimento que nenhum pai jamais quereria admitir que gostava.

Seu pobre filho estava lhe fazendo um favor oportuno, desejasse ou não. Jim quase fez uma tentativa de beijar Franny naquele exato momento, para ver quão distraída ela estava, mas não, isso poderia estragar tudo. Em vez disso, permaneceu imóvel e tentou se concentrar no que estava sendo dito.

O olhar de Bobby continuava fixo no prato. Ele segurava o garfo na mão esquerda e o guardanapo na direita. Não se virou para Carmen nem ergueu o queixo para encarar a família. Ela estava fazendo aquilo de propósito. Bobby contou a verdade ao frango umedecido, que a essa altura esfriava diante dele.

— Não é nada demais. É só para ganhar um dinheiro extra. O mercado anda desacelerado nesses últimos anos e Carmen achou... — A essa altura ele parou, fechando os olhos. — Ela não tem culpa. Eu precisava ganhar dinheiro e ela me arranjou emprego na academia. — Bobby ergueu os olhos e fez contato visual com a mãe, que continuava a segurar as mãos como se rezasse. — Sou treinador assistente e vendo o complemento da Total Body Power. Não é ruim. Estou muito mais saudável do que antes.

— Conta o resto. — Carmen produziu um pequeno estalido com a boca, satisfeita. Não se permitiria sorrir, mas com os diabos se não ia se certificar de que tudo que ela achava que devia vir à tona fosse revelado. Bobby já a havia feito esperar o suficiente.

— Tem mais? — Franny produziu um ruído como o de um peixe em terra firme.

— Baixe um pouco as expectativas, Fran — disse Jim, pondo em risco a posição recém-assegurada.

— Espera, então agora você também é *personal trainer*? — perguntou Sylvia. — As pessoas pagam para serem obrigadas a fazer abdominais? Como um professor de ginástica? Você tem um apito?

– O que os complementos contêm? – Lawrence quis saber.

– É aquele negócio com Xendadrine que pode causar ataque cardíaco?

– Jesus! – disse Bobby, afastando a cadeira da mesa. Carmen parecia satisfeita. Todos esperavam que ele continuasse. Não que trabalhar em uma academia fosse algo sórdido, só não era o que gente como os Posts fazia, era o que todos estavam pensando. Charles e Lawrence sentiram pontadas de culpa ante esse reconhecimento interno, tendo sido discriminados a vida inteira e por vezes ainda ouvindo na calçada os gritos dos idiotas que passavam de carro. Franny sentia-se um fracasso. Sylvia tentava imaginar seu irmão mais velho usando uma faixa na testa e um microfone estilo Britney Spears, executando passos de dança na frente da sala em uma aula de aeróbica. Jim, que havia pago o curso superior de Bobby, era o mais decepcionado, mas tinha experiência suficiente para mascarar tais sentimentos. Fazia tempo que desconfiava que a carreira de Bobby não ia tão bem quanto ele desejava que todos pensassem, e Jim não ficou inteiramente surpreso com a nova informação. – Tudo bem – disse Bobby, balançando a cabeça. Seus cachos macios oscilavam, bonitos como sempre, e Franny pôs-se a lacrimejar.

– Comecei a vender os complementos porque parecia uma boa maneira de ganhar dinheiro rápido, mas, para isso, eu tinha que comprar uma quantidade grande, muito grande, e não foi tão fácil me livrar do produto quanto o gerente da Total Body Power fez parecer. Eles são muito bons, todos à base de proteína de soro de leite, mas os *shakes* ficam meio granulosos se você não misturar com bastante líquido e deixam um gosto residual.

— A gente se acostuma — falou Carmen. — Bobby já nem toma mais a bebida, mas eu sim. Eles são muito bons para a recuperação muscular depois do treino. — Bobby lançou-lhe um olhar penetrante e ela parou de falar.

— Eca — fez Sylvia e Franny deu-lhe um forte beliscão.

— De qualquer forma, usei meu cartão de crédito para comprar os complementos do distribuidor e faz algum tempo que não consigo quitar o cartão, sabe, então está ficando meio caro.

— As bochechas de Bobby estavam cor de vinho, um vermelho tão escuro que pareciam quase roxas.

— De quanto estamos falando, querido? — Franny inclinou-se e procurou as mãos de Bobby. A sala ficou completamente silenciosa enquanto todos aguardavam para ouvir a quantia.

— Cento e cinquenta. Mais ou menos. — Bobby deixou que a mãe lhe acariciasse as mãos, mas não olhou para ela.

— Cento e cinquenta? — Franny não estava raciocinando. Começou a animar-se e olhou para Jim por sobre o ombro, confusa. Ele franziu a testa.

— Cento e cinquenta *mil*? — perguntou Jim.

Carmen foi a única que não teve reação audível, pois já sabia da quantia em questão. Eram 155.699 dólares, na realidade, mas Bobby havia arredondado para baixo. Ele não havia lhe contado até quase a metade disso, o que havia ocorrido um ano antes, pouco depois de ele começar a trabalhar na academia. Havia sido maravilhoso observá-lo, Carmen queria contar isso à família dele — vê-lo segurar firme um saco pesado para uma mulher de meia-idade que desejava livrar-se da flacidez dos membros superiores era legal e Carmen gostava de poder lhe ensinar as coisas. De dar sugestões. Alguns dos *personal* haviam frequentado a escola de cinesiologia, mas a maioria era só rato de academia, que ficava por perto tempo suficiente apenas para causar boa impressão. Bobby não pertencia a nenhuma das duas categorias, um meio-judeu claro da cidade de Nova York que nunca havia feito mais do que correr na esteira. As mulheres não o consideravam intimidador e ele as fazia recordarem seus filhos no norte. Bobby era popular. Se ao menos tivesse se dedicado a isso, teria sido bom. Eles provavelmente estariam casados a essa altura, talvez até mesmo morando mais perto da praia. Mas Bobby havia gostado da ideia do dinheiro fácil, e o que era mais fácil do que preparar um milk-shake?

Bobby concordou com um movimento de cabeça. O roxo em suas bochechas havia adquirido um tom ligeiramente esverdeado.

– Hmmm – fez Jim. – Vamos conversar sobre isso mais tarde, filho, OK? Tenho certeza de que vai ficar tudo bem. – Ele falou com sua voz mais firme, em seguida Franny puxou as mãos e levantou-se, à procura de lenços de papel. Sylvia riu – nunca tinha ouvido uma quantia tão grande dita em voz alta de forma tão casual. Sua conta bancária continha aproximadamente trezentos dólares. Ela usava o cartão de crédito dos pais sempre que necessitava, o que não ocorria com frequência. Charles e Lawrence davam-se as mãos por sob a mesa. Charles queria lembrar de dizer a Lawrence que esse era um dos possíveis perigos de se ter filhos – precisar socorrê-los. O frango cheirava divinamente a manteiga, alho e umas coisinhas verdes que Franny havia colhido nas jardineiras perto da piscina e ele estava faminto.

– Bem – disse Charles. – Alguém pode me passar o vinho? – Bobby atirou-se sobre a garrafa em cima da mesa, satisfeito por ter outra coisa a fazer. – Lawrence, como estão se saindo os seus lobisomens?

Lawrence começou a discorrer com detalhes sobre as refilmagens no Canadá, sobre os sacos de pele parados no meio do caminho e ainda que todos, cada um a seu tempo, espreitassem Bobby, até mesmo Franny simulou ouvir Lawrence discorrer sobre o filme, como se a vida deles dependesse daquele trenó desengonçado.

Franny e Jim estavam deitados de costas, lado a lado, olhando para o teto. Mesmo antes de Jim deixar a *Gallant*, cento e cinquenta mil dólares teriam sido uma quantia grande, mas agora, que apenas o salário inconsistente de Franny e seus direitos autorais ainda mais inconsistentes entravam, era enorme.

– Podemos vender algumas ações – sugeriu Franny.

– Podemos.

– Mas é nossa responsabilidade? – Franny virou de lado, o que fez a cama pinotear como um barquinho em mar agitado. Ela pousou o rosto na mão e parecia jovem como sempre, a despeito das linhas de preocupação entre as sobrancelhas.

– Não, não é – respondeu Jim e virou-se para encará-la. – Não diretamente. Não legalmente. Ele tem quase trinta anos. A maioria dos jovens tem dívidas. Qualquer um que tenha cursado a faculdade de direito deve três vezes mais do que isso.

– Mas eles são advogados! Podem reaver esse dinheiro! Só não sei se essa é uma daquelas vezes em que devemos deixar que ele solucione a questão sozinho. Era o que ele claramente pretendia; ele não tocou no assunto, foi ela. *Meu Deus*, aquela mulher. E pensar que passei a noite inteira começando a gostar dela.

Mas ela fez de propósito! – Franny estava ficando agitada. – Eu sei, eu sei – disse, baixando a voz. – Eles estão no quarto ao lado.

Ver a mulher naquele estado não devia ter deixado Jim animado, mas foi o que aconteceu. Era cada vez mais raro Franny se irritar tanto com alguma coisa que poderia discutir apenas com ele – agora que as crianças estavam mais velhas, eles já não precisavam ter as conversas intermináveis de seu final de juventude e início da meia-idade, nas quais discutiam os amigos, professores e castigos de sua prole e toda culpa e orgulho subsequentes durante dias a fio.

– Nós vamos descobrir – disse ele e estendeu a mão para lhe acariciar o rosto, mas ela já estava virando em direção às janelas, acomodando-se para dormir, e ele só alcançou suas costas; como Franny não o repeliu, Jim teve a sensação de obter uma pequena vantagem.

Todas as luzes estavam apagadas – até mesmo a do quarto de Bobby e Carmen, Sylvia percebeu pela fenda escura debaixo da porta. Havia alguma coisa errada, além dos extratos bancários de Bobby. Ela não sabia o que realmente significava estar endividado, mas Sylvia imaginava homens de chapéu e pasta batendo à porta, ameaçando cortar partes importantes do corpo.

Em casa, ela conhecia todos os degraus barulhentos, quais tábuas rangiam e quais não. Ali, tendo que adivinhar, conservou-se próxima ao corrimão, pousando cada pé lenta e vagarosamente, antes de passar ao degrau seguinte. Queria checar o sofá da sala. Não havia evidências de que seu pai não estava dormindo na cama com sua mãe, mas o quarto deles provocava uma sensação *estranha*, como Sylvia teria descrito se alguém perguntasse, o que ninguém faria. O quarto parecia estranho da mesma forma que certos lugares pareciam assombrados, quando ela sabia que havia fantasmas presentes, amigáveis ou não, mas definitivamente mortos.

O andar de baixo achava-se completamente às escuras, exceto por uma única luz na sala de jantar, que alguém havia esquecido acesa. A casa estava fria e Sylvia estremeceu. Abriu caminho até a parede entre o vestíbulo e a sala de estar e piscou na escuridão. Conseguiu distinguir o sofá, mas não o suficiente para ver se havia alguém dormindo nele. Deu mais um passo, mas teve a sensação de haver pisado em meio a um oceano, de estar totalmente solta e perdida, então retornou à parede, tocando-a com ambas as mãos.

– Pai? – chamou baixinho. Não houve resposta. Mesmo que estivesse dormindo, seu pai teria respondido. Sylvia esperou o que pareceu uma eternidade, então tornou a chamar.

Era evidente que ele não se encontrava ali. Estava tudo bem, exceto pelas coisas que não estavam bem. Seus pais estavam ferrados, mas talvez não tão ferrados quanto ela pensava. Sylvia sentiu-se aliviada e constrangida até mesmo por ter desejado conferir. Quando era pequena e tinha um pesadelo, seu pai sempre era o primeiro a entrar em cena, abrindo as portas do armário e enfiando a cabeça embaixo da cama. Era tudo o que ela estava fazendo – certificando-se de que os monstros eram de faz de conta. Sylvia sentiu-se imediatamente cansada, embora tivesse ficado bem acordada até aquele exato momento. Mal conseguiu subir a escada e cair na cama antes de pegar no sono, de tão segura que se sentiu com sua missão de averiguação.

Décimo dia

Franny estava ocupada na cozinha, abastecendo os potes Tupperware com petiscos que não derreteriam sob o sol. Gemma possuía os de vidro, claro, nada de plástico. Franny teria que ser cuidadosa ao carregar as bolsas de praia. Ninguém iria querer cacos de vidro nas uvas. O plano – seu plano, que ela ainda não havia participado a ninguém, a não ser Jim – era fazer uma excursão em massa, com todo o grupo. Iriam de carro até a praia mais próxima, que não estaria tão lotada em uma segunda-feira pela manhã. Eles se sentariam e bronzeariam o dia inteiro, chapinhando na água e comendo sanduíches de *jamón* e *queso* dos vendedores locais. Gemma possuía dois grandes guarda-sóis e cadeiras dobráveis baixas, próprias para pegar sol. Franny usaria seu chapéu de palha grande e Bobby ficaria tão feliz quanto sempre havia sido. Ela não aceitaria não como resposta.

Um a um, seus convidados saíram dos quartos. Charles e Lawrence gostavam de praia e seria fácil convencê-los. Sylvia estava nervosa ante a perspectiva de ver Joan e ficou mais do que satisfeita ao evitá-lo naquele dia. Bobby e Carmen concordaram, embora tenham aparecido separadamente na cozinha e parecessem não estar se falando. Não eram nem nove horas quando Franny preparou os dois carros para passarem o dia fora e eles partiram.

Gemma recomendava três praias: Cala Deià, em frente à Casa de Robert Grave, afastada, rochosa e "bastante mágica" (sem banheiros, sem lanchonetes); Badia del Esperanza, um extenso "paraíso dourado e arenoso" (grande possibilidade de crianças/turistas); e Cala Miramar, "uma praia funcional, a meia hora de carro. Muitas famílias espanholas. Banheiros nada agradáveis no local." (Não mais empolgante do que um passeio à praia de Brighton.) Como eles poderiam argumentar com o paraíso? Decerto não haveria crianças na praia àquela hora, pois estariam tirando um cochilo ou paralisadas na frente dos desenhos animados. Franny assinalou o trajeto até Badia del Esperanza e deu uma cópia para Charles, que dirigia o outro carro alugado. Sylvia acomodou-se no banco traseiro do carro dos pais. No último minuto, Bobby juntou-se a ela, como se optar por isso de última hora significasse que ninguém notaria. Sylvia ergueu as sobrancelhas, mas nada disse, tampouco Bobby, que enfiou imediatamente uma toalha atrás da cabeça e pegou no sono, ou pelo menos fingiu. Jim e Charles seguiam em fila, fazendo as curvas fechadas devagar, na esperança de que os carrinhos subissem e descessem as montanhas sinuosas sem esforço.

A praia ficava a vinte e cinco minutos de carro sobre as montanhas – para cima, para cima, para cima, então para baixo, para baixo, para baixo. Jim dirigia sob a atenta supervisão de Franny – *Cuidado, cuidado*, ou *Ah, olha, gente, ovelhas!*, dependendo da aflição que as estradas lhe causassem. Sylvia leu seu livro até ter a sensação de estar prestes a vomitar e a essa altura (ela tinha estômago forte quando não estava de ressaca e havia dormido bem como sempre na noite anterior), eles já estavam quase lá.

– Ei – disse Sylvia ao irmão e apertou-lhe a perna.

– O que foi? – perguntou Bobby e olhou para ela com ar cauteloso.

– O que você disse a Carmen? Claro que contou sobre a garota. Do contrário, por que ela faria isso com você, certo? – Sylvia estava sinceramente curiosa; tentou imaginar Gabe Thrush abordando-a e contando sua indiscrição idiota, em lugar de apenas aparecer na escola de mãos dadas com Katie Saperstein.

– Não contei. – Bobby levou um dedo à boca, pedindo silêncio. Em seguida apontou para os pais.

– Ah. – Sylvia ergueu o rosto. – Então, por que ela estava tão brava?

– Merda, Syl, não sei, porque eu saí sem ela, fiquei bêbado, voltei para casa e vomitei. Nós realmente precisamos conversar sobre isso agora?

– Nós não estamos ouvindo – disse Franny do banco da frente.

Bobby revirou os olhos.

– Ótimo.

Eles estavam próximos – o ar era mais salgado. Sylvia decidiu deixar de lado o assunto. Era estranho ter tanto contato com Bobby – quando voltava a Nova York, ele nunca ficava mais do que poucos dias de cada vez e mesmo assim estava sempre circulando com seus amigos do ensino médio. Os dois nunca se viam por mais do que uma refeição. Sylvia perguntou-se se ele sempre havia sido tão ranzinza e defensivo ou se alguma coisa – aqueles cifrões avultantes de dólar – havia mudado recentemente. Não havia meios de saber. Sempre pensou que irmãos fossem praticamente a mesma pessoa em corpos distintos, ligeiramente remexidos, de forma a que as moléculas se rearranjassem, mas já não tinha certeza. Ela teria contado a verdade a Carmen. Naquelas circunstâncias, Sylvia sentiu a informação começar a apodrecer dentro dela, como um rato morto nos trilhos do metrô.

Jim estacionou em uma vaga inclinada ao lado da estrada e Charles duas vagas depois. Todos lotaram os braços com as provisões de Franny e desceram com os fardos um árduo lance de degraus até a areia, passando por uma barreira de pinheiros acanhados.

Gemma estava certa – a praia era magnífica. Assim que eles atravessaram as árvores, a praia estendeu-se como um mapa desdobrado, com mais e mais areia limpa e clara em ambas as direções. Havia vários grupos de pessoas – colônias protegidas por guarda-sóis aqui e acolá –, mas no geral a praia estava tranquila e a água quase vazia. A água! Franny queria correr em sua direção com as mãos abrindo e fechando como garras de lagosta, agarrá-la, um sonho cintilante. O Mediterrâneo exibia um azul esplêndido, com pequenas ondas lambendo a areia. Uma mulher achava-se a cerca de três metros da areia, as pernas submersas até os joelhos, as mãos nos quadris, os cotovelos abertos como asas ao lado do corpo. Não havia música tocando, nem vôlei de praia. Aqueles eram banhistas sérios, os madrugadores e nadadores dedicados. Franny liderou as tropas até a metade do caminho para a água e pousou sua recompensa com cuidado. Bateu e estendeu a toalha, abriu um guarda-sol. Cobriu o corpo com protetor solar de FPS baixo – afinal, o sentido de ir à praia e não sair meio bronzeada? – e olhou em torno satisfeita. Havia suor em seu lábio superior e ela o enxugou com um dedo.

– Vou entrar! – anunciou e despiu a saída de praia transparente. Depositou-a sobre a toalha e afastou-se, esperando que ninguém olhasse para suas coxas. Franny ouviu um bater de pés atrás de si e, antes que se desse conta, Carmen estava dentro d'água, deslocando-se com os joelhos erguidos até ter profundidade suficiente para mergulhar, e em seguida desapareceu.

Sylvia enroscou o corpo como um cão adormecido na sombra reduzida e alternante do guarda-sol.

– Você sabe que sol não vai incendiá-la, certo? – perguntou Bobby. Ele estava deitado de costas, com a camiseta atirada sobre o rosto.

– Sou uma flor delicada – respondeu Sylvia e mostrou a língua para enfatizar, mas Bobby já não estava olhando. Do outro lado, Charles e Lawrence haviam se instalado em escala impressionante – revistas, cadeiras, suas bolsas a tiracolo deixando os cantos das toalhas de praia no lugar. Ambos estavam lendo um romance e Charles matinha sua câmera no colo, para o caso de ver alguém que gostaria de pintar. Lawrence também havia levado seu laptop para a remota possibilidade de a praia ter Wi-Fi, o que não era o caso. Havia um hotel imenso na estrada, um pouco adiante, e ele pretendia dar uma fugida até lá, em algum momento, para enviar e-mails ou apenas pressionar a tecla atualizar, na esperança de que a agência tivesse voltado a escrever com novidades, pedindo-lhes que telefonassem. Mas a praia era linda demais para ser ignorada e Lawrence sentiu-se mais do que feliz em relaxar por algumas horas. A água estava bastante quente para nadar, mas refrescante, e eles se revezaram chapinhando e bronzeando-se na areia.

Franny estava de pé na água, tentando parecer o mais europeia possível. Não ia despir a parte de cima, mas podia fazer o restante – óculos escuros, maiô simples, um ar de indiferença. Carmen estava nadando outra vez, a correnteza afastando-a cada vez mais da praia, mas ela parecia decidida e Franny duvidava que fosse necessário socorrê-la. Seu estilo era bom e vigoroso, e ela puxava a água por baixo do corpo a cada movimento.

– Quem sabe ela não se afoga – disse Jim, surgindo ao lado de Franny. – Isso melhoraria ou pioraria a situação? – Ele vestia uma polo fina de algodão, que o vento impelia de encontro a seu tronco esbelto. A firme recusa de Jim em ganhar peso como uma pessoa normal de meia-idade sempre esteve no topo da lista de coisas que levavam Franny à loucura. Tanto Bobby quanto Sylvia pareciam ter nascido com esse gene, fazendo com que Franny desejasse que a transmissão de tais características em sentido inverso fosse possível, embora já fizesse algum tempo que ela se agarrava à ideia de que ser gorducha conferia à pessoa certo caráter. Ser magro não levava a nada além da arrogância. Talvez por isso Bobby se encontrasse naquela situação. Se tivesse sido uma criança acima do peso, aquilo possivelmente teria sido evitado.

– Ah, pode parar – Franny cruzou os braços sobre a cintura macia, o que fez com que seus seios se unissem. Parecia um absurdo ela ainda se sentir cônscia do próprio corpo na frente do marido, mas depois da garota, *daquela garota*, Franny havia voltado ao comportamento de adolescente bulímica, sem a purgação – comendo uma segunda porção do jantar depois de Jim ter subido para dormir ou quando ele não estava olhando. Comendo uma casquinha de sorvete às escondidas quando fazia compras. Vestindo sua cinta Spanx no banheiro, com a porta fechada.

– Parece que Bobby fez mais do que se embebedar na outra noite – comentou Jim.

Franny apressou-se a olhar por sobre os ombros para os filhos, a uns seis metros de distância. Bobby sentava-se contemplando a água, os cotovelos pousados sobre os joelhos.

– Não consegui entender o que aconteceu, você conseguiu?

– Não me pareceu nada bom.

Bobby levantou-se, limpando o traseiro, e pôs-se a caminhar devagar na areia. Cumprimentou os pais com a cabeça ao passar, mas continuou a andar. Franny e Jim o viram entrar na água sem pressa, antes de cair de joelhos de forma deselegante. Ele deitou de costas e começou a boiar, com o corpo perto da areia e dos pedaços de concha. Franny viu seu filho balançar por alguns minutos antes que todo seu corpo começasse a se debater como se ele estivesse sendo atacado por um tubarão invisível.

– Merda! – disse Bobby. – Merda, merda, merda! – Ele lutou para se levantar e pôs-se a mancar de volta à toalha. Os outros frequentadores da praia viraram-se para olhar. – Acho que alguma coisa me mordeu. – Ele agarrava a panturrilha, pouco acima do tornozelo direito. Carmen tinha ouvido o tumulto e aproximou-se nadando, a cabeça e os ombros acima da superfície.

Jim apressou-se a sentar ao lado do filho.

– Aqui? – perguntou, apontando para o local onde Bobby segurava a perna. A pele estava inchada e vermelha, em padrão entrelaçado. Bobby perdeu de imediato cerca de vinte e cinco anos, com o rosto vago e inexpressivo como o de um bebê após sua primeira fotografia – uma completa surpresa. Crescer na cidade significava pouca exposição a picadas e mordidas das espécies naturais, à exceção dos pit bulls mal-humorados que desciam a Broadway. Franny afastou Jim do caminho e ajoelhou-se na areia, ao lado do filho.

– Querido, você está bem? – Estendeu a mão em direção à perna dele, mas retirou-a em seguida. – Posso tocar?

Sylvia havia virado de lado e observava com certo divertimento.

– O carma mordeu você, Bobby?
– Sylvia! – gritou Franny. Eles nunca gritavam com os filhos, não era da índole deles. Eles bajulavam, provocavam, chantageavam, mas nunca gritavam. Sylvia retraiu-se como se fosse ela a ter sido picada e escondeu-se sob o guarda-sol.

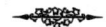

※

Jim pesou suas opções. Já havia visto aquilo antes, e faria a sensação de queimação passar, mas receber uma mijada do próprio pai também arderia. Ele conduziu Bobby, mancando, a um dos lados da praia.

– Faz de uma vez – pediu Bobby e virou a cabeça, derrotado.
– Como se isso pudesse piorar.
– Vamos entrar na água – disse Jim –, fora de vista. Cuidado onde pisa.

Eles encaminharam-se, pela areia úmida e escura, ao final da praia, onde pararam de encontro às rochas. Bobby fechou os olhos e estremeceu, na expectativa. Jim baixou o cós da sunga e pôs o pênis para fora, mirando a perna de Bobby. Ele já *havia* visto o procedimento, mas nunca daquele jeito. Queria explicar a Bobby que ele continuava a ser seu filho, que mesmo que cometesse erros, e ele tinha cometido erros, anos e anos de amor haviam se estabelecido entre os dois, que eles poderiam ficar décadas sem se falar e Jim continuaria a amá-lo. Jim queria mencionar a quantidade de merda que havia limpado do traseiro do filho bebê, todas as vezes que Bobby havia lançado jatos dourados de urina direto em seu rosto. Isto tinha um propósito, não era nada! Mas não parecia ser nada. Jim suspirou e liberou o jato quente.

A urina funcionou como que por encanto. A perna de Bobby continuava marcada, com pele levantada, mas, na verdade, já não parecia pegar fogo. Ele e o pai jogaram água na pequena poça na areia da melhor forma possível e então caminharam em direção aos banheiros e à lanchonete para se lavar. Os banheiros deixavam Nova York no chinelo – um piso meio sujo de areia, mas fora isso limpo, com rolos extras de papel higiênico e toalhas de papel à vista, o tipo de coisa que seria aparafusada se eles estivessem em Manhattan. Bobby embebeu algumas toalhas de papel com água e sabão e limpou-se. Jim ficou parado observando-o após lavar as próprias mãos.

– O que está acontecendo, Bobby? – Jim fez contato visual com o filho no espelho, mas Bobby apressou-se a interrompê-los, baixando o rosto em direção à panturrilha ferida.

– Nada – respondeu Bobby. – Quer dizer, vocês ficaram sabendo de tudo. Eu não estava ganhando dinheiro suficiente, então arranjei outro emprego. Não é uma dívida *tão* grande assim. Vou ficar bem. Eu ia pedir que vocês ajudassem, mas está tudo bem, posso me virar sozinho.

– Eu estava me referindo a Carmen. Sobre o que Sylvia estava falando no carro?

Bobby soltou um gemido exasperado. Girou e apoiou o corpo na borda da pia.

– Meu Deus! Não foi nada. Uma garota na boate. Não foi nada. Sei que você e mamãe estão juntos desde que você era mais novo do que eu e que os dois têm um ótimo casamento e tudo o mais, mas as coisas são diferentes agora. Carmen é excelente, é gente boa, sabe? Eu e ela nos damos muito bem. Mas não sei, para sempre? Provavelmente não. Então por que fingir? Ela não vai ficar sabendo.

Jim e Franny haviam combinado não contar nada aos filhos sobre Madison, sobre o nariz arrebitado de Madison, sobre seus cabelos louros e a forma como ela havia destruído a vida de Jim. Como ele havia permitido que ela estragasse a vida dele. Não, ainda não era isso. Jim havia sido o agente da própria destruição. Pela maneira com que havia destruído sua vida ao decidir ter um caso com uma mulher tão jovem. Ao decidir ter um caso, ponto. Ter casos parecia tão fora de moda, o tipo de coisa que seu pai teria feito e, sem dúvida, havia feito várias vezes. Casos não ameaçavam o casamento, pois o casamento era sólido, uma falsa cortina fortemente puxada sobre a turbulenta vida íntima de seus pais. Jim nunca havia desejado nem tinha um casamento assim. Ele e Franny haviam brigado e discutido o tempo todo, especialmente quando Bobby era mais novo. Nunca havia sido previamente determinado que eles ficariam juntos – isso era coisa da idade da pedra, não da década de 1970. Eles haviam visto o amor livre (ao menos na televisão) e ainda assim haviam optado por casar. Seus olhos estavam abertos. Não havia sido possível esconder a informação (o básico, apenas o básico) de Sylvia, pois eles moravam sob o mesmo teto, mas havia sido fácil esconder a verdade de Bobby. Era mais agradável conversar com ele por telefone agora que Jim e Franny, em separado ou juntos, podiam pegar o aparelho e recuar no tempo rumo a um casamento melhor.

– Bobby, eu traí sua mãe. Foi uma coisa horrível de se fazer e não quero dar uma de cavalheiro. Mas a única atitude, em toda essa situação, que sei que foi correta, foi contar a ela a verdade.

A paternidade era uma maldição terrível – tinha a ver com esconder tão bem os próprios erros para que os filhos não soubessem que eles existiam e os repetissem *ad nauseam*. Era melhor ser hipócrita ou mentiroso? Jim não tinha certeza. Em ambos os casos, desejou que Franny estivesse a seu lado, naquele banheiro masculino maiorquino de beira de praia. Ela voltaria a ficar furiosa com ele, mas saberia o que dizer ao filho.

– Isso é uma brincadeira, certo? – Bobby parecia confuso, como se hesitasse entre o orgulho e a decepção. Seu rosto por fim acomodou um meio sorriso, a expressão que Jim mais esperava que ele evitasse.

– Nada disso é motivo de alegria, Bobby. – Jim franziu os lábios com força. Avançou em direção à porta.

– Não, por favor – pediu Bobby. Enxugou a água restante da perna e sacudiu-a. – É que eu não sabia disso. Sobre você. É meio engraçado. Quer dizer, você é meu pai.

Jim encarou-o com ar inquisitivo. Um espanhol com uma sunga diminuta entrou no banheiro e dirigiu-se ao mictório a um canto.

– Talvez seja genético – falou Bobby.

– Não seja idiota – retrucou Jim.

Franny abaixou-se sob o guarda-sol de Sylvia para se desculpar.

– Querida, desculpe por ter gritado com você – disse. Sylvia encarou-a com ar cauteloso. Franny não era dada a pedir desculpas e a filha claramente desconfiava que vinha mais coisa pela frente. Franny deu de ombros e abrandou. – O que está acontecendo com seu irmão? Você pode me dizer? – Franny olhou para a água. Apesar da presença dos peixes-elétricos, Carmen continuava a nadar. Voltaria aos Estados Unidos pesando três quilos, com todo aquele exercício que estava fazendo para evitar passar tempo com a família, mas, no momento, Sylvia não a culpava.

– Acho que você não quer saber.

– É claro que quero – rebateu Franny, embora não tivesse certeza. A dívida era o bastante, e o emprego na academia de ginástica. Ela não queria sentir-se esnobe; era filha de um motorista de ônibus e de uma dona de casa – como poderia ser esnobe? Ainda assim, queria mais para o filho. Queria que ele quisesse mais para si mesmo. Ela e Jim tinham tido tantas conversas sussurradas sobre o berço de Bobby quando ele era bebê, antes até, sobre sua barriga que não parava de esticar quando ela estava grávida e já pesada. Eles haviam planejado o futuro do filho – como político, escritor, filósofo. *Personal trainer* que fazia bico vendendo soro de leite não estava na lista.

– Ele traiu Carmen. Na outra noite. Eu vi. Foi nojento.

– O que você está querendo dizer? Dançar com as garotas?

– Mãe. – Sylvia sentou-se, a coluna reta. Com os ombros caídos, a camiseta larga descia até os joelhos, o corpo em trajes de banho bem escondido por baixo. – Por favor. Vi muito mais do que isso. Tipo, línguas. Eca, será que a gente pode não conversar sobre esse assunto? Foi nojento o suficiente ver isso acontecer uma vez. Não estou morrendo de vontade de reviver o momento. – Ela apertou os olhos em direção ao sol. – Já estou sentindo o câncer de pele começar a se formar.

– Você realmente viu Bobby com outra garota? – A respiração de Franny ficou mais curta. Ela sentiu aquela satisfação doentia da fofoca escutada pela primeira vez, rapidamente seguida da percepção de ter feito tudo errado, tudo o que era importante. Franny inclinou-se para a esquerda para ver para onde Jim e Bobby haviam ido. Os dois não estavam mais no final da praia e ela não conseguia enxergá-los em parte alguma na areia. Talvez tivessem ouvido Sylvia abrir a boca e fugido, sabendo o que ocorreria a seguir.

Jim não sabia que era possível ver verdadeiras ondas de raiva ao redor da cabeça de alguém, como um desenho animado ganhando vida, mas ao avistar a mulher andando de um lado para o outro na areia, lá estavam elas, claras como o dia. Charles e Lawrence estavam de pé à esquerda e Sylvia continuava enfiada debaixo do guarda-sol à direita. Carmen havia saído da água e parecia sem jeito em segundo plano, os cabelos molhados grudados nos ombros como uma capa. Quando Franny viu Jim aproximar-se, abriu caminho pela praia para encontrá-lo, bufando de raiva. Passou pela beirada da toalha de Sylvia, chutando um pouco de areia sobre a filha sem querer.

– Você sabe o que seu filho fez? – Franny estava histérica, com o olhar enlouquecido e penetrante.

– Agora sei. – Jim não se sentia com disposição para aquilo. O que Bobby havia feito era culpa dele, não tinha nada a ver com Jim nem com suas escolhas equivocadas.

– Ele teve relações sexuais com outra garota, praticamente na frente da irmã. Em um local público! Eu devia ficar feliz por você ter pelo menos arranjado um quarto de hotel?

Sylvia espreitou por baixo do guarda-sol, seus olhos claros rastreando os movimentos da mãe.

– Fran, vamos conversar sobre isso em casa – pediu Jim, estendendo uma das mãos em sua direção, mas ela a afastou com um tapa.

– Em casa? Em Nova York? Quando as crianças tiverem ido embora e você também, então quem vai se importar, é isso que você quer dizer? Acho que todos merecem saber. Foi loucura pensar que podíamos guardar um segredo como esse. – Ela simulou um olhar de preocupação. – Ah, não, há jornalistas aqui? Alguém do *New York Times*? – Os outros frequentadores da praia observavam e Franny acenou. – Acho que aquela mulher é do *Post*.

– Mãe, nós não precisamos fazer isso aqui, OK? – A voz de Sylvia soou calma. Ela apoiou o corpo nas mãos e nos joelhos e deu um impulso para se levantar. Jim achou-a tão magra, tão delicada, exatamente como era quando bebê. Detestava o que ela ouviria a seguir e o modo como se viraria em direção a ele, desejando ardentemente que não fosse verdade.

– Seu pai dormiu com uma estagiária. Seu irmão dormiu com uma desconhecida. – Franny parou, avaliando em que medida deveria ser cruel. – Não sei como isso aconteceu.

– As pessoas dormem com estagiárias o tempo todo – disse Bobby. – E com desconhecidas! Principalmente com desconhecidas! Qual é o problema?

– Ela não era estagiária, era assistente editorial – falou Jim. Franny olhou para ele e mostrou os dentes.

– O problema é que ela é pouco mais velha do que Sylvia, o que me deixa doente. O problema é que seu pai e eu somos casados um com o outro. O problema, meu amor, é que você parece não entender por que motivo isso é um problema. Esse é o maior problema de todos. Porque meu marido pode ter me decepcionado, mas se eu não consegui ensinar a você nem isso, então eu me decepcionei. – Franny girou e começou a chorar em alto e bom som, como o ruído de um detector de fumaça insistente. Charles apressou-se a tomá-la nos braços. Lawrence balançou a cabeça em solidariedade.

– Acho que é hora de voltar para casa – disse Lawrence, reunindo às pressas o máximo de coisas que conseguiu carregar.

– Você pega o resto – falou a Jim.

– Franny, por favor – pediu Jim. – Você está agindo feito louca neste momento. Relaxe.

Charles girou Franny até que ela saísse de seus braços, como um dançarino fazendo a parceira girar na pista de um salão de bailes. Avançou até Jim, parou a meio metro de distância e cerrou os dentes.

– Não diga a ela que ela precisa relaxar depois do que você fez – declarou.

– Acho que *todos nós* precisamos relaxar – disse Jim, amaciando o ar com as mãos. Olhou ao redor, procurando o apoio dos filhos. – Estou certo?

– Você sempre foi um filho da puta – acusou Charles. Puxou o braço direito, fortalecido por décadas suspendendo telas e galões de tinta, e o deixou voar de encontro ao globo ocular direito de Jim. Jim cambaleou para trás, surpreso, e segurou o rosto.

– Vamos, Fran – disse Charles.

Franny tremia como se fosse ela a ter sido atingida. Lançou a Jim um olhar de súplica, então se deixou novamente abrigar sob o braço de Charles. Eles puseram-se a caminhar em direção ao carro.

– Esperem! – pediu Sylvia. – Não me deixem aqui com eles.
– Queria dizer mais alguma coisa ao pai, mas não conseguiu. Não havia ar no interior de seus pulmões. Sylvia visualizou o sofá no escuro; talvez ele estivesse lá afinal de contas, não na noite pas-

sada, mas na noite anterior e fosse ela saber por quanto tempo antes disso. Tudo estava pior do que ela imaginava. Tentou se lembrar de Nova York e de todas as noites desde que seu pai havia deixado de trabalhar, todos os encontros de sua mãe com seu horrível clube de leitura. Eram muitas coisas para pensar de uma só vez e Sylvia teve a sensação de que talvez fosse vomitar. Enfiou os pés nos sapatos, que estavam meio cheios de areia, e capengou atrás de Charles e da mãe.

Lawrence dirigia e Sylvia sentava-se no assento dianteiro, concedendo a Charles e Franny o banco de trás inteiro para abraçarem-se e gemerem. Sylvia nunca tinha ouvido a mãe gemer assim – Franny parecia um animal circense sendo treinado a saltar por dentro de um arco de fogo. Sylvia tentou olhar para a frente e ignorar o que estava acontecendo às suas costas. Pela janela, as palmeiras acenavam, abacaxis gigantescos vestindo saias de grama. A manhã estava clara e Sylvia colocou as mãos em concha ao redor dos olhos, como um cavalo usando antolhos. Lawrence ligou o rádio e mais uma vez a voz de Elton John preencheu o carro.

Após um minuto, Franny parou de choramingar.

– Adoro essa música – disse e começou a cantar. Lawrence e Charles juntaram-se a ela: "Bennie and the Jets" em uma harmonia de três partes, fraturada e dissonante. Franny tentou cantar o mais alto possível, mas não conseguiu, em seguida Lawrence executou um falsete impressionante. Charles fazia o baixo e tocava um violão invisível. A canção prosseguiu por tempo interminável, as vozes tornando-se cada vez mais altas, até estarem todos gritando. Depois de Elton, o DJ disse alguma coisa em alemão e tocou Led Zeppelin. Lawrence diminuiu o volume.

– Vocês sabem que essa música é horrível, não sabem? – perguntou Sylvia, embora estivesse muito feliz por sua mãe ter parado de chorar. Girou no assento e agarrou a parte de trás de seu descanso de cabeça.

– Você está bem, mãe?

Franny estendeu a mão e apertou os dedos de Sylvia.

– Estou bem, querida. Só estou... Sei lá. – Virou-se para Charles. – Não posso acreditar que você tenha realmente batido nele.

– Você também teria batido se soubesse há quanto tempo quero fazer isso. – Charles examinou o dorso da mão, que já ostentava uma contusão clara.

– É – disse Sylvia. – Eu meio que também queria fazer isso. Os homens são nojentos. Sem querer ofender.

Charles e Lawrence balançaram a cabeça.

– Ninguém se ofendeu – retrucou Charles.

– Você vai se divorciar?

Franny havia se feito a mesma pergunta centenas de vezes – quando Bobby era pequeno e eles não paravam de discutir, quando ele tinha oito ou nove anos e os dois estavam decidindo se continuavam juntos, quando Jim voltou para casa e lhe contou sobre Madison, e em todos os dias que ele havia dito ou feito alguma coisa que ela achava irritante, como peidar em um elevador pequeno. Era o casamento.

– Não sei, querida, ainda estamos resolvendo. Nós dois amamos você e seu irmão. Só que nesse momento está tudo um pouco confuso. – Franny enxugou o rosto. – Devo estar um caco.

Sylvia riu.

– Você devia ter se visto na praia. Parecia ter se transformado no Godzilla. Mãezilla. Você era a Mãezilla. Mãezilla e Gayzilla contra-atacam.

– Gostei disso – declarou Franny, tornando a se recostar no peito de Charles. – Encontre mais alguma coisa para a gente poder cantar junto, Lawr.

Lawrence moveu o dial algumas vezes, apressando-se a passar por qualquer coisa recente ou em língua estrangeira (ignorando o fato, claro, de que o inglês era a língua estrangeira na Espanha). Por fim encontrou Stevie Wonder. Franny pôs-se a vociferar a letra e a cantarolar junto com o solo de gaita; então, sem esperar por aprovação adicional, ele aumentou o volume e continuou a dirigir.

Jim não sofria uma agressão desde que era adolescente. Havia exibido esse mesmo rosto na ocasião, queixo mole e olhos de cachorrinho, arriados nos cantos. Havia sido lançado de encontro aos armários e importunado por estar disposto a fazer trabalhos escolares para ganhar créditos extras. Só após seu último surto de crescimento, no segundo ano do ensino médio, as garotas começaram a reparar nele, além de desejarem que participasse de suas sessões de estudo na biblioteca do colégio. O olho de Jim doía, e embora não houvesse sangue, ele sabia que ficaria roxo. Sentiu-se velho – a transição foi rápida. Naquela manhã, ele havia acordado sentindo-se jovem outra vez, como se ele e Fran fossem acertar tudo e ele fosse ter sua vida de volta.

Dois homens corpulentos vestindo jaqueta de couro caminharam em sua direção na praia, as botas pretas pesadas movendo-se desajeitadamente na areia fina.

– Vimos você apanhar dali – disse um deles.

– Você não ficou muito mal – falou o outro.

Jim olhou para eles com o olho esquerdo, mantendo o direito bem fechado sob a mão em concha. Bobby e Carmen aproximaram-se, perguntando-se se teriam que intervir para evitar que Jim se tornasse um saco de pancadas humano. Bobby sentiu a pulsação acelerar – havia feito algumas aulas de kickboxing na Total Body Power e achava que conseguiria se defender, dada a oportunidade.

– Vocês estavam no nosso avião – declarou Jim, reconhecendo os emblemas costurados nas jaquetas de couro: Elvis jovem, Elvis gordo, uma motocicleta antiga. – Os Sticky Spokes – disse, lendo no bíceps do homem mais corpulento.

– Sério? Aquilo estava uma bagunça – falou o sujeito da direita. Ele era mais baixo, com cabelo ruivo cortado rente. – São só as férias da rapaziada, fazemos isso a cada poucos anos. Pegamos umas motos e rodamos por aí. Em casa, já não consigo fazer isso tanto quanto gostaria. Me chamo Terry. Quer que eu dê uma olhada nesse olho? Eu sou pediatra.

Bobby relaxou o punho. Jim assentiu com um movimento de cabeça e Terry se aproximou. Doía abrir o olho e Jim piscou para afastar lágrimas involuntárias. Terry pressionou dois dedos suavemente ao redor do globo ocular e apalpou o osso molar de Jim.

– Você vai ficar bem, não tem nada quebrado – declarou Terry, enfiando a mão no bolso de trás e extraindo um bonito cartão de visita de uma carteira de couro elegante, presa ao cinto por uma grossa corrente. – Mas me ligue se precisar de alguma coisa. Estamos aqui até agosto.

– Vou fazer isso, obrigado – agradeceu Jim. – Que tipo de moto você pilota?

O rosto inteiro de Terry se alegrou, ampliando-se para formar um círculo quase perfeito.

– Você entende de moto? Em casa tenho uma Triumph Scrambler. Carroceria da década de 1960 com coração do século XXI. Esta semana estou com uma Bonneville dourada, brilhante e rápida como um raio. – Ele deu um tapinha no ombro de Jim. – Você vai ficar bem. Mantenha isso frio.

Bobby, Carmen e Jim agradeceram Terry e seu amigo calado e viram-nos voltar marchando pela areia. Eles estavam instalados no final da praia, perto do estacionamento. Jim distinguiu o contorno de uma motocicleta em meio aos pinheiros.

Foi difícil fechar devidamente os guarda-sóis e havia tantas toalhas e sacolas que eles tiveram que fazer duas viagens até o carro para carregar tudo. Jim sentou na frente, com Bobby atrás do volante, uma garrafa de água ainda ligeiramente fria pressionada contra o olho. Carmen dividiu, com relutância, o banco traseiro com o resto da miríade de petiscos de Franny, alguns dos quais haviam entornado dos recipientes sobre as toalhas de praia. O carro cheirava a morangos picados e protetor solar. Jim e Bobby não davam indicação de que iam falar, o que era bom. Meia hora de silêncio era o mínimo que eles poderiam conceder uns aos outros. Carmen baixou o vidro da janela apesar do ar-condicionado e deixou o ar fresco entrar. O movimento pareceu um passo na direção certa.

Décimo primeiro dia

A casa mal era grande o suficiente para todos. O olho roxo de Jim permitia-lhe ocupar mais espaço e depois de uma noite de sono maldormida, agarrado à beirada da cama, o mais longe possível de Fran sem dormir no chão, ele pretendia passar a manhã no escritório graciosamente desordenado de Gemma. Ela era designer de interiores, modista amadora, ou praticante de Reiki certificada, além de possuir uma galeria em Londres. Jim não conseguia descobrir. Seus livros eram variados ao ponto da insanidade – uma prateleira dedicada às religiões orientais, uma à moda, uma à Segunda Guerra Mundial. Ele havia conhecido mulheres como Gemma, meninas ricas com inteligência, mas sem foco algum, diletantes bonitas e bem-intencionadas. Extraiu um livro sobre budismo da prateleira e o abriu ao acaso.

Pela janela, Jim viu Franny e os rapazes tomando café da manhã à beira da piscina. O dia estava nublado mas esquentando, e Fran, de costas para Jim, usava um dos vestidos transparentes que ele adorava. Franny tinha todos os sentimentos habituais sobre as mudanças de seu corpo, sobre menopausa, mas para Jim, ela ainda parecia linda como sempre. Seu traseiro continuava redondo e modelado como um fruto generosamente grande. Seu rosto continuava cheio e macio. Ele sentia-se envelhecer, mas Franny seria sempre mais nova do que ele. Não havia uma boa maneira de dizer isso a ela, não sem que o nome de Madison Vance lhe saísse da boca logo depois.

No começo fora apenas brincadeira amistosa de escritório, do tipo que Jim sempre gostou. Ele havia flertado com várias outras mulheres na *Gallant*, sempre de forma inocente. Houve uma cujos óculos grandes lhe ocupavam metade do rosto, a que tinha um noivo em Minneapolis, e a lésbica que ainda assim flertava com Jim, pois flertava com todo mundo, qualidade maravilhosa em pessoas de qualquer orientação. Ele não havia, por um segundo sequer, pensado em dormir com nenhuma delas, mesmo quando ele e Franny estavam com problemas. Tudo bem, ele havia imaginado seus corpos uma ou duas vezes quando ele e Franny estavam tendo relações? Claro. Mas nunca havia colhido um fio sequer de cabelo extraviado em seus suéteres, nem ficado muito perto delas em um elevador lotado. Jim era fiel a sua mulher.

Franny estava contando uma história – pegou o garfo e o fez girar no ar como um bastão. Charles e Lawrence, ambos voltados para a janela de Jim, lançaram a cabeça para trás e riram. Jim desejou poder juntar-se a eles lá fora, simplesmente abrir a porta, sair e sentar ao lado dela.

Madison Vance havia surgido como um pedaço de kriptonita, de forma tão repentina como se tivesse caído do céu. Era despachada e corajosa, e quando disse a Jim que não estava usando roupas de baixo, ele não devia ter erguido as sobrancelhas com ar divertido. Devia ter ligado para recursos humanos e se enroscado feito bola embaixo da mesa, como na simulação de um ataque aéreo. Em vez disso, havia sorrido e passado involuntariamente a língua pelo lábio inferior. A verdadeira juventude era magnífica de se contemplar – não a juventude dos trinta e cinco, quarenta e cinco ou cinquenta, todos ainda jovens e vigorosos se vistos a partir do outro lado, mas a juventude incontestável do início da casa dos vinte, quando a pele abraçava os ossos e luzia de dentro para fora. Madison deixava os longos cabelos louros penderem sobre os ombros, balançando-os de um lado para o outro, os fios delgados a um só tempo delicados e fogosos. Ela havia deixado claro que o desejava, o desejava *daquele jeito*, do jeito antigo. E Jim também a desejava.

No instante em que entrou no bar do hotel para encontrá-la, Jim soube que estava cometendo um erro. Até então, havia se convencido de que era tudo brincadeira – que estava colocando a jovem sob sua asa. Ela era maravilhosa, empreendedora! E eles se sentariam no bar, beberiam, conversariam sobre jornalismo e romances, em seguida ela iria embora com seu jeito alegre, pegaria o metrô para voltar a Brooklyn Heights, onde dividia apartamento com uma amiga. Mas assim que entrou no bar e viu o que Madison estava vestindo, as coxas claras projetando-se por baixo do vestido impraticavelmente curto, Jim compreendeu que a situação não era nem próxima daquela na qual ele havia se permitido acreditar.

Ele havia se encaminhado à recepção, havia pedido um quarto. Havia inclinado o rosto para encontrar o dela. Havia aberto o zíper de seu vestido e visto o tecido deslizar por seus quadris estreitos.

Jim afastou-se da janela e deixou a cabeça cair em direção ao peito. Seu olho doía e ele desejou que o restante de seu corpo estivesse igualmente marcado, um gigantesco hematoma, pois ele merecia.

Quando estava no colegial, Carmen havia pensado muito sobre suas opções. Havia um rapaz em sua turma que a amava e a quem ela também amava. Os dois haviam perdido a virgindade um com o outro na cama dele e suas mães eram amigas que gostavam de se sentar juntas em cadeiras de plástico na praia. Quando estava na Miami Dade, ela conheceu um sujeito no Starbucks com quem dormiu algumas vezes nos seis meses seguintes, até descobrir que ele tinha outra namorada em casa, em Orlando. Sempre houve muitos caras em todas as academias em que ela trabalhou, observando-a enquanto malhava. Miami era um local fácil para se conhecer alguém quando a pessoa se preocupava com o próprio corpo.

Com Bobby foi diferente. Na primeira vez que eles saíram, Bobby mencionou a família em Nova York. Ainda estava na faculdade, mas parecia muito mais jovem do que Carmen na idade dele. Carmen se sustentava desde os dezesseis anos, mas, aos vinte e um, os pais de Bobby continuavam a pagar seu aluguel, embora ela ainda não soubesse disso. O que ficou claro foi que ele provinha de outro lugar, um planeta de desejos e necessidades distintos. Carmen adorava ouvi-lo falar da mãe – uma escritora! Parecia um trabalho de cinema, viajar pelo mundo e escrever a respeito do que ela comia. Carmen começou a comprar revistas nas quais achava que a mãe dele poderia estar e, por vezes, quando Bobby ia à casa dela, confirmava-lhe as suspeitas ao comentar: *Ah, acho que minha mãe está nessa aí*. Ocasionalmente dizia: *Ah, minha mãe detesta essa...* São uns completos idiotas, e Carmen fingia que a revista havia sido presente de algum cliente, rejeitando-a de imediato.

Ela tentou muito fazer os Posts gostarem dela. Ficava calada nos jantares e sorria com ar inexpressivo quando eles falavam de coisas sobre as quais ela nada sabia. Usava suas roupas mais conservadoras e tentava não se queixar do frio. Mas nada do que fazia parecia apropriado.

A cozinha estava quente – todas as persianas encontravam-se abertas. No apartamento de sua mãe em Miami, todas as persianas permaneceriam fechadas até pouco antes do anoitecer, mas os Posts pareciam não se importar que a casa esquentasse como um forno. Ela não diria nada, não era uma decisão sua.

– Bom dia – cumprimentou Bobby. Ele havia dormido até tarde. Carmen envolvia com as mãos o seu suco de laranja. Era a primeira manhã em um ano que não tomava shake de proteína, mas ele não pareceu notar.

– Bom dia – disse Carmen. Aparentemente, estavam todos à beira da piscina e Sylvia com certeza ainda dormia. A casa era só deles. – Você pode dar uma caminhada comigo? Só uma caminhada. – Ele não vinha falando muito, ela tampouco.

– Claro – concordou Bobby, olhando para sua família pela janela. Não desejava, mais do que ela, estar perto deles. Os dois calçaram seus tênis e saíram porta afora antes que alguém percebesse que haviam desaparecido.

Pigpen ficava no final de uma ladeira íngreme em linha reta – uma via de mão dupla somente quando absolutamente necessário e eles seguiram em fila única, com Bobby na dianteira. Havia muitas coisas assim – lições que Bobby não havia aprendido. Era ela quem devia ensinar? Ela havia tentado. Andar na parte externa da calçada para o caso de algum carro subir no meio-fio ou atravessar uma poça, deixá-la passar pela porta primeiro. Bobby não fazia nada disso. Se ela pedisse, ele diria que os dois eram iguais, mas, na realidade, nunca havia pensado a respeito. Carmen abaixou-se para colher uma flor e colocou-a atrás da orelha.

A cidade tinha apenas algumas ruas de comprimento, os quarteirões de pedra curvando-se para dentro e ao redor uns dos outros em um nó apertado. Eles passaram pela pequena mercearia, pelo restaurante italiano e pelo bar que vendia sanduíches. Quando chegaram ao final do quarteirão e dobraram a esquina, Carmen estava prestes a abrir a boca. Em vez disso, eles viraram à esquerda e pararam de repente.

A rua em frente estava cheia de gente – um homem com um violão, crianças atirando coisas para o alto e algumas velhas sorridentes. Os carros achavam-se parados na rua, mas os motoristas bloqueados não buzinavam nem pareciam impacientes. Carmen puxou Bobby mais para perto da ação e eles assistiram – no centro do grupo, do outro lado da rua, uma noiva e um noivo achavam-se diante da porta de um pequeno prédio. Outro homem postava-se de pé atrás deles nos degraus, fazendo discursos. Carmen conseguiu entender a maior parte do que ele dizia: *Este é um dia feliz, Deus destinou essas duas pessoas uma à outra* – mas não faria diferença se o homem estivesse falando suaíli. Era um casamento, qualquer que fosse o idioma. A noiva, uma mulher rechonchuda quase da idade de Carmen, se não um pouco mais velha, usava um vestido curto com corpete rendado e um ramo de flores no punho. Seu novo marido vestia terno cinza e gravata, a cabeça quase calva brilhando ao sol. Eles se davam as mãos com força, balançando para um lado e para o outro enquanto o amigo falava. A mulher soltou uma gargalhada e o marido beijou-a na boca. As velhas agitaram seus lenços no ar e as crianças gritaram alegremente, compenetradas em seu papel nas festividades. Carmen sentiu seu estômago agitar-se uma vez, então outra, e percebeu que estava chorando.

Com relutância, afastou os olhos da cena feliz e virou-se na direção de Bobby. Ele estava de braços cruzados, com uma expressão impaciente no rosto.

— Que bagulho — retrucou. — Você viu o tamanho dos braços dela? Ela podia passar uma ou duas horas exercitando os tríceps. Tipo quatro vezes por dia pelo resto da vida. — Ele riu. — Vamos?

Carmen teve a sensação de ter recebido uma bofetada.

— Ela está linda. — A essa altura, a noiva e o noivo dançavam entre os carros parados. Ela girava para fora, então para dentro, para fora, para dentro. Sempre que se aproximava, o marido a beijava, claramente emocionado com a própria sorte. — Sabe, sempre achei que você ia superar isso.

— Isso o quê? — Bobby balançou a cabeça para afastar os cachos da testa.

— O medo.

Bobby pareceu confuso.

— Escuta, se isso tem a ver com alguma coisa que minha irmã disse...

— Não me interessa, Bobby. Não tem nada a ver com o que sua irmã disse ou deixou de dizer. Tem a ver com você. Sabe, sempre pensei que você ia precisar de um tempo para crescer, mas acho que acabo de perceber que isso nunca vai acontecer, não enquanto eu continuar sentada esperando por isso. Eu vou para casa.

— Você quer voltar? — Bobby começou a virar-se.

— Não, você não está entendendo — disse Carmen. — Vou voltar para Miami. Sem você. Está terminado. Era o que eu devia ter feito anos atrás. Você não vê como eles estão felizes? — Ela apontou para a noiva e o noivo, que continuavam a abraçar os familiares, com sorrisos que lhes ampliavam o rosto. Não importava que o vestido da noiva estivesse muito apertado ou não fosse Vera Wang, ela estava *feliz*. Queria passar o resto da vida com aquele homem, e ele se sentia exatamente do mesmo jeito. Eles haviam optado por dar o salto e, tendo saltado, estavam encantados ao descobrir que o mundo era ainda mais bonito do que esperavam. Naquele momento, Carmen compreendeu que Bobby jamais se casaria com ela. Que nunca daria o salto, pelo menos, não com ela a seu lado.

– Você está terminando comigo? – perguntou Bobby. Ela não conseguiu perceber se ele parecia confuso, aliviado, ou ambos. Havia rugas na testa dele, mas os cantos da boca haviam começado a se contorcer em um sorriso nervoso. – Agora?

– Agora, Bobby. E acho que você também devia dar um tempo da Total Body Power. Vou garantir que seus clientes sejam atendidos. Tire algumas semanas para descobrir o que fazer a seguir, certo? Você não é *personal trainer*, não de verdade. E os shakes não funcionam, a menos que você seja fisiculturista. Tem muito papo-furado por aí, sabe? – Com isso, Carmen girou e começou a caminhar de volta à encosta. Chamaria um táxi pelo telefone fixo e marcaria o voo quando chegasse ao aeroporto. Nunca havia ido ao continente espanhol – talvez fosse até lá. Ela não se virou para ver se Bobby a seguia; não importava. Colocaria suas roupas na mala e deixaria os shakes na cozinha. Para ela, aquilo estava terminado.

Ficaram todos tão agitados com a partida prematura de Carmen que Sylvia até se esqueceu de Joan, que tocou duas vezes a campainha antes que alguém pensasse em deixá-lo entrar. Sylvia abriu a porta e cumprimentou:

– Ah! Oi! – e conduziu-o rapidamente à sala de jantar. – Desculpe – disse. – Isso está uma loucura. A namorada do meu irmão acaba de voltar para casa.

Joan acomodou-se em uma cadeira e passou a mão pelo cabelo.

– De qualquer maneira, ela era muito velha para ele, não era?

– Talvez – respondeu Sylvia. – Mas acho que não foi esse o problema.

– E então, você gostou da Blu Nite? – Joan executou uma pequena dança, mexendo os ombros e mordendo o lábio inferior.

– Foi legal – respondeu Sylvia, com a impressão de que seria virgem para sempre, acontecesse o que acontecesse, e de que Joan não encostaria nela nem por um milhão de dólares, pois por que motivo ele faria isso? Ela devia simplesmente desistir. – Que tal a gente trabalhar particípios irregulares? – Sylvia abriu o livro de exercícios. Eles passariam apenas mais poucos dias na ilha e ela começava a ter a sensação de final de acampamento de verão. Sua sedução patética havia fracassado. Se ainda não havia acontecido, não iria acontecer, portanto ela devia apenas estudar um pouco e se inscrever em algumas turmas de espanhol na Brown. Sylvia devia ter levado maquiagem, sapatos de salto alto e uma personalidade completamente diferente.

– Tudo bem – disse Joan. Ele vestia uma camisa rosa, que fazia com que sua pele bronzeada como açúcar mascavo parecesse coberta de mel. – E quem sabe amanhã a gente possa ter nossa aula fora de casa? Quero mostrar-lhe o resto da ilha, OK?

– Tudo bem – respondeu Sylvia. Seu rosto pegou fogo de imediato, ardendo e doendo de verdade. Ela pegou o copo de água e pressionou-o de encontro a uma das bochechas, então de encontro à outra. – Pode ser.

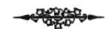

Jim continuava escondido no escritório vizinho, do outro lado de uma parede bem fina, mas Charles achou que não conseguiria esperar mais. Sentou-se na beirada da cama e aguardou Lawrence sair do banheiro. Lawrence abriu a porta, a toalha pendurada abaixo da cintura. Examinou distraidamente os pelos grisalhos em seu peito.

– Esses são novos – anunciou.
– Você é lindo – elogiou Charles.
Lawrence ergueu uma sobrancelha.
– Obrigado, meu querido. Está se sentindo excitado?
Charles balançou a cabeça e espichou o lábio inferior.
– Me desculpe.
– Por quê? Não foi na minha cara que você deu um soco. – Lawrence retirou a toalha e atirou-a em cima da cama. Abriu a gaveta que continha as roupas de baixo dos dois e pegou uma cueca limpa.
– Não é isso. – Charles adorava ver Lawrence se vestir. Era sempre a mesma coisa: primeiro cueca, depois camisa, depois meias, depois calça. Ele puxava as meias até em cima, mesmo no verão, embora suas panturrilhas finas não as conservassem no lugar. O cabelo de Lawrence estava molhado e parecia quase negro, impecavelmente penteado ao longo da linha divisória. Charles sentia falta de seus cabelos, ainda que fosse melhor que Lawrence os possuísse. Assim, Charles sempre teria algo bonito para olhar.
– Eu só queria falar uma coisa. Quer dizer, quero falar uma coisa.

– Vá em frente. – Lawrence ainda não estava prestando muita atenção. Sentou-se ao lado de Charles na cama para calçar as meias.

– Sabe, é só à luz de todas essas novas informações... – Charles gaguejou na palavra *informações*.

A gagueira fez com que Lawrence prestasse atenção.

– Hã-hã.

– Antes de dizer qualquer coisa, só quero dizer o quanto o amo e o quanto quero que a gente tenha, ou não, uma família juntos, o que o universo decidir. Mas eu o amo e você é meu marido, meu único marido, para sempre, certo? – Charles remexeu-se no lugar e puxou a toalha úmida de Lawrence para o colo, acariciando-a como a um cão.

– Você está realmente me assustando. – Lawrence cruzou e descruzou as pernas. – Desembucha.

– Foi muito tempo atrás – disse Charles. – Uns cem anos. Você e eu estávamos só começando a ficar sérios.

– Isso foi antes ou depois que nos casamos?

– Antes, antes!

– Você vai me falar daquele garoto idiota, o gringo preparador de arte da galeria?

Charles ergueu o rosto da toalha, com lágrimas nos olhos. Concordou com um movimento de cabeça.

– Desculpa, amor, foi uma idiotice. Quer dizer, aquilo foi a própria definição de idiotice.

Lawrence estendeu a mão e apertou o joelho de Charles.

– Eu sei. Você estava só botando para fora a frustração. Eu sabia na época, seu bobo.

– Sabia? – Charles pousou uma das mãos sobre a de Lawrence e a outra sobre o peito. – Por que você nunca disse nada?

– Porque realmente não importava. Eu soube quando terminou. E foi muito antes de nós nos casarmos. Foi a sua crise de meia-idade. – Ele sorriu.
– E qual foi a sua crise de meia-idade? – perguntou Charles.
– Foi casar com você. – Lawrence ergueu-se e puxou Charles. – Eu o perdoo. Só nunca mais volte a fazer isso. Você vai ser o pai dos meus filhos.
– Não vou fazer – prometeu Charles. – Mas quero ser o papai, tudo bem? Acho que sou papai. Você sabe, *Posso comprar um pônei, papai? Pai, quero tomar sorvete de casquinha escondido antes do papai chegar em casa?* Você não acha?
– Acho – respondeu Lawrence e beijou o marido.

As novidades sobre Carmen rapidamente se espalharam pela casa e quando pôs a mesa para o jantar, Sylvia colocou apenas seis pratos, o que, em todo o caso, era uma conta melhor. Apesar de seus bem registrados sentimentos confusos sobre a relação, Bobby não estava muito à vontade com a situação e desabou sobre o banco, no lugar mais próximo à parede. Jim tornou a colocar seu saco de gelo no *freezer* e sentou-se diante de Bobby. O olho estava mais escuro do que no dia anterior, um círculo marrom brilhante, como um urso panda. Franny e os rapazes estavam preparando o jantar – bacalhau com torradas, camarão ao molho de alho, verduras refogadas. *Tapas* em casa.
– Estou me sentindo um merda – anunciou Bobby, para ninguém em particular.
Sylvia deslizou para o banco ao lado de Bobby. Não sentia vontade de conversar com seu pai e também não tinha muito

interesse no irmão, mas ele estava patético demais para ser ignorado.

– Sinto muito sobre Carmen – disse. – Ela não era tão ruim quanto pensei. O fato de ter terminado com você desse jeito na verdade me faz gostar mais dela.

Bobby murchou ainda mais, a cabeça apenas a poucos centímetros da mesa.

– Sylvia – pediu Charles, pousando a travessa de camarão. O cheiro era delicioso e amanteigado, e fez o estômago de Sylvia roncar. – Pega leve com ele.

– Não, ela tem razão. – Bobby endireitou o corpo e apoiou os cotovelos sobre a mesa. – Foi minha culpa.

Sylvia deu de ombros, satisfeita por ter dado seu recado. Franny e Lawrence serviram o restante da comida e sentaram-se, Lawrence como zona intermediária entre Jim e Charles, embora Jim não parecesse zangado, nem tampouco Charles. Uma trégua havia sido alcançada.

– Sabem, eu também tive uma decepção amorosa – declarou Sylvia. – Vocês não detêm o monopólio disso. Quero que fiquem sabendo.

Franny debruçou-se para poder enxergar a filha.

– O quê? Querida! Por que você não me contou?

– Claro – disse Sylvia. – Porque essa é a coisa normal a fazer, contar à mãe quando alguém trai você com sua melhor amiga e então você quer cortar o corpo dos dois em pedacinhos. Acho que não.

Tanto Jim quanto Franny puseram-se a repassar mentalmente todas as amigas de Sylvia, tentado imaginar a candidata mais provável à traição.

– Katie Saperstein – esclareceu Sylvia. – A maldita Katie Saperstein.

– A do narigão? – perguntou Franny, incrédula.

– A do narigão – respondeu Sylvia, igualmente perplexa. Ela poderia contar a todos que o motivo para Gabe ter preferido Katie tinha a ver com os boquetes que Katie havia feito, mas decidiu pelo contrário.

– Você tem muita sorte – comentou Bobby.

– Como é que é? – indagou Sylvia.

– Você está só começando – explicou ele. – Em menos de dois meses, vai estar em um lugar completamente novo, cercada de milhares de pessoas novas, pessoas que não fazem a menor ideia de quem você é ou de onde vem, nem qual é a sua história. E então você pode ser quem quiser. Esse garoto, seja ele quem for, não importa. Você está no comecinho. Isso é bom. – Ele ergueu os olhos do prato vazio.

– Você quer? – perguntou Sylvia, oferecendo a travessa de camarão ao irmão. – É bem engordativo.

– Vou adorar. – Bobby apoiou a cabeça no ombro da irmã por uma fração de segundo, um toque carinhoso.

– Eu também – disse ela. – Isso parece bom, mãe.

Franny fez contato visual com Jim por cima da mesa, um pouco confusa, mas satisfeita.

– Obrigada – agradeceu e pousou as mãos no colo. Se fosse dada a rezar, ela teria rezado pelos filhos, no fundo duas almas encantadoras, mas em vez disso era cozinheira, então passou-lhes a tigela de sal marinho. – Aqui, coloquem isso por cima.

Franny lambeu o açúcar do dedo. Havia se inspirado e tentado assar as próprias *ensaimadas*, os deliciosos doces de massa folhada que se espalhavam por toda a Maiorca. Fermento, gordura vegetal, farinha e leite, tudo enroscado como um caracol de açúcar. As ilhas eram engraçadas no que dizia respeito à comida. A maioria das coisas normais eram importadas e, portanto, sobretaxadas, e muitas das iguarias locais deixavam a ilha em aviões. Talvez fosse assunto de livro – *As pequenas ilhas*. O que as pessoas comem em Maiorca, em Porto Rico, em Cuba, na Córsega, em Taiwan, na Tasmânia. Seriam muitas viagens, claro, provavelmente o equivalente a vários meses. Tudo através das lentes da vida pós-infidelidade – todo mundo estava escrevendo livros assim, uma mulher redescobrindo-se após o amor ter dado errado. Talvez ela perguntasse a Gemma se poderia retornar no outono, quando Sylvia estivesse na faculdade. Ir sozinha a Maiorca. Franny imaginou-se sentada exatamente no mesmo lugar ao lado da piscina, alguns meses à frente, o ar quente o bastante apenas para umas poucas braçadas e então voltar correndo para dentro de casa. Talvez Antoni lhe fizesse uma visita e eles treinassem saques com raquetes invisíveis.

Bobby havia rastejado para cama logo após o jantar e Sylvia estava estacionada na frente da televisão com Lawrence. Milagrosamente, um dos filmes dele dublado era espanhol, mas ao toque de um botão, os atores estavam outra vez falando inglês. Era Toronto filmada para parecer Nova York, e Sylvia adorava apontar as inúmeras incorreções – os trens de metrô estavam errados, os postes, os edifícios. Jim havia voltado ao escritório de Gemma, com um saco de gelo pressionado contra o rosto; portanto, eram apenas Charles e Fran para o mergulho noturno.

As casas acesas do outro lado do vale pareciam bolinhas na escuridão. De vez em quando, uma escurecia ou outra se iluminava, estrelas que morriam e recobravam vida. Franny não queria molhar o cabelo e usava uma touca de banho sobre o rabo de cavalo que lembrava um pequeno pincel. Mesmo assim, os fios curtos haviam escapado e já se achavam encharcados e grudados em seu pescoço. Fran deu algumas voltas com a cabeça erguida como um Labrador nadando atrás de uma vareta e então desistiu, jogando a touca de lado e mergulhando.

– Estou me sentindo uma lontra – disse. – Uma lontra noturna.

– A água é muito purificante. – Charles boiava parado na parte funda, agitando braços e pernas sob a superfície.

– Você leu isso em um saquinho de chá?

– Pode ser. – Ele espirrou água em Fran quando ela passou nadando. – E também, remover de cinco a sete minutos depois e adicionar mel.

Franny virou de costas e piscou para ele, ainda que sem saber se ele conseguiria ver seus olhos. Em Nova York, a escuridão era um conceito relativo; havia sempre outras janelas e faróis potentes iluminando o céu noturno. Ali, não havia nada no alto a não ser as estrelas e as casas do outro lado da estrada, que pareciam igualmente mágicas e distantes.

– Sempre pensei que ter filhos pequenos fosse a parte mais difícil – falou Franny. – Sabe, cuidar de alguém completamente dependente de você. Ensinar os filhos a falar, a andar, a ler. Mas não é verdade. Não acaba. Minha mãe nunca me disse isso.

– Sua mãe a criou como um peixe-boi. Deixou-a por perto por um ano, no máximo, e então a empurrou para o oceano.

– É isso que os peixes-bois fazem?

– Não sei, acho que sim. Também li isso em um saquinho de chá.

Franny abriu a boca e deixou-a encher-se de água, que em seguida cuspiu na direção de Charles. A água parecia o paraíso. Eles sentiriam frio quando saíssem, ela sabia, mas não importava. Ela nunca mais sairia da piscina.

– Nós estamos tentando, sabe? – Charles içou metade do corpo para fora da piscina, os braços antes musculosos agora um pouco mais macios contra a parte superior do tronco.

– Tentando o quê? Não venha me contar coisas estranhas sobre sexo, por favor. Não transo há uns cem anos e isso vai me fazer odiar você. – Franny afastou a água dos olhos. Estava olhando para longe de Charles e girou o corpo para que ele ficasse bem na sua frente. O fundo da piscina encontrava-se repleto de pedrinhas, como um teto texturizado, e ela puxou os joelhos em direção ao peito.

– Não – retrucou Charles, deixando-se cair para trás na água, lançando borrifos. – Estamos tentando conseguir um bebê.

Franny não teve certeza de haver escutado bem.

– *Conseguir* um bebê?

Charles aproximou-se nadando e pôs as mãos nos ombros de Franny. Ela estendeu as pernas e colocou as mãos nos quadris, de forma a ficarem os dois de pé na parte rasa, em posição de dança de quinta série.

– Conseguir um bebê. Quer dizer, adotar um bebê. Estamos tentando adotar. Está perto. Quer dizer, pode ser. Alguém nos escolheu, nós dissemos sim e agora estamos aguardando. – Charles não esperava ficar nervoso ao contar isso a ela mas, por outro lado, imaginava que havia um motivo para não ter tocado no assunto até então. Fazia um ano que o processo estava em andamento! Mais de um ano! E Charles havia hesitado desde o início, havia hesitado até o dia anterior, ao ver, mais uma vez, o quanto Lawrence era paciente, amoroso, generoso. Como alguém poderia querer mais do que isso em um pai ou em um cônjuge?

Franny não vacilou.

– Meu amor – disse e percorreu a distância que os separava, pressionando o corpo molhado contra o dele. Queria lhe dizer que ele seria um pai maravilhoso e que ter os seus bebês – era o que eles ainda eram para ela, seus bebês, não importava a idade que tivessem – fora a melhor coisa que ela havia feito, independentemente do estresse e das complicações. Ela recuou e viu que os olhos de Charles estavam molhados, fosse de água da piscina ou de lágrimas, ela não tinha certeza, mas não importava, pois os seus também estavam. – É – concordou. – É uma ideia maravilhosa, maravilhosa.

Décimo segundo dia

Joan chegou pontualmente às onze como de costume, mas, em vez de entrar, deu um passo para trás e manteve a porta aberta para que Sylvia saísse. Ela piscou sob o sol resplandecente e colocou os óculos escuros, um par gigantesco de Franny da década de 1980, que lhe ocupava metade do rosto e a fazia parecer uma avó ou uma estrela de cinema, ela não sabia ao certo. Sylvia teve problemas para decidir o que vestir para o dia que passariam fora e, por fim, optou por um vestido curto de algodão com margaridas. Em seguida, Joan abriu a porta do carro para ela e trotou até o lado do motorista. O carro era tão maior que os dois de aluguel que parecia um Humvee, mas talvez fosse apenas um sedã de tamanho normal. O interior cheirava à colônia de Joan e ela inalou profundamente, desejando encher as narinas. Sylvia enfiou as mãos sob as coxas no assento de couro. Já estava quente lá fora e a menos que Joan ligasse de imediato o ar-condicionado, ela começaria a suar e a grudar no banco, o que provocaria marcas vermelhas horríveis quando eles se levantassem, como se ela tivesse sido atacada por um polvo gigante que havia passado a viver no carro dele. Sylvia sorriu quando Joan se sentou, girou a chave e um forte golpe de ar frio foi expelido pelas aberturas da ventilação.

– E, então, para onde nós vamos? – perguntou.

– É surpresa – respondeu Joan. – Mas não se preocupe, não vou obrigar você a usar venda nos olhos. Você sabe nadar, não sabe? Trouxe roupa de banho?

– Trouxe – respondeu Sylvia.

– Então vamos – disse Joan, e eles partiram.

Assim que superou o constrangimento pela aula de tênis, Franny decidiu que era uma jornalista profissional, não uma adolescente apaixonada, e telefonou para Antoni no número que ele lhe havia dado, uma extensão no clube. Reservou o final da tarde – não para jogar, mas para uma conversa. Ela sempre poderia oferecê-la a alguém mais tarde se quisesse: *Travel + Leisure*, *Sports Illustrated*, *Departures*. Sylvia havia saído com Joan, a sortuda, e os rapazes pareciam satisfeitos em se sentarem junto à piscina para ler, Jim com um chapéu puxado sobre o olho ferido e Bobby com uma carranca tão profunda que ela achou que aquilo poderia deixar cicatriz. Charles e Lawrence estavam encarregados de Bobby – de se certificarem de que ele não se machucasse ou, pior ainda, chamasse um táxi e reservasse o primeiro voo de volta à Flórida. Franny queria que ele continuasse lá – infeliz ou não. Era a mesma filosofia que havia adotado quanto a seus filhos ingirerem álcool na adolescência: melhor em casa, onde ela poderia ficar de olho, do que nas ruas, onde eles poderiam ser presos. Ela havia apresentado a tarde fora como trabalho, mas não tinha certeza. Franny deu um tapinha no braço de Jim e então voltou ao clube de tênis, o carro morrendo apenas uma vez.

Antoni a aguardava no escritório, de braços cruzados. Em lugar do bonito uniforme de professor de ginástica, usava jeans azul-escuro e camisa branca de abotoar, que fazia com que cada poro em sua pele parecesse ter sido individualmente beijado pelo sol. Os óculos escuros estavam pendurados em um cordão ao redor do pescoço, mas quando ela entrou, ele colocou-os sobre a cabeça. Antoni caminhou em sua direção, a mão estendida. Quando Franny reuniu-se a ele no meio do aposento, surpreendeu-se ao descobrir-se puxada ainda mais para perto e Antoni rapidamente beijou-a em ambas as faces.

– Ah – exclamou Franny. – Isso não é uma bela maneira de começar o dia?

O telefone tocou e a garota atrás da mesa atendeu e pôs-se a falar um espanhol acelerado. Antoni conduziu Franny de volta ao estacionamento. Quando estavam do lado de fora, Franny se deu conta de que eles não haviam planejado nada de efetivo – era evidente que ele não esperava que ela jogasse, mas eles não haviam combinado o que fazer enquanto conversavam. Essa era sua parte preferida nas entrevistas: a nova atriz que devorava um prato de batatas fritas em seu jantar favorito; o chefe de cozinha que passeava por sua cidadezinha com um sanduíche no bolso e seus cães mordendo os calcanhares de suas galochas. Franny gostava de ver o que as pessoas comiam.

– Você já almoçou?

Antoni olhou para o relógio.

– Não, é cedo. Você está com fome? Vou levar você para comer as melhores *tapas* de Maiorca. Eles não recebem turistas, mas para mim, vão fazer exceção. Primeiro damos um passeio no centro, depois comemos.

– Bem, certo – disse Franny, embora Antoni já estivesse atravessando o estacionamento em direção à cerca de tela de arame no ponto mais afastado. Ele tornou a colocar os óculos escuros e retirou um boné de beisebol do bolso de trás da calça. As sandálias de Franny golpeavam o chão, forçando-a a caminhar com os joelhos projetados à frente, como uma criança brincando de desfilar.

Havia trinta quadras ao todo, em duas longas fileiras de ambos os lados do escritório da administração. Eles organizavam grupos para crianças, treinamento mais sério para iniciantes competitivamente classificados e aulas para adultos irremediavelmente longe da juventude, mas ainda interessados em conseguir um saque melhor. Antoni olhou para Franny ao mencionar o saque. Nando Filani era a exportação mais famosa do clube, mas era evidente que Antoni orgulhava-se de toda a equipe. Sempre que passavam por uma aula em andamento, ou por um adolescente suado acertando bola após bola, Antoni batia palmas duas vezes e então acenava, ou oferecia algumas palavras de incentivo. O nome de Nando encontrava-se na porta, mas era o clube de Antoni. Franny tomava notas que duvidava que algum dia usaria: *Som da máquina automática de lançamento de bolas. Tênis deslizando nas quadras de saibro empoeiradas. Tornozelos vermelhos, meias brancas. Meias Peacock, cano alto.*

Franny havia escrito um pouco sobre os últimos meses, o que, em última análise, acabaria condensado em um primeiro capítulo ou um prólogo, na hipótese de ela conservar o texto. Era ali que residia a raiva, a mágoa. As críticas a Jim e à santidade da união dos dois. Era uma loucura o que os moços julgavam possível, o que tantos jovens sinceros de vinte e três anos tinham como pressuposto a respeito do resto de suas vidas. Os pais de Franny haviam permanecido casados por centenas de anos e ela duvidava que qualquer um deles tivesse se desviado, mas o que ela sabia? O que qualquer pessoa sabia sobre as outras, inclusive sobre a pessoa com quem era casada? Havia partes secretas em todas as uniões, portas trancadas, ocultas atrás de cortinas pesadas e cobertas de pó. Lá no fundo, Franny também achava que devia tê-las, gavetas de indiscrições esquecidas. Ela certamente esperava que sim. Não era nada divertido estar do outro lado, ser a parte ofendida. Franny gostava da ideia de cometer pequenos pecados. Talvez o livro viesse a ser isso, um texto biográfico no tempo futuro. *Catálogo dos meus futuros pecados.* O redespertar sexual de uma mulher de meia-idade após o divórcio. A capa exibiria um espelho.

Antoni conversava com uma aluna, uma menina de seus doze anos. Ela ostentava o olhar inflexível de uma profissional, mas havia rebatido duas bolas seguidas meio incertas com o dorso da raquete. Ele postou-se atrás dela com as costas coladas à cerca, e sussurrou palavras corretivas. A terceira jogada cortou o ar como uma faca Ginsu.

– *Sí* – ele falou e bateu palma duas vezes. Franny bateu palma duas vezes em resposta e ele olhou para ela e piscou.

As estradas eram mais rápidas na traseira de uma motocicleta, as curvas mais acentuadas. Jim não andava na traseira de uma moto desde a faculdade, e a logística física era mais desafiadora. Seus braços envolviam a grossa cintura do pediatra e seu capacete não parava de se chocar com o de Terry. Parecia pouco provável que eles acabassem por chegar a algum lugar, que não bem no fundo de um penhasco muito íngreme. Após cerca de apenas vinte minutos de oração silenciosa, Jim sentiu as vibrações do motor diminuírem sob seu corpo. Abriu os olhos e avistou o portão do Nando Filani International Tennis Centre. Assim que pararam, Jim retirou o capacete.

– É esse – disse. Conforme solicitado, Terry havia parado um pouco além da entrada, uns seis metros à frente.

Terry inclinou a moto para um dos lados a fim de que Jim conseguisse saltar. Ele passou a perna esquerda sobre a parte traseira da moto e sentiu alguma coisa estalar. Andar de motocicleta – inferno, até mesmo descer de uma motocicleta – parecia divertimento para homens mais jovens, mas Jim não quis parecer muito ultrapassado. Ignorando a sensação de distensão na virilha, caminhou até o muro de pedra e espreitou o clube de tênis. Avistou o estacionamento que, na realidade, era tudo de que precisava. Assim, poderia ver caso Franny e seu dom Juan alçassem voo. Jim não sabia ao certo por que motivo havia sentido necessidade de seguir a mulher, mas era o que havia feito. Aquilo não tinha nada de carinhoso ou romântico. Era possessivo e um tanto desesperado, e ele sabia disso. Mas não importava. O que importava era manter Franny sob sua mira enquanto pudesse, mesmo que isso significasse dar um abraço de urso em Terry pelas próximas horas.

Terry estava acostumado a ficar sentado na moto na beirada da rua assimilando o cenário e não se opôs a esperar. Fechou os olhos e virou o rosto corado em direção ao sol. A moto não era grande o suficiente para que Jim se sentasse nela sem sentir que as coisas haviam tomado um rumo verdadeiramente íntimo, mas, de qualquer forma, não conseguia parar. Pôs-se a andar de um lado para o outro da rua junto à entrada. O acostamento não era largo o bastante para um carro, mas a moto cabia bem, o que permitia que o tráfego regular passasse em alta velocidade. De vez em quando, um carro diminuía a marcha e entrava no estacionamento do clube de tênis e, ocasionalmente, um carro saía. Quando isso ocorria, Jim abaixava atrás da moto o mais rápido possível, ou curvava-se como se inspecionasse o pneu traseiro. Terry perscrutava o interior do veículo e dizia "Não" se Franny não estivesse ali. Isso aconteceu três vezes, até que Terry disse "Sim". Jim permaneceu agachado atrás da moto, de costas para a entrada, até o carro virar na rua. Em seguida, subiu na traseira da moto o mais depressa possível, envolvendo Terry com os braços e afeto genuíno.

– Vamos – disse ele, e Terry acelerou o motor. Jim nunca havia sido chegado a carros nem à velocidade, mas começava a entender os atrativos da vida no asfalto. Se não tivesse apostado suas fichas em Madison Vance, poderia tê-las esbanjado em uma crise de meia-idade sobre rodas. Conseguia facilmente visualizar ele e Franny em disparada pela I-95, ou por estradas menores e mais bonitas, fruindo da vegetação de outono ao ar livre, a cem quilômetros por hora. Jim compraria um capacete da cor que ela quisesse, embora ela evidentemente fosse querer preto ou dourado. Franny Gold. Era esse o nome dela quando eles se conheceram, *Franny Gold, Franny Gold, Franny Gold*. Jim sempre havia adorado o nome da mulher, embora Franny brincasse dizendo que era chique só nos moldes da cultura *shtetl*. O que poderia ser melhor que ouro? Terry virou a moto devagar e eles partiram, a BMW de Antoni bem à frente. Quando ele virava, eles viravam. Quando ele parava, eles paravam. Jim não conseguia enxergar o que havia diante dos dois – apenas a parte posterior do capacete de Terry –, mas viu a zona rural árida transformar-se nas ruas do centro de Palma. Eles se encontravam junto à marina, na rua que circundava a cidade, fazendo a curva sob a sombra da catedral. Jim desejava saber o que os dois estavam conversando, o quanto o sotaque de Antoni havia se acentuado desde que ele havia perdido a notoriedade. Rezou brevemente por algum tipo de lesão cerebral, mas em seguida retirou a oração do registro. Franny nada havia feito de errado. Se desejava dormir com um maiorquino bonito, não seria ele a impedir.

⁂

Joan tinha quatro CDs no carro: *Sirena*, de Tomeu Penya; *Euphoria*, de Enrique Iglesias; *Hands All Over*, do Maroon 5 e *Take Me Home*, do One Direction, que ele alegou pertencer a sua irmã mais nova. Eles começaram com o One Direction, a pedido de Sylvia, e Joan tentou não balançar a cabeça no ritmo da batida. Fazia um dia perfeito – estava quente e ventava, e assim que se puseram a caminho, eles não precisaram mais do ar-condicionado. Tanto Joan quanto Sylvia baixaram o vidro da janela e deixaram o ar de verdade dar conta do recado. Os cabelos de Sylvia açoitavam-lhe o rosto como um tornado louro, mas ela não se importou. Quando ficou saturada da indústria pop, ejetou o CD e colocou o de Tomeu Penya, a única pessoa de quem não tinha ouvido falar. Na foto da capa do CD, Penya (ela presumiu) parecia um caroneiro assustador, da mesma forma que Neil Young parecia um caroneiro assustador. Uma canção começou – Joan avançou para a segunda faixa, e Sylvia pôs-se a acompanhar com palmas.

– Isso parece uma canção de ninar tocada por um cara de jaqueta minúscula no canto de um restaurante mexicano.

Joan encarou-a como se ela tivesse chamado a mãe dele de puta.

– O quê? Você realmente gosta disso?

Joan balançou a cabeça, o que a princípio Sylvia entendeu como concordância, mas o rosto dele ficou vermelho, e esse claramente não era o caso.

– Isso é música *maiorquina* – ele falou, apontando para o estéreo. – Essa é nossa música nacional, country.

– Certo. E todo mundo sabe que música country é uma merda, apesar de Taylor Swift. Faz sentido. – Ela virou a capa do CD.

– Espera, temos que ouvir "*Taxi Rap*". – Sylvia pressionou a tecla avançar algumas vezes e esperou que Tomeu começasse a improvisar sobre táxis, que foi o que ele fez.

– Ah, meu Deus – ela exclamou. – Isso é o mesmo que ver o avô da gente pelado.

Joan bateu com força no botão de desligar e silenciou o carro.

– Você é tão americana! Alguns de nós temos orgulho genuíno da nossa história, sabe? Você está parecendo uma idiota!

Sylvia não estava acostumada a que gritassem com ela. Cruzou os braços sobre o peito e olhou pela janela.

– Tudo bem – disse, até conseguir pensar em algo mais mordaz.

– Existem cinco línguas na Espanha, além de dialetos, sabia? E Franco tentou acabar com tudo isso. Então, sim, é importante que a gente tenha um cantor maiorquino, que cante músicas maiorquinas, mesmo que elas às vezes não sejam das melhores.

Sylvia recuou o máximo possível no assento, como se estivesse na cadeira do dentista.

– Você tem razão – disse. – Me desculpe.

– Nem tudo tem a ver com a sua piscina ou com o fato de seu irmão ser ou não um babaca – falou Joan.

– Você tem razão – Sylvia tornou a concordar, dizendo adeus à ideia de Joan aproximar-se o suficiente para beijá-la novamente e à ideia de que o restante do dia seria agradável. Quase lhe pediu que voltasse e a levasse para casa, mas temia que isso a fizesse parecer muito petulante, portanto apenas manteve a boca fechada e pôs-se a olhar pela janela.

※

O restaurante ficava em um píer e era decadente de um jeito que Franny gostava, com toalhas de mesa macias pelas milhares de vezes que haviam sido lavadas e enfeites empoeirados nas paredes. Não era para turistas – não havia cardápio em inglês, não havia cardápio em alemão, apenas em espanhol. O garçom serviu duas taças de vinho, um prato de azeitonas e pão fresco. Antoni tirou o boné e depositou-o na cadeira a seu lado. Exibia uma leve marca ao longo da testa, que Franny pensou que se devesse ao boné, mas logo percebeu que era uma marca de sol.

– Você gosta de ser treinador? Deve ser emocionante trabalhar com Nando. – Franny deixou que um pedaço de pão absorvesse um pouco de azeite, em seguida o enfiou na boca.

Antoni tomou um pequeno gole de vinho.

– É bom.

Ela esperou que ele entrasse em detalhes, mas Antoni dirigiu sua atenção ao cardápio. Um instante depois, o garçom voltou e ele e Antoni travaram um breve diálogo. Franny pensou ter entendido a palavra *pulpo* e a palavra *pollo*, mas não teve certeza.

– Você já pensou em sair de Maiorca? – perguntou. – Quando estava disputando os torneios, deve ter viajado o mundo todo. Algum outro lugar já o interessou? Sabe, algum lugar onde você tenha desejado ficar? – Ela colocou a mão em concha sob o rosto. – Você tem filhos?

– Você faz perguntas demais – respondeu Antoni. – Ou quem sabe ainda esteja se recuperando do ferimento nos miolos.

Franny riu e deu um tapinha na cabeça, que na verdade ainda apresentava um inchaço considerável, mas Antoni não sorriu. Ele não estava brincando.

Joan e Sylvia pararam para um café em Valldemossa, uma cidadezinha charmosa com ruas de paralelepípedo inclinadas e um robusto número de turistas usando mochilas e Coppertone. Sentaram-se ao ar livre e tomaram café em pequenas xícaras apropriadas, o que deixou em Sylvia a sensação de ser sido uma sem-teto a vida inteira, carregando copos de papel descartáveis pela rua. Os maiorquinos sabiam como desacelerar as coisas. Depois que terminaram o café, Joan fez Sylvia subir uma pequena encosta até o monastério onde George Sand e Frédéric Chopin haviam passado um inverno deprimente.

– Sério, se alguém fosse se mudar para um monastério com a namorada... – comentou Sylvia. – Não, mesmo no verão, ainda parece uma má ideia.

Apesar de tê-la repreendido no carro, Joan parecia feliz em bancar o guia turístico. Chamava atenção para tudo – para o tecido *ikat* fabricado na ilha na vitrine de uma loja; para *ensaimadas* polvilhadas de aspecto ainda melhor do que as que Franny havia preparado; para as oliveiras silvestres, retorcidas e emaranhadas. Apontava para os gatos que cochilavam sob o sol. Quando Sylvia começou a se abanar, ele estendeu-lhe uma garrafa de água. Sempre que roçava acidentalmente no braço dele, Sylvia sentia um choque elétrico percorrer toda a extensão de seu corpo. Não que ele fosse perfeito para ela, ou mesmo que tivessem muito em comum. Sylvia tinha certeza de que possuía mais em comum com a garota emburrada que vendia doces, mas isso não importava. Joan era bonito como os homens dos anúncios da Calvin Klein, um daqueles em que parecia que as roupas não haviam sido inventadas, graças a Deus. Ele poderia estar pilotando um veleiro, vestindo apenas um acanhado par de cuecas e ninguém teria reclamado. Reclamado! Os turistas teriam pagado para tirar fotografias com ele. Sylvia duvidava que algum dia tornasse a ficar tão perto de alguém tão naturalmente bonito. As probabilidades não eram boas.

Era quase hora do almoço e Joan tinha um local em mente. Estavam indo mais para o norte, rumo ao mar, mas ele não quis dizer nada além disso. Colocou o CD do Maroon 5 e pôs-se a cantar junto.

– Você conhece Maroon 5?

– É, eles são bons – respondeu Sylvia. Em sua vida normal, teria debochado dele, mas agora se sentia uma americana idiota que não tinha mais direito de dizer se as coisas eram boas ou ruins.

Joan tomou isso como incentivo e aumentou o volume. Pôs-se a dançar no assento enquanto dirigia, articulando as palavras, mas sem emitir som algum. Sylvia não conseguiu perceber se ele estava sendo sério ou irônico, mas concluiu que isso não tinha importância, algumas pessoas eram irrepreensíveis. Viajaram por quase uma hora, por estradas que a fizeram desejar ter levado um Dramin, antes que Joan fizesse uma curva acentuada e o carro começasse a descer a montanha, em vez de subir. Pinheiros altos demarcavam a estrada de ambos os lados e a farta luz solar desapareceu.

– Você vai me matar? – perguntou Sylvia.

— Hmm, não – respondeu Joan e continuou a dirigir, agora com ambas as mãos ao volante.

Eles continuaram por mais alguns minutos antes de chegar a um pequeno estacionamento vazio.

— A partir daqui, nós seguimos a pé – disse Joan. Saltou do carro, abriu o porta-malas e retirou uma mochila de tamanho considerável e um *cooler*.

Sylvia nunca estivera em um encontro de verdade. Havia saído com um monte de pessoas, algumas das quais rapazes, e Gabe Thrush havia aparecido em sua porta milhares de vezes, mas jamais alguém havia lhe telefonado, enviado uma mensagem de texto ou passado um bilhete convidando-a a sério para um verdadeiro encontro. Mesmo antes de Joan ter gritado com ela, Sylvia não tinha nenhuma indicação de que aquilo fosse um encontro legítimo. E não sabia ao certo como se comportar.

— Então, você planejou isso? – perguntou Sylvia.

— Você queria comer areia? – Joan deu de ombros. Ele era um profissional.

— Só se você tiver trazido sanduíches de areia, acho – respondeu Sylvia. Ela estava parecendo uma idiota. *Segura a onda, Sylvia*. A chave para ficar fria era fingir já ter feito de tudo; ela sabia disso.

Joan apontou para os pés de Sylvia e para os tênis sujos sem cadarço.

— Você consegue andar com isso? É uma pequena caminhada. – Ela assentiu com um movimento de cabeça e seguiu-o por um estreito caminho em meio às árvores.

Duas horas depois, até mesmo o beatífico Terry parecia pronto para seguir em frente.

– Ei – disse ele a Jim. – Tem certeza de que quer ficar por aqui para ver isso?

Os dois empoleiravam-se em um banco de parque junto ao mar. Franny e Antoni estavam sentados no pátio ensolarado do restaurante pelo que parecia uma eternidade. Do banco, Jim só conseguia enxergar os movimentos de braço de Franny.

– Tenho – respondeu Jim. – Por favor.

Terry concordou.

– Como quiser, amigo. Vou só fechar os olhos um instante.

– Ele deitou de costas no banco de madeira e deixou escapar um suspiro satisfeito. – É isso aí. – E apoiou as imensas botas de couro na coxa de Jim.

Franny e Antoni deviam ter comido no mínimo quatro pratos – o almoço estava durando uma eternidade e os garçons não paravam de voltar à mesa, carregando mais e mais pratos nas alturas. O estômago de Jim começou a roncar de fome. Ele pensou em entrar às escondidas no restaurante e pedir alguma coisa para viagem, mas não quis correr o risco de ser pego. E então esperou. A cada poucos minutos, pensava ouvir a risada de Franny por sobre o ruído da água, o que era motivação suficiente para fazê-lo continuar.

Por fim, Franny e Antoni levantaram-se. Antoni pôs a mão na região lombar de Franny enquanto os dois atravessavam o restaurante e conservou-a ali por todo o caminho até o carro. Abriu a porta para ela – Franny sempre havia gostado de bons carros, mesmo que eles achassem bobagem possuir um em Nova York. Jim jurou que quando chegassem em casa, se ela o aceitasse de volta, compraria o carro que ela quisesse. Um carro, uma motocicleta e qualquer outra coisa. Queria que fosse ele a levá-la aonde ela desejasse. Jim acordou Terry com uma cutucada.

– Ei – chamou. – De volta ao trabalho.

O maior receio de Jim era o de Antoni tomar outro rumo – ter outro destino, como um hotel, ou talvez a casa dele – mas o carro voltou pelo mesmo caminho que havia percorrido, direto para o clube de tênis. Terry e Jim mantiveram-se a uma distância suficiente para não serem óbvios, mas próximos o bastante para alcançá-los se necessário. Pararam em local diferente do da primeira vez, um pouco mais afastados, pois Franny era uma motorista nervosa e certamente olharia para ambos os lados várias vezes antes de tentar sair para juntar-se ao tráfego. Não demorou muito – Jim olhou por cima do muro e viu Franny e Antoni despedirem-se. Ela estava voltada para as quadras de tênis e Jim mal distinguia a metade inferior de seu corpo, o restante oculto pelas árvores. Era evidente que Antoni a estava abraçando, o rosto inclinado em direção ao dela, mas Jim não conseguia enxergar o que estava de fato acontecendo. Em seguida, Franny começou a se afastar claudicando, sempre instável naqueles sapatos, e Jim apressou-se a voltar à moto e colocar o capacete. Tornou a esconder-se atrás da perna de Terry, batendo acidentalmente com o olho ferido em seu joelho.

– Merda!

– OK, lá vai ela – disse Terry, e Jim montou outra vez na moto. Começava a sentir que havia vivido toda sua vida de forma errada. Talvez devesse ter sido um policial de motocicleta ou um detetive particular. Havia passado entre quatro paredes, contemplando páginas repletas de palavras, muitas das horas que lhe haviam sido destinadas na terra. Franny teria gritado aleluia ao ouvi-lo dizer isso. Havia passado anos repetindo essas palavras, que a vida era para ser vivida ao ar livre, em movimento, fora da zona de conforto. Havia ido a vários lugares sem ele e Jim condoía-se de todas essas ocasiões agora. Franny dirigia devagar e Terry acompanhou-lhe o ritmo. Jim sentiu vontade de mudar para a Inglaterra e, em retrospecto, levar os filhos para ver Terry, claramente o melhor pediatra do mundo.

Terry gritou alguma coisa, mas Jim não conseguiu ouvir. Eles continuavam a diminuir a marcha. Por sobre o ombro de Terry, Jim viu o carrinho de aluguel precipitar-se para o acostamento e parar. Jim bateu nas costas de Terry e em seguida apontou para o carro de Franny. Ergueu a mão, PARE em nome do amor, e foi exatamente o que fez Terry, saindo graciosamente do tráfego e encostando bem em frente ao carro de Franny.

Ela não havia saltado, mas apertava os olhos através do para-brisa. Jim tirou o capacete e enfiou-o debaixo do braço como um astronauta. Tinha esperanças de estar parecendo bonito e durão, e não alguém que acabara de retirar uma máscara de mergulho, mas temia que a última hipótese fosse provavelmente a verdadeira. Ao reconhecer o marido, Franny balançou a cabeça e deixou o queixo cair até o peito, exatamente como fazia no cinema às escuras quando um serial killer estava prestes a saltar para reclamar sua próxima vítima. Jim encaminhou-se à janela do lado do motorista e aguardou Franny pressionar o botão para baixar o vidro. Ela não queria rir – estava tentando não rir – mas quase não conseguia se segurar.

– Jim – perguntou. – Você está me seguindo?

Ele agachou-se e agarrou a base da janela do automóvel.

– Pode ser.

– Você me seguiu o dia inteiro? Na traseira da moto daquele cara? – Franny fez um movimento com o queixo em direção a Terry, que tinha de fato uma figura imponente se a pessoa não o conhecesse. Ele estava ao telefone naquele momento, olhando de cara feia a meia distância. Percebeu que os dois o contemplavam e acenou.

– Pode ser.
– Por que, se é que posso fazer uma pergunta tão sem graça?
– Porque eu a amo. E não quero perder você. Não para um tenista profissional, nem para ninguém. – Jim levantou-se e abriu a porta do carro. Estendeu uma das mãos em direção a Franny. Ela hesitou, então pisou na embreagem e desligou o carro.

– Não paro de fazer merda – disse ao saltar. – Acho que a gente vai ter que comprar o carro quando for devolver. Tenho certeza de que acabei com ele.

Jim pousou as mãos nos ombros de Franny. Ela era muito mais baixa do que ele, quase trinta centímetros. Seus pais, que desejavam que ele se casasse com uma sílfide desengonçada de Greenwich, nunca haviam entendido. Preocupavam-se com a herança genética, em produzir geração após geração de louras altas. Mas Jim a amava, somente a Franny, somente sua mulher.

– Fui eu que fiz merda. Fran, me desculpe. Eu faço qualquer coisa. Não posso ficar sem você, não posso.

Franny estendeu a mão e traçou o contorno do olho roxo de Jim, que havia começado a esverdear.

– Está sarando – ela comentou e inclinou a cabeça para o alto do jeito que significava que ele podia beijá-la, e ele assim fez. Atrás deles, triunfante, Terry deixou escapar um uivo de lobo.

Após atravessarem um pequeno túnel recortado na lateral da montanha, Sylvia e Joan por fim encontraram o que procuravam. A praia era magnífica – uma ferradurinha de areia, completamente vazia. Sylvia enxergava o fundo da água a quinze metros, azul e limpo. Joan arriou a mochila e o *cooler* e ajeitou tudo rapidamente. Desenrolou um grosso cobertor e empilhou objetos pesados nos cantos para mantê-lo no lugar, embora a praia parecesse totalmente protegida do vento. Não havia ondas, nem mesmo marolas. Sylvia chutou longe os sapatos e pôs-se a caminhar na água.

– Esse é literalmente o lugar mais lindo em que já estive em toda a minha vida – declarou. – E tenho certeza de que isso vai ser sempre verdade.

Joan balançou a cabeça à guisa de concordância.

– É o máximo. Ninguém conhece. Nem gente do lugar. Meus avós moram bem ali – explicou, apontando para a montanha atrás deles. – Eles me traziam aqui quando eu era pequeno. É muito bom para os barcos de brinquedo. – Ele havia levado comida suficiente para quatro: sanduíches de presunto e queijo, vinho, *cookies* finos amanteigados que sua mãe havia preparado. – Você quer nadar primeiro ou comer?

Sylvia encaminhou-se ao cobertor, com os pés e as panturrilhas molhados e a essa altura cobertos de areia.

– Hmm – respondeu, virando-se para olhar para a água. – Normalmente, eu escolheria a comida, mas agora não sei.

– Tenho uma ideia – disse Joan. Extraiu da mochila o saca-rolhas e abriu a garrafa de vinho. Tomou um gole e estendeu a garrafa a Sylvia, que fez o mesmo. Quando ela a devolveu, ele recolocou a rolha, guardou a garrafa no *cooler* e arrancou a camisa.

Todos na terra tinham um corpo, claro. Os jovens tinham corpo, os velhos tinham corpo e todos os corpos eram diferentes. Sylvia jamais teria descrito a si mesma como alguém que desse importância a músculos; teoricamente, peitorais e abdominais não lhe diziam nada. Isso era assunto para idiotas que não tinham mais em que pensar. Isso era para garotas como Carmen, que não tinham conhecimento suficiente para perceber que seus namorados as tratavam como lixo. Fazer exercícios era um castigo, um pesadelo em forma de aulas de ginástica. Sylvia tentou lembrar se conseguia tocar os dedos dos pés, mas não conseguiu, pois estava hipnotizada pela visão a sua frente. Todas as suas especulações a respeito de Joan faziam com que sua realidade física sem camisa parecesse piada. Ela sequer sabia que grupamentos musculares imaginar! Estavam todos lá, os pequenos, os grandes, os que pareciam setas apontando para a virilha dele. Ela realmente não fazia ideia de que havia corpos assim, sem Photoshop à vista. Joan dobrou a camisa e colocou-a sobre o cobertor, em seguida estendeu a mão para o fecho da calça. Sylvia teve que se virar.

– Vou ganhar de você – anunciou, sobretudo por não ter certeza se aguentaria ver mais, como se suas pernas pudessem simplesmente ceder embaixo do corpo e ela fosse morrer fulminada. Apressou-se a tirar o vestido, revelando o maiô por baixo. Atirou o vestido embolado para trás, sem se importar com o lugar em que ele caiu e disparou para a água. Correu até ter água na altura dos quadris, então fechou os olhos e mergulhou.

Quando sua cabeça veio à tona um metro adiante, Sylvia ouviu Joan atrás dela. Girou, mantendo a cabeça acima d'água, e o viu nadar até ela. Sentiu-se como um linguado nadando ao lado de um golfinho. Quando Joan levantou a cabeça, seu cabelo continuava perfeito, apenas molhado. Sylvia jogou o próprio cabelo para trás e sentiu todos os nós formados pelo vento da viagem.

– Sabe – disse ela. – Acho que Anne Brontë é realmente subestimada. Em termos de família Brontë. Você não acha? – Ela agitou as pernas e seu pé direito fez contato com alguma parte invisível do corpo de Joan. – Desculpe.

Joan afundou o queixo na água, sem dar sinal de ter escutado.

– Elizabeth Gaskell também – prosseguiu Sylvia. – Quer dizer, George Eliot fica com todo o amor e Elizabeth fica sem nada, você não acha estranho?

Joan nadou mais para perto, o que fez com que seus ombros ficassem a apenas trinta centímetros de Sylvia.

– Não vou beijá-la se você não quiser – disse.

Sylvia desejou uma câmera, seu telefone, uma equipe de TV. Seu coração batia tão rápido que ela achou que a água ao redor fosse começar a ferver.

– Isso seria bom – ela respondeu e Joan reduziu a distância entre os dois. Ela permitiu que suas pálpebras tremessem e se fechassem, então sentiu a boca de Joan sobre a sua.

Sem contar quem quer que tivesse beijado na festa, fora de si de bêbada, Sylvia havia beijado cinco pessoas na vida, grosso modo uma por ano desde os doze anos. Joan era o número seis, e a diferença entre ele e os anteriores era tão hilariante que Sylvia não conseguiu se conter. Lá se iam as línguas bisbilhoteiras, os dentes inconvenientes, o mau hálito, os lábios moles demais, pertencentes a cada garoto na cidade de Nova York.

– Você está rindo de mim? – perguntou Joan, recuando. Ele estendeu a mão para a cintura dela, sem medo da resposta, e Sylvia sentiu que erguia as pernas para que elas lhe enlaçassem o tronco. Seu corpo inteiro estava quente e zunia, como uma lâmpada fluorescente. Ela queria beijar Joan até não conseguir respirar, até que eles necessitassem pedir ajuda por estarem ambos mortos de tamanho amasso.

— Acho que a gente devia transar — disse Sylvia. Joan colocou as mãos embaixo de suas coxas para suportar-lhe o peso, então saiu da água, caindo de joelhos quando chegaram ao cobertor. Ele deitou Sylvia de costas com delicadeza, em seguida puxou uma alça do maiô de cada vez, sem afastar a boca dos lábios dela. Quando o maiô estava longe, Joan pôs-se a mover a boca sobre o corpo de Sylvia. Ao começar a fazer sexo oral, experiência da qual ela nunca havia particularmente gostado, Sylvia percebeu que existiam partes de seu corpo que ela desconhecia e que ele as estava apresentando, o que lhe pareceu cavalheiresco e estimulante, como se ela tivesse passado a vida inteira em um quarto escuro e agora estivesse nua em uma praia em Maiorca e talvez Deus existisse afinal. Havia um preservativo na cesta, ou no bolso de Joan, e quando ele se inclinou para colocá-lo, Sylvia pôs-se a contemplar todo o seu corpo nu, que era tão incrivelmente lindo que ela se esqueceu de sentir vergonha do próprio corpo.

O sexo em si não doeu (como Katie Saperstein, anos atrás, havia dito que ocorreria) e ela não sangrou (novamente, Katie Saperstein). Sylvia tampouco poderia dizer que foi *bom*, mas seu corpo inteiro continuava a formigar onde quer que Joan tivesse acabado de lamber, cutucar ou prestar gloriosa atenção e, portanto, Sylvia deixou-se alegremente levar. Joan girou para ficar por cima, entrando e saindo, e ela ouviu as águas da baía ondulando e os pássaros voando sobre sua cabeça. Se alguém descesse a encosta íngreme e atravessasse o túnel até a praia, sem dúvida os veria em cheio, mas ninguém apareceu. Joan terminou com uma última investida, o rosto bonito convertido, por curto espaço de tempo, em algo complexo e tenso, e em seguida relaxou e voltou a seu estado natural de perfeição. Sylvia envolveu-o com os braços, pois parecia a coisa certa a fazer, e Joan descansou a cabeça em sua clavícula. Continuou dentro dela por um instante, então saiu delicadamente e girou para deitar de costas. As pernas de ambos estavam molhadas e cobertas de areia e quando Sylvia se sentou, a praia inteira pareceu girar. O mundo estava diferente agora que ela sabia que aquilo era uma possibilidade.

– Então – disse. – Acho que está na hora de um sanduíche.

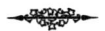

Depois de um longo dia sem fazerem absolutamente nada (na piscina, fora da piscina, preparando lanche, comendo lanche, fazendo tudo novamente), Charles e Lawrence haviam convencido Bobby a jogar outra partida de Palavras Cruzadas com eles. Jim e Franny haviam chegado em casa e desaparecido no andar de cima com as bochechas vermelhas, provavelmente no meio de outra briga. Bobby ficou olhando para a escada durante algum tempo como um cachorrinho esperançoso, mas tornou a dar atenção ao jogo quando percebeu que sua mãe não voltaria tão cedo. Era a vez de Lawrence, que formou a palavra PITHY,* conectada à PEAR** de Bobby.

– Vocês não têm que tomar conta de mim, sabem – falou Bobby. – Não vou pular do telhado.

---

* Vigoroso, energético. (N. da T.)
** Pera. (N. da T.)

– Ninguém está achando que você vai pular do telhado – retrucou Charles.

– Não – disse Lawrence. – Não do telhado. Quem sabe de uma janela do andar de cima, mas não do telhado.

Bobby sorriu. Charles reservou-se um momento e rearranjou suas peças. No canto superior do tabuleiro, havia um espaço vazio de palavra de dupla pontuação e Charles preencheu-o com SORRY.*

– Sinto muito – disse ele.

– Não, não sente – retrucou Lawrence, mas em seguida o beijou na bochecha.

A porta da frente se abriu e Sylvia esgueirou-se para dentro, o cabelo molhado em certos pontos e seco em outros.

– Ei, pessoal – cumprimentou. – Só vou tomar um banho. – E apressou-se em direção à escada.

– Uou, uou, uou – fez Charles. – Você estava fora com Joan esse tempo todo?

Sylvia não ficou vermelha nem diminuiu o ritmo.

– Estava. É, eu estava. – E com isso, subiu a escada, entrou no banheiro e no chuveiro. Não se importou com o quanto a água estava fria, nem com quem poderia ouvi-la. Cantou "Moves Like Jagger" até não saber mais a letra e começar a inventar.

– Mmm – fez Lawrence.

– Mmm – fez Bobby.

– Acho que a gente devia se concentrar no jogo – falou Charles, e eles assim fizeram.

---

* Triste, desgostoso, sentir muito. (N. da T.)

Décimo terceiro dia

Lawrence acordou cedo para verificar seu e-mail. *Santa Claws* seria o seu fim, ele tinha certeza. O último e-mail que havia recebido de Toronto dizia respeito ao ator principal ter entrado em greve por causa de uma onda de calor, dos trajes e das peles. Não era problema de Lawrence, exceto pelo fato de que ele tinha que ficar de olho em cada dólar que eles gastavam, e a greve do ator significava que estavam gastando montes de dinheiro com prestação de serviços e equipamentos de iluminação quando nada, na verdade, estava sendo filmado. Ele levou o laptop para a cozinha e ficou de costas para a pia.

Havia vinte e-mails novos na caixa de entrada. Lawrence apressou-se a passar por eles – enviados principalmente pela J.Crew e assemelhadas, pressionando-o a comprar mais roupas de verão –, mas parou quando chegou a um e-mail da agência de adoção. Abriu-o no mesmo instante, puxando o computador mais para perto do peito. Quando eles começaram, Lawrence pensou que todo o processo seria igual à tomada em *Cry-Baby*, de John Waters, com crianças representando cenas domésticas atrás de vitrines, como em um museu. A pessoa escolheria a que quisesse para levar para casa e a amaria para sempre. Mas não era assim tão simples. Lawrence passou os olhos pelo e-mail, lendo o mais depressa possível. O e-mail era curto. *Liguem para mim. Ela tomou uma decisão. São vocês.*

Lawrence quase derrubou o computador. Não percebeu que estava fazendo barulho até Charles sair às pressas do quarto, de pijama.

– O que aconteceu? – ele perguntou, preocupado. – Qual é o problema?

Lawrence balançou vigorosamente a cabeça.

– Temos que voltar para casa agora. Precisamos de um telefone. Onde está o telefone? – Girou o computador para que Charles lesse o e-mail. Charles retirou os óculos de leitura do rosto de Lawrence e os colocou no seu.

– Ah, meu Deus! – exclamou Charles. – Alphonse.

Lawrence começou a chorar.

– Nós temos um menino.

– Um bebê! – gritou Charles. – Um bebê! – Depositou o computador sobre a mesa da cozinha e puxou Lawrence para seus braços, apertando-o, murmurando nomes em seu ouvido. *Walter. Phillip. Nathaniel.* Não importava de onde Alphonse tinha vindo, quais eram as circunstâncias. O que importava é que iam levá-lo para casa.

Com a agitação da reserva de novos voos e de ajudar Charles e Lawrence a fazerem as malas e saírem de casa, todos estavam acordados e em atividade bem mais cedo do que o habitual. Franny decidiu que panquecas seriam adequadas, por serem alimento para um café da manhã comemorativo. Jim permaneceu perto dela, quebrando ovos quando instruído e procurando essência de baunilha nos armários. Bobby sentou-se à mesa sozinho enquanto Sylvia preparava o café – essa sempre havia sido sua atividade preferida, a prensa francesa. Ela cronometrou o preparo no relógio do forno, não mais sentindo falta de seu telefone. Poderia tê-lo atirado montanha abaixo e o visto quebrar em mil pedaços, que não teria se importado. Sempre que fechava os olhos, sentia a boca de Joan em seu corpo.

– Eles vão ser muito bons, vocês não acham? – Bobby começava a parecer-se mais consigo mesmo, estava dormindo melhor e comendo como um adolescente.

– Acho – respondeu Franny. – Realmente acho. – Ela misturou a massa, em seguida passou o dedo pela borda da tigela e o enfiou na boca, balançando a cabeça em aprovação. Partiu com a faca um pedacinho de manteiga e o deixou derreter na frigideira quente. – Você está fazendo café de olhos fechados por algum motivo, Syl?

Os olhos de Sylvia se abriram.

– Só estou me testando – ela respondeu. – É, três minutos. – Levou a prensa francesa para a mesa e liberou o êmbolo. Bobby estendeu sua xícara. – Sirva-se você – disse ela. – Estou ocupada. – Sylvia deslizou pelo banco em direção à parede e tornou a fechar os olhos, com um meio sorriso no rosto.

– Você é estranha – comentou Bobby.

– Ah, sou – concordou Sylvia, os olhos ainda fechados. – Eu sou.

Sua irmã sempre havia sido boa exatamente nisso – em ser ela mesma. Bobby pensou nos ternos elegantes em seu armário, que vestia quando mostrava apartamentos caros, nos tecidos *hi-tech* que usava na Total Body Power, nos jeans desbotados que possuía desde a faculdade e usava quando Carmen não estava por perto, pois ela os chamava de "calças de pai".

– Sabem, eu nem gosto tanto assim do setor imobiliário, nem de malhar. Quer dizer, gosto de malhar porque gosto de me sentir saudável, mas não me importo se tenho ou não o melhor corpo do mundo. – Ele fez uma pausa. – Fico me perguntando o quanto deve ser difícil adotar um bebê.

– Vamos lidar com uma coisa de cada vez, querido, certo? – falou Franny, desfilando com um prato lotado de grossas panquecas, algumas salpicadas de mirtilos.

– Certo – disse Bobby e garfou três delas, colocando-as em seu prato.

– Certo – repetiu Sylvia, por fim abrindo os olhos. – Essas são as melhores panquecas que já vi. – Ela olhou para Franny. – Obrigada, mãe.

Franny limpou as mãos na saia, meio constrangida.

– De nada, meu amor. – Virou-se para pegar a calda, que Jim já estava segurando. – Não sei o que aconteceu com nossos filhos – comentou. – Mas estou gostando.

Jim beijou Franny na testa, o que Sylvia e Bobby fingiram não ver. Os quatro Posts prenderam simultaneamente a respiração, todos desejando que o momento perdurasse. As famílias nada mais eram do que esperança lançada em uma ampla rede, todos querendo apenas o melhor. Mesmo as pobres criaturas que tinham filhos na tentativa de salvar um casamento agonizante o faziam devido à esperança equivocada. Franny, Jim, Bobby e Sylvia fizeram o melhor possível em silêncio e de repente, por um instante, estavam todos a bordo do mesmo barco.

Sylvia vinha pensando em Joan a cada minuto desde que havia deixado sua companhia no dia anterior. Queria transar repetidas vezes, até ter de fato a sensação de saber o que estava fazendo, e Joan parecia um bom parceiro. Ele poderia buscá-la, pelo amor de Deus. Ele conhecia praias isoladas. Quem se importava se ouvia uma música horrível e usava camisas com flores-de-lis impressas no ombro quando saía para dançar? Em casa, Sylvia não se interessaria, nem em um milhão de anos, por alguém que saía para dançar, ponto, mas não era essa a questão. A questão era que ela precisava descobrir uma maneira totalmente natural de levar Joan às escondidas para seu quarto no andar de cima, sem que seus pais percebessem.

Poucos minutos antes de ele tocar a campainha, Sylvia abriu seu laptop na bancada da cozinha. Havia uma mensagem da Brown com sua situação de moradia – Keeney Quad, o que ela esperava, onde a maioria dos calouros vivia – e informações de contato sobre sua nova companheira de quarto (Molly Krumpler-Jones, de Newton, Massachusetts). Era o e-mail que Sylvia estava aguardando fazia meses, mas mal o olhou, pois logo acima havia um e-mail de Joan.

S., desculpe cancelar nossa penúltima aula, mas hoje não posso ir. Vejo você amanhã às dez para me despedir. Foi divertido na praia. J.

Ele poderia facilmente ter mandado uma mensagem de texto, mas, nesse caso, ela a teria visto mais rápido e respondido. O e-mail era uma bomba-relógio, à espera de que ela abrisse o computador a fim de detonar. Sylvia sentiu as faces em chamas, mas em seguida ouviu alguém à porta e sentiu-se instantaneamente aliviada. Ele estava brincando! Claro que Joan não era tão idiota assim – só estava brincando com ela. Sylvia correu para a porta.

Pensou em lhe mostrar os peitos quando abrisse, mas seus peitos nunca haviam sido particularmente impressionantes, então se decidiu pelo contrário. Estava rindo quando puxou a maçaneta. Uma mulher alta – vários centímetros mais alta do que Sylvia, o que significava que estava perto de 1,85m – dobrava-se ao meio do outro lado da porta, fuçando como um tamanduá uma gigantesca bolsa de couro.

– Em que posso ajudar? – perguntou Sylvia. Levou as mãos aos quadris na esperança de que sua postura comunicasse que não estava nem um pouco interessada em fazer nada desse tipo.

A mulher olhou para cima assustada.

– Ah, meu Deus! Você deve ser a filha de Franny, não é? Vi o carro na entrada e sabia que tinha confundido as datas. É bem do meu feitio – disse, como se Sylvia fosse capaz de corroborar. Levantou-se e deu uma sacudida nos cabelos louros, longos e ondulados. – Eu sou Gemma. Essa é minha casa!

– Ah – disse Sylvia. – Então acho que você devia entrar. – Gesticulou em direção ao saguão, entrou e gritou pela mãe antes de recolher-se em seu quarto.

Fazia uma década que Franny não via Gemma em pessoa e ficou horrorizada ao encontrá-la extraordinariamente inalterada. Gemma serviu-se de um copo de água – *Ah, vocês têm usado o filtro? Eu só bebo direto da torneira como um gato. Acho que é isso que mantém meu sistema imunológico em tão boa forma* – e então elas saíram para se sentar à beira da piscina. Gemma havia acabado de chegar de sua casa em Londres, uma casa de pedra em Maida

Vale, mas antes havia passado duas semanas em Paris e, antes disso, em Berlim.

– É muito cansativo – falou Gemma. – Realmente invejo o seu estilo de vida. Você pode arrumar as crianças, passar duas semanas em algum lugar, que ninguém vai incomodá-la. – Ela arregalou os olhos na palavra *incomodar*. – Você pode simplesmente *fugir*. Eu pagaria um milhão de dólares por isso. Mesmo quando saio de férias, a galeria está sempre me chamando, ou um dos meus artistas, e então tenho que pegar um avião para massagear o ego frágil de alguém. Sabe, eu estava prestes a fazer mergulho nas Maldivas. – Gemma despenteou os cabelos com ambas as mãos, lançando-os atrás das costas da espreguiçadeira. – É uma bela casa, não é? Singular.

Franny poderia ter descrito a casa usando uma centena de adjetivos, mas *singular* não estaria na lista.

– É incrível – falou, não querendo contradizer Gemma abertamente.

– A maioria dos britânicos acha que Maiorca é para adolescentes bêbados – disse Gemma. – É tipo psicologia reversa comprar uma casa aqui, no alto das montanhas. É realmente o melhor lugar para se fugir. É como se você e Jim decidissem comprar uma casa na costa de Jersey; todo mundo ia achar que vocês tinham ficado loucos, mas lá estão vocês na sua linda casa, a quilômetros de distância dos atoleiros de malucos e das praias cobertas de pele branca e bebês de fraldas sujas. Nenhum dos meus amigos ingleses viria para cá.

Franny contemplou as montanhas. Se a casa lhe pertencesse, teria convidado todos os seus conhecidos e todos ficariam encantados. Poderia levar seu terrível clube de leitura, ler George Sand e rir de como ela havia se enganado sobre a ilha, de como havia sido depressiva. Literalmente, qualquer pessoa no mundo adoraria a paisagem, a comida, o povo. Se alguém apenas lhe enfiasse uma caneta na mão, Franny achava que poderia escrever um novo prospecto para a comissão de turismo.

– Bem, todos nós nos divertimos muito. E provamos as iguarias da terra.

– Ah, eu nunca como nada. Só o sorvete. Venho para passar uma semana, comer só sorvete, então volto para casa sentindo que fiz uma limpeza. – Gemma fechou os olhos. O sol batia direto nas duas, e Franny sentiu a parte quente de seu cabelo. – Então – perguntou Gemma, ainda de olhos fechados. – Onde está o meu Charlie?

Ele não havia contado. Claro que não havia contado a Gemma! Se não havia dito uma palavra a Franny, então Charles não ousaria dizer nada a Gemma. Desde o colegial, Franny não sentia tal prazer em ter conhecimento e transmitir novidades sobre a vida de seus amigos.

– Ah, você não sabe? – Franny simulou surpresa. – Que estranho ele não ter lhe contado... Sei o quanto vocês dois são chegados.

Os olhos de Gemma se abriram. Ela piscou várias vezes seguidas, dando a impressão de um roedor surgindo após meses passados em um buraco escuro no subsolo. A pele ao redor de seus olhos começou a enrugar, talvez até mesmo a despencar. Poucas vezes Franny se alegrava com os defeitos das outras pessoas, mas nesse caso, faria uma exceção. Gemma aguardava que ela falasse, os lábios separados, como se a informação fosse penetrar em seu corpo por aí. Parecia um cão bonito e estúpido. Franny quis beijá-la na boca e empurrá-la para dentro da piscina.

– Eles foram para casa pegar o bebê deles – informou. – Um menino. Eles vão adotar um menino.

– Eles foram embora? Para comprar um bebê?

– Eles não foram *comprar* um bebê, foram *adotar* um bebê.

Gemma deixou escapar um latido.

– De propósito? Pensei que as pessoas só tinham bebês por acidente. Tive três maridos e já evitei por pouco meia dúzia de vezes! Que diabos ele está pensando? Ah, Charlie. Agora todas as pinturas dele vão ser retratinhos orvalhados de Lawrence seminu com um bebê dormindo no peito. – Ela fez uma pausa. – Agora lamento em dobro o fato de a gente ter se desencontrado. O último grito de alegria!

Franny tentou sorrir, mas não conseguiu.

– Imagino.

– Você e Jim estão na suíte lá em cima? – perguntou Gemma, retirando os óculos escuros da bolsa e colocando-os. – Vocês não se importariam de mudar para o quarto em que Charles e Lawrence estavam, se importariam? Você sabe como é dormir na própria cama. Todos os outros colchões são moles demais para as minhas costas, são como dormir em travesseiros gigantes. Tenho certeza de que vocês vão ficar bem por uma noite, não vão? Se não for muito trabalho. – Ela levantou-se e espanou o jeans impecável. – Vou ligar para a Tiffany e mandar-lhes uma colher.

– Que bom – disse Franny. – Agora, se você me der licença, vou começar a arrumar as malas lá em cima para devolver-lhe o quarto.

As duas mulheres caminharam em direção à porta lado a lado, cada uma tentando alcançar a maçaneta primeiro, como que para reclamar o direito a toda a propriedade. Franny teria ganhado se suas pernas fossem alguns centímetros mais longas, mas

Gemma a agarrou em primeiro lugar, os dedos longos e finos segurando-a como se fosse um diamante flutuando na piscina. Ela manteve a porta aberta para Franny, que entrou de cabeça erguida. Franny não comentaria com Charles que a amiga dele era uma cadela – isso reduziria sua moral elevada a conversa fiada. Em vez disso, continuaria segura em seu entendimento de que era ela a melhor amiga e de que o bebê de Charles, quem quer que fosse e quem quer que ele viesse a se tornar, ia chamá-la de tia, ao passo que Gemma nunca passaria de uma bruxa aterrorizante do outro lado do globo.

Bobby queria nadar até não conseguir sentir mais braços e pernas. Seu recorde pessoal na piscina eram mil e quinhentos metros, principalmente por representarem seis voltas na Total Body Power; dar menos de seis voltas seria digno de pena, mas ele não gostava muito de nadar. Ninguém na Flórida gostava. Nadar era para turistas, respingar água de um jeito que nunca compensaria as calorias de um único sanduíche cubano. Naquele momento, estar na piscina era a única forma de ter certeza de que ninguém falaria com ele, e portanto era onde Bobby queria estar, exaurindo seus membros e os pulmões, e evitando toda a família.

Era muito fácil para a maioria das pessoas. Todos os seus amigos do colegial foram para a faculdade e encontraram uma mulher para casar. Seus amigos da faculdade também. Eles se encontravam no refeitório, no Psych 100, ou em alguma festa depois de um jogo de futebol, exatamente como deveria ser. Havia alguns retardatários, um cara aqui ou ali que havia rejeitado ou sido rejeitado, ou era introvertido demais para ter uma namorada de verdade. Quando esses amigos passavam por Miami, eles sempre se divertiam. Bobby os levava a boates e eles bebiam a noite inteira. As garotas em Miami usavam os vestidos mais curtos e os saltos mais altos, e seus amigos sempre ficavam chocados com a quantidade delas, como formigas em uma mesa de piquenique. Os amigos casados não o visitavam muito e, quando o faziam, era para jantar e talvez para um único drinque, depois iam para a cama. Nem mesmo para trepar, mas para dormir. Bobby fingia ir embora quando eles se separavam, mas então girava e voltava ao bar sozinho. Quem ia para a cama às dez horas? Ele estava perto dos trinta, mas não estava morto.

Bobby não tinha tido uma namorada de verdade até Carmen. Claro, tinha havido garotas, mas nunca ninguém a sério. Quando perdeu a virgindade, em seu ano de calouro em Miami, não contou à garota que era sua primeira vez, embora provavelmente tenha sido bastante óbvio. Em retrospecto, ele desejava ter contado, pois nunca havia esquecido seu nome – Sarah Jack, ela havia dito na festa onde se conheceram – e agora parecia estranho, como se ele ainda guardasse um segredo, mesmo que quase dez anos tivessem se passado. Bobby sentiu seus dedos estendidos roçarem a parede da piscina e deu uma cambalhota na água para voltar na direção oposta. A água não era clorada e ele podia abrir os olhos sem que ardessem. Havia folhas no fundo da piscina e ele pensou em mergulhar para pegá-las, mas mudou de ideia.

Tinha havido uma dezena de casamentos desde a faculdade e ele comparecera a todos – alguns em Nova York, alguns na Flórida, mas a maioria espalhada pelas várias cidades natais das noivas, com algumas exceções. O casamento mais caro havia ocorrido em Vail, Colorado, no alto de uma montanha. Ele e Carmen foram esquiar juntos pela primeira vez naquele fim de semana e ela conheceu todos os seus amigos do colégio. Mais tarde, alguns puxaram Bobby de lado, no pavilhão, na casa que estavam dividindo ou na recepção, e todos quiseram saber a idade de Carmen. Alguns ficaram impressionados, outros claramente acharam esquisito, mas nenhum deles esperava receber um convite para o casamento de Bobby e Carmen, isso era certo. A cada evento subsequente, eles se surpreendiam ao encontrar o casal ainda junto. Alguns chegaram a incluir o nome de Carmen em seu convite de casamento, em vez de apenas uma acompanhante. Mas sempre havia alguém enfiando o cotovelo nas costelas de Bobby, sempre havia alguém chamando Carmen de loba.

Alguém de vinte e oito anos não era nem jovem nem velho. Obviamente, era jovem no âmbito de sua vida inteira, mas já estava ficando tarde em termos de descobrir o que desejava fazer. Os pais de Bobby haviam se casado aos vinte e três e vinte e cinco anos, o que parecia normal apenas no contexto do tempo, como se eles fossem gente das cavernas, que não esperassem viver até os trinta. Mas foi quando seus amigos também começaram a se casar.

Vender imóveis devia ser algo estável, mas não era. Havia programas de televisão a respeito de caras de sua idade que vendiam casas de dez milhões de dólares em Malibu, mas Bobby estava lutando para alugar apartamentos de mil e quinhentos dólares. Ele e Carmen viviam como colegas de quarto ou, pior ainda, membros de uma mesma família. Ele cozinhava, ela limpava. Carmen o lembrava de buscar a roupa lavada e o beijava no rosto quando sentia vontade. Ela nunca havia desejado filhos – nunca. Para ser honesto, era esse o problema. Não a idade dela, não qualquer outra coisa. Carmen podia querer se casar, mas não queria ter filhos nunca, e ele sim. Foi como ele percebeu que não importava que não a amasse.

Bobby deixou-se perder velocidade. Seus músculos das costas já estavam cansados. Era difícil saber quando se havia cometido um erro. O que havia sido? Ficar com Carmen por tanto tempo? Traí-la? Dizer a si mesmo que era justificável, pois sabia que eles não iam durar, então que importância tinha afinal? Bobby abriu a boca e deixou que se enchesse de água, em seguida retirou o rosto da piscina e cuspiu. Talvez o problema fosse Miami. Talvez o problema fosse a academia, ou a dívida, ou a solidão. Talvez o problema fosse ele. Tudo parecia tão fácil para os outros, escolher a pessoa certa para casar, como se eles tivessem algum sinal secreto, uma tatuagem com tinta invisível. De que outra maneira ele deveria saber? Bobby estava à procura de certeza. Tentou perguntar a alguns de seus amigos, com jeito descuidado, como eles sabiam que a namorada era "a tal", mas a pergunta sempre parecia hipotética e rendia respostas como "Eu sei, certo?".

Do meio da piscina, tudo o que Bobby conseguia enxergar eram o céu e as árvores que circundavam a propriedade. Um avião passou no alto e Bobby desejou estar nele, indo para algum lugar pretendido. Em vez disso, enfiou o rosto de volta na água e continuou a nadar, de um lado para o outro, de um lado para o outro, até se sentir tão cansado que pensou que talvez tivesse que se arrastar até a casa de joelhos. Era hora de se aprumar e ele podia, no mínimo, começar com isso, várias vezes a extensão daquela piscina.

Jim e Franny levaram algum tempo para empacotar as coisas e levar as malas para o andar de baixo, para o quarto de Charles e Lawrence. Charles não havia desfeito a cama quando eles partiram, por estar com muita pressa, e portanto Jim e Franny estavam trocando os lençóis, embora isso parecesse uma bobagem, só por uma noite. Franny estava tinindo de irritação. Gemma havia cometido o erro, não eles.

– Se fosse eu, dormiria no quarto de hóspedes por uma noite – disse Franny no mínimo pela décima vez. – Dormiria sim.

– Eu sei, Fran. – Jim puxou o lençol sobre o canto esquerdo superior do colchão e esperou que Franny cobrisse o lado oposto.

– Talvez eu fosse até para outro lugar, ou pelo menos faria essa sugestão! – Franny lançou as mãos para o alto. – Isso foi tão grosseiro!

– Foi muito grosseiro. – Jim apontou, delicadamente, para o lençol emaranhado. Franny balançou a cabeça e puxou-o do seu lado, esticando o elástico por sobre o colchão fino. – Mas a casa é dela.

– As outras camas não são tão boas quanto a dela, hein? – Franny prendeu rapidamente a última ponta e eles se deslocaram juntos em direção à pilha de travesseiros, atirando-os de volta à cama. – Que vaca!

– Que vaca! – repetiu Jim, e puxou Franny com cuidado para cima da cama.

– O que foi? – ela perguntou, não com grosseria, quando ele se deslocou para cima dela, os joelhos de ambos os lados de sua cintura. Jim baixou o corpo da maneira mais graciosa possível e beijou-a na testa. Seu olho continuava verde, mas Franny estava se acostumando.

– Eu estava só lembrando a sensação de levar Bobby para casa – respondeu Jim. – O quanto foi apavorante; dirigir aqueles quinze quarteirões desde o Roosevelt pareceu uma viagem até Tombuctu. O mundo era tão barulhento... Todos aqueles táxis buzinando. Está lembrada?
– Você dirigiu tão devagar – disse Franny. – Eu adorei. Quem me dera você sempre dirigisse assim, como se o carro fosse feito de vidro.
– Acho que Charles e Lawrence não fazem ideia daquilo em que estão se metendo – comentou Jim. – Mas nem nós fazíamos.
– Ele rolou para o lado, dobrando as longas pernas de encontro ao corpo de Franny.
– Eles vão ser bons – falou ela.
– Nós éramos bons também, não éramos?
Franny recordava aqueles primeiros dias como um completo nevoeiro, como que filmados em foco suave. Seus mamilos haviam doído mais do que ela achava que ocorreria, mas, na verdade, o que ela havia pensado de qualquer maneira? Era quase impossível imaginar um bebê de verdade existindo onde antes não havia nenhum, mesmo quando a pessoa o sentia chutar dentro de si. Foi mais fácil com Sylvia, claro. O segundo filho nunca recebia o mesmo tipo de atenção. Eles a deixavam choramingando no berço, sentavam-na no chão da cozinha com nada mais do que uma colher de pau para entretê-la. Sempre que Bobby berrava, eles corriam. Talvez fosse essa a resposta para a boa paternidade – fingir que o primeiro filho era o segundo. Talvez fosse onde eles tivessem errado, ao sempre ceder.
Franny também girou para o lado, o nariz nivelado com o de Jim. Uma mecha de cabelo escuro saiu de trás da orelha, cobrindo seus olhos.

– Devemos nos preocupar com ele?

Jim estendeu a mão e afastou o cabelo de Franny do rosto.

– Devemos. Que escolha nós temos?

– Eu o amo tanto quanto odeio Gemma – declarou Franny. – O que, neste momento, é muito.

– Eu aguento – retrucou Jim. – E sabe, eu meio que gosto de estar aqui embaixo. É mais reservado. Não parece que a gente está em um hotel? Ou, pelo menos, em uma pousada?

– Ah, meu Deus, as pousadas – disse Franny. – Onde você é obrigado a comer *muffins* de mirtilo medíocres ao lado de estranhos.

– É, e a ter relações com a sua mulher. – Jim pôs a mão na parte inferior das costas de Franny e puxou-a, apertando-a contra o corpo com força suficiente para que ela sentisse sua ereção.

– A porta está trancada?

– Tranquei assim que chegamos – respondeu Jim. – Eu fui escoteiro, lembra?

– Aah – falou Franny. – Me fale outra vez daqueles shortinhos minúsculos.

Jim deixou a piada para lá, querendo seguir em frente, querendo tirar as roupas da mulher enquanto ela ainda permitiria. Isso era parte do encanto de Madison Vance, não saber quando e se ela o impediria. Jim achava que conhecia Franny bem o bastante para saber que ela estava pronta, mas fazia muito tempo e era possível que os sinais tivessem mudado. Ele beijou-a no pescoço do jeito que ela gostava, próximo de onde a mandíbula se encontrava com o lóbulo da orelha, em seguida recuou para tirar-lhe o vestido por cima da cabeça.

Franny apoiou-se nos cotovelos, encolhendo a barriga na altura da cintura. Jim despiu-se às pressas ao lado da cama, o pênis duro saltando alegremente para o alto quando ele abaixou a cueca samba-canção. O corpo de Franny sabia exatamente o que fazer, suas mãos, sua boca, suas pernas, e ela estava pronta para tudo.

– Pode tirar – ela falou, e Jim lhe baixou obedientemente a calcinha, um lado por vez, centímetro a centímetro, até que ficasse presa apenas ao redor do tornozelo esquerdo. – Agora vem cá – chamou ela, e ele tornou a deitar em cima dela, preenchendo-lhe a boca com a sua. Eles não tornaram a falar até terem terminado e estarem deitados de costas, deslumbrados com o trabalho bem-feito.

Décimo quarto dia

O voo para Madri partia ao meio-dia, o que significava que eles tinham que ir para o aeroporto o mais tardar às dez e meia da manhã. Todos já haviam feito as malas e estavam prontos para partir, até mesmo Franny, que era notoriamente ruim para essas coisas. Sylvia havia começado a andar de um lado para o outro.

– Ele disse que estaria aqui agora – disse. – Não sei o que fazer.

Sylvia já havia mandado três mensagens de texto para Joan: a primeira havia sido uma amigável, *Ei, como vão as coisas?* A segunda um *Você ainda vem, certo?*, ligeiramente mais agressivo. E a terceira, um impaciente *Onde você está??? Estamos esperando você chegar para ir para o aeroporto. Então venha.* Ele não havia respondido nenhuma delas.

Estavam todos perto do carro – Bobby e Jim haviam arrumado e rearrumado as malas no porta-malas minúsculo, tendo sobrado uma bolsa mole que teria que ir atrás no colo. Gemma colocava a cabeça para fora de vez em quando, como que para verificar se os Posts haviam partido. Sempre que sua cabeça tornava a desaparecer dentro de casa, Franny parecia relinchar, os lábios grandes e molhados.

Um minuto depois, um carro buzinou e estacionou no acesso à garagem. A BMW de Joan. Sylvia correu até o lado do motorista, incapaz de impedir-se de sorrir. Ele desligou o motor e lançou o cabelo para trás, fazendo contato visual com Sylvia pela janela fechada do carro antes de abrir a porta.

– *Hola* – ele beijou-a rapidamente em ambas as faces. Joan levou a mão à cintura de Sylvia por uma fração de segundo, deu-lhe um tapinha como o de um segurança de aeroporto ineficaz, em seguida contornou o carro para cumprimentar o restante da família.

– Ah, que bom! Pensei que Sylvia fosse ter um ataque cardíaco – disse Franny, puxando Joan para um abraço. – Ui, você cheira *tão bem*. Deixe-me procurar seu cheque, está na minha bolsa.

Joan apertou a mão de Bobby, em seguida a de Jim. Sylvia ficou de lado, ainda pairando perto da porta do carro de Joan.

– Ei – disse ela, e ele tornou a se aproximar com ar relutante. Baixando a voz e girando o corpo para longe dos pais, Sylvia perguntou: – Você não vai aceitar o cheque, vai?

Joan deu de ombros.

– Você tem razão... Eu devia cobrar um adicional. – Ele passou a mão pelo cabelo, com ar muito casual.

Sylvia riu.

– Isso era para ser uma piada?

Franny aproximou-se correndo, agitando um cheque no ar.

– Toma, toma!

– Obrigado, Franny – Joan prolongou o nome dela, pois sabia que ela ia gostar. Dobrou o cheque no meio sem olhar e o enfiou no bolso de trás. Sylvia estava dividida entre a vontade de golpeá-lo nos genitais ou apenas enfiar algodão nos ouvidos para não ter nunca mais que ouvi-lo falar. O que, claro, ela não faria.

— Ei, mãe, espera — pediu Sylvia. Franny e Joan pararam e olharam para ela. — Tira uma foto nossa, tudo bem?

Sylvia havia pensado em bater uma foto de Joan todos os dias nas duas últimas semanas, mas nunca havia reunido coragem para tal. Ao bater a foto de alguém, a pessoa estava reconhecendo sua importância, dizendo que queria recordar esse alguém, que queria olhar novamente para seu rosto. Ela não podia ter pedido para bater uma foto dele — ou simplesmente ter *feito* isso — sem admitir tacitamente que gostava dele, porra. Ele sabia disso, claro — Joan soube no segundo em que entrou na casa, no segundo em que a viu envolta naquelas toalhas minúsculas. E como ela poderia não gostar? Ela era um ser humano heterossexual e ele era feito de nuvens e sonhos maiorquinos. Mas era tarde demais. Se não tirasse uma foto dele naquele instante, Joan desapareceria no éter, como um namorado canadense fictício de acampamento de verão, fosse ele meigo e apaixonado, um completo idiota, ou estivesse em algum ponto intermediário. Ninguém acreditaria nela. Sylvia desejou ter batido uma foto dele na praia, com o traje de banho molhado e arriado nos quadris, mas não havia feito isso. A foto de Franny teria que servir.

— É claro! — disse Franny e começou a se apalpar, como se fosse encontrar uma máquina fotográfica ao redor do pescoço. Sylvia atirou seu telefone na direção da mãe. Franny piscou para a tela e o estômago de Sylvia contraiu-se, mas o que ela podia fazer? Olhou com ar melancólico para seu irmão que, de alguma forma, como que por mágica, entendeu.

— Aqui, mãe, deixa comigo — falou Bobby. Ele apontou o celular para Joan e Sylvia e aguardou que eles se posicionassem.

– OK – disse Sylvia, girando o corpo para ficar de frente para Joan e de perfil para o telefone. Sem conceder-se um momento para não perder a coragem, estendeu a mão, agarrou o queixo de Joan, virou sua boca em direção à dela e plantou-lhe um beijo. Ela o beijou por um instante, em seguida soltou-o, esperando que seu irmão pensasse em bater mais de uma foto. – OK – tornou a dizer. Joan parecia um pouco atordoado e segurou o lábio inferior entre o polegar e o indicador com discrição.

– Tenha um voo seguro – falou. Abriu os braços para Sylvia, mas, em vez disso, ela apenas lhe deu um tapa na mão.

– Vai correr tudo bem. – Sylvia cruzou os braços sobre o peito, balançando a cabeça. Esperou Joan entrar no carro e dar ré para sair do acesso à garagem, o que ele fez.

– Bem – disse Franny, e deixou as coisas como estavam.

– Eu dirijo – falou Bobby. Jim começou a protestar, mas Franny puxou-o para sentar-se com ela no banco de trás e ele concordou. Bobby entregou-lhes sua mochila, que não cabia no porta-malas, e eles a colocaram no colo. Sylvia sentou na frente. Por vezes o amor era unilateral. Por vezes, o amor não era amor, mas um momento compartilhado em uma praia. Doía, claro, mas Joan lhe havia feito um favor. Sylvia estava voltando para casa como uma mulher diferente. Que se danasse Katie Saperstein, que se danasse Gabe Thrush. Que se danassem todos. Ela havia conseguido exatamente o que queria. Sylvia colocou os óculos escuros e ligou o rádio.

– *Rock and roll* – disse a propósito de nada, além de seu próprio coração palpitante.

Bobby tinha que decidir no aeroporto – seu voo estava reservado para Miami, mas não havia nada para ele por lá. Franny e Jim achavam que ele devia passar algum tempo em casa, em Nova York, até descobrir o que fazer a respeito do dinheiro, o que fazer em relação a Carmen, onde iria morar. A Iberia forneceu-lhe uma passagem *stand-by* para o JFK, mas a área do portão parecia lotada e Bobby estava nervoso diante da possibilidade de não ter lugar no avião. Não havia nada para comer no imenso terminal, a não ser sanduíches de presunto, e eles comeram alguns.

– Isso não está nada mau – comentou Franny, surpresa. Bobby comeu dois.

Sylvia e seus pais sentaram-se juntos, com a bagagem de mão ao redor das panturrilhas ou no colo. Sylvia tinha o nariz enfiado em um livro, e Franny e Jim estavam em silêncio, sem nada fazer além de contemplar o vazio. De vez em quando, Jim colocava o braço ao redor de Franny e puxava-a para perto, então tornava a soltá-la. Bobby desejava ter levado um livro ou coisa do gênero. Tinha filmes em seu iPad, mas não queria assisti-los. Carmen havia deixado suas baboseiras de autoajuda para trás, sem dúvida de propósito, mas Bobby as havia largado na casa.

– Vou dar uma olhada nas revistas – anunciou Bobby e afastou-se. O aeroporto era interminável, um longo corredor de portões com um teto de vários andares de altura e uma esteira rolante para levar as pessoas de um lado para o outro. Ele entrou em uma das lojinhas e pôs-se diante da prateleira de revistas. A maioria delas estava em espanhol, mas havia uma pilha de *The New York Times* e algumas revistas, inclusive a edição inglesa da *Gallant*, que ele fielmente ignorou.

Bobby pegou o jornal, um exemplar da *Time* e um romance de mistério do qual tinha ouvido falar. Havia verificado seu e-mail antes de saírem de casa e achava que, se Carmen tivesse escrito, voltaria para Miami, mas ela não havia dado sinal de vida. E que sentido fazia voltar se ele já sabia que era a coisa errada? Na verdade, ela havia facilitado para ambos. Ou pelo menos, facilitado para ele. Bobby pagou sua pilha de coisas, acrescentando um pacote de chiclete no último minuto. Sua conta bancária estava tão próxima do vazio que cada compra era paga com os dedos cruzados, mas essa passou sem demora. Ficar em Nova York seria bom por um tempo – só até ele se reerguer. Poderia encontrar-se com os amigos para jantar – talvez apenas jantar. Alguns deles tentariam lhe arranjar encontros e, dessa vez, ele não resistiria. Em Nova York, alguém de 28 anos era mais jovem do que na Flórida. Só um de seus amigos tinha filho. Bobby olhou para sua mão livre e percebeu que estava tremendo. Esperou que parasse antes de reunir-se à família. Quando se sentou, Sylvia ergueu os olhos do livro e sorriu, o rosto relaxado e satisfeito. Ele estava tomando a decisão certa e sabia disso.

– Me dá um chiclete – pediu ela e ele estendeu o pacote.

Antes de embarcar, Jim deu uma última caminhada para esticar as pernas. Com toda a agitação recente, havia esquecido de ficar nervoso quanto a voltar para casa. A despeito do fato de Franny aparentemente tolerar – até mesmo responder – a seu toque, ele continuaria sem emprego quando chegassem em casa. Ele tinha só sessenta anos. Só sessenta! Jim obrigou-se a rir. Lembrou-se de quando sessenta equivaliam a oitenta. Seus pais tinham tido sessenta. Droga, seus avós tinham tido sessenta. E agora ele também tinha, assim de repente.

Jim não queria fazer cruzeiros nem aprender a jogar golfe. Não queria acordar e descobrir que suas calças haviam se tornado muito curtas e suas gravatas muito finas, ou muito largas. Caminhou até onde pôde sem mostrar a passagem ou passar novamente pela segurança e voltou. Cruzou com famílias espanholas com seus pertences espalhados ao redor, como se estivessem sentadas em cafés, sem uma preocupação no mundo. Nenhuma das crianças usava trela. O aeroporto era mais comprido do que um campo de futebol e Jim teve que apressar o passo para se certificar de voltar a tempo de embarcar. Franny ficava muito nervosa com coisas pequenas – seu lugar continuaria lá, mas caso uma aglomeração se formasse, engarrafando a ponte de embarque, ela ficaria agitada e começaria a se abanar com a passagem, procurando o rosto dele na multidão. Era isso o que Jim não queria nunca mais – deixar Franny nervosa. Pôs-se a caminhar mais rápido, o que o fez quase correr. Ao seu redor, os espanhóis, um povo de passo lento, observavam com interesse.

O portão deles achava-se uns vinte metros adiante. Já havia uma fila razoavelmente ordenada no local, o que significava que ele havia, de alguma forma, deixado passar o aviso no alto-falante. Franny e as crianças não estavam no lugar em que os havia deixado e ele esticou o pescoço para ver aonde tinham ido. Percorreu metade da fila como se precisasse estar a duzentos metros para reconhecer sua família, quando por fim reparou em Franny de pé a um lado, sozinha.

– Desculpe – disse Jim, e girou o corpo. – Onde estão as crianças?

– Estão no avião – respondeu ela, e pôs a mão no braço dele.
– Merda, não imaginei que a gente fosse embarcar tão rápido. – Jim estava duplamente envergonhado pela extraordinária calma de Franny.
– Tudo bem – ela falou. – Eles não vão embora sem nós.

A fila estava ficando cada vez maior e Franny entrelaçou seu cotovelo no de Jim, conduzindo-o gentilmente ao final. O coração de Jim continuava a bater rápido e suas axilas estavam quentes e úmidas. A testa achava-se escorregadia de suor. Eles aguardaram que a fila se movesse, o que aconteceu. Um a um, os passageiros que os precediam embarcaram no avião, colocando as malas nos amplos compartimentos acima dos assentos. Jim e Franny foram uns dos últimos a embarcar, mas seus assentos continuavam lá, vazios e à espera. Franny acomodou-se no lugar e enfiou a bolsa debaixo do assento a sua frente. Pousou as mãos no colo com recato enquanto aguardava que Jim se sentasse.

Apesar das circunstâncias, Franny estava satisfeita por Bobby estar voltando com eles para Nova York, por ter seus dois patinhos juntos sob seu teto mais um pouco. Teria que lembrar a si mesma para não tratar o filho como bebê, para tratá-lo como adulto e esperar um comportamento adulto da parte dele, da mesma forma que não poderia fazer muitas perguntas a Sylvia a respeito do que havia acontecido com Joan. O coração humano era um órgão complexo em qualquer idade. Os adolescentes não eram menos suscetíveis à verdadeira mágoa e à luxúria do que a serem atropelados por um ônibus. Na realidade, as chances eram dramaticamente mais elevadas.

O problema de Bobby era nunca ter precisado lutar por nada do que quis – Carmen havia sido um apoio, um estribo.

Agora que ela se fora, ele teria que usar as próprias pernas. Em certa medida, Franny considerava isso verdadeiro para todos eles. Jim precisaria encontrar uma maneira de preencher seus dias; Sylvia precisaria reinventar-se como universitária. Bobby teria que aprender a ser um adulto responsável; Franny teria que encontrar suas próprias ilhotas e povoá-las com comida, amor e palavras. Teria que perdoar o marido sem esquecer o que ele havia feito. Não – ela não seria obrigada a isso, mas era o que queria.

Jim estava se acomodando para o longo voo – já havia colocado os óculos de leitura e tinha um livro no colo e outro no bolso do assento da frente. Haveria palavras cruzadas dobradas em algum lugar e uma caneta. Agora, a pele em torno de seu olho havia adquirido um tom claro de verde, a cor de um peridoto, sua pedra zodiacal. A mancha clareava a cada dia, e logo desapareceria por completo.

Os motores roncaram e o avião começou a deslizar para frente na pista. As pessoas de colete laranja e sinalizadores haviam recuado a uma distância segura, prontas para a próxima partida. Franny entrelaçou os dedos nos de Jim e conservou o nó inteiro no colo. Ele inclinou-se para a frente para ver pela janela o aeroporto recuar e a extensão bem-cuidada da pista. Havia montanhas à esquerda e ele as apontou. O avião girou em direção à parte reta da pista e o ruído da fuselagem aumentou. À medida que eles começavam a ganhar velocidade, Franny fechou os olhos e pousou o rosto no ombro de Jim. Sentiu no estômago o momento em que as rodas deixaram o solo, a súbita suspensão da descrença de que também aquilo ia funcionar como deveria. Franny ergueu o queixo para que se aproximasse do ouvido do marido e por sobre o rugido do avião, declarou:

– Nós conseguimos, Jim.

Não havia nada mais difícil ou mais importante na vida do que concordar, todas as manhãs, em manter o curso, retornar ao antigo eu, de muitos anos atrás, e tomar a mesma decisão. Os casamentos, como os navios, precisavam de direção e mãos firmes no leme. Franny entrelaçou firmemente ambos os braços no braço direito de Jim, pronta para qualquer turbulência adiante.

Agradecimentos

Obrigada a Valli Shaio Kohon e Gregorio Kohon pela generosidade maiorquina, e a Olga Ortiz por seu cérebro maiorquino. Obrigada ao Hotel Gran Son Net, em Puigpunyent, por aquecer o piso dos banheiros.

Obrigada a Rumaan Alam, Maggie Delgado, Ben Turley, Lorrie Moore, Meg Wolitzer e Stephin Merritt pela ajuda com o idioma e logística. Obrigada a Christine Onorati e a WORD, a Mary Gannett e a BookCourt, a Julia Fierro e o Sackett Street Writers' Workshop, a Noreen Tomassi e o Center for Fiction, ao 92nd Street Y, à Universidade Vanderbilt e a *Rookie*, pelo amor e pela contratação.

Obrigada a Jenni Ferrari-Adler, Stuart Nadler e meu querido marido, por serem leitores tão inteligentes. Obrigada a minha família: os Straubs, os Royals e os modestos, mas vigorosos, Fusco-Straubs.

Obrigada, como sempre, a todos da Riverhead Books, especialmente os invencíveis Megan Lynch, Geoff Kloske, Claire McGinnis, Ali Cardia e Jynne Martin.

E obrigada, acima de tudo, a meu filho, o viajante paciente, por esperar até eu ter terminado para nascer.

Este livro foi impresso na Editora JPA Ltda.,
Av. Brasil, 10.600 – Rio de Janeiro – RJ,
para a Editora Rocco Ltda.